公子闻筝 著

"轻轻"撞进你的心

下册

青岛出版集团 | 青岛出版社

第九章

恋爱节目

翌日一早,纪轻轻是被手机短信的提示音吵醒的。

她昨晚倒是睡得好,舆论却是一步步地将她推向了风口浪尖。

"纪轻轻与一陌生男子同回家中"的话题被顶上了热搜。

看到这条话题,纪轻轻也蒙了好久。

这些媒体乱写什么?

她给秦越打了个电话,说明了昨天的事。

秦越那边一大早也在为这事忙着,听完纪轻轻的话,斟酌片刻后说:"轻轻,我实话实说,你现在的'路人缘'太差,之前也没有能让观众印象深刻的作品,想要洗白,必须得塑造一个全新的形象,拉拉好感。正好你这边电视剧的拍摄结束了,我这边有两个娱乐节目,你看看对哪个感兴趣,我们安排一下。"

"什么节目?"

"一档是冒险挑战类节目,另一档是恋爱类节目,你去这两个节目都是常驻嘉宾。前面一档节目播了大概5期,你是顶替节目中一名常驻嘉宾,说实话,作为候补,你发挥的空间并不大,表现不好说不定更招黑。后一档是新节目,你需要和别的嘉宾组成恋爱对象,共同相处三天。"

秦越介绍这档节目时心里也没底,毕竟陆总在,纪轻轻估计上不了这档节目。

纪轻轻对娱乐节目了解不多,看得也少,不过恋爱类节目对于她一个待嫁女性,不合适吧?

"秦哥,这事之后我去公司咱们再讨论讨论,实在不行就再等等。"

"那行,我们这边再讨论讨论,实在不行之后再说。"

"行。"

纪轻轻将电话挂断。

陆励行上班到办公室后的第一件事,就是给陈书亦打电话,让他尽快处理好昨晚网上的那则关于纪轻轻的娱乐新闻。

陈书亦应了下来。

陆励行说完又想起了什么,问他:"你什么时候有时间?"

"怎么了?"

陆励行一本正经且镇定自若:"想向你请教一下婚礼的事。"

"婚礼?"电话那头的陈书亦下意识地看了一眼窗外,没下红雨太阳也没从西边升起,是他耳鸣了还是他在做梦?

陆励行竟然主动向他请教婚礼的事?

"陆励行,你还记得当年在我婚礼上你是怎么说的吗?"

陆励行知道他说不出什么好话。

果不其然——

"当年你可是当着我的面说,婚姻对你来说,除了徒增麻烦,毫无用处,可你现在不仅结婚了,百忙之中还亲自过问婚礼?"电话里陈书亦的笑声可以说是肆无忌惮,"你也有今天啊陆励行。"

陆励行容忍多年好友笑了3分钟,陈书亦也见好就收:"我现在就有时间,你有什么想问的,说吧。"

"我记得你当初婚礼的团队……"

"等等,你说要结婚,那结婚之前的步骤你都做了吗?"

陆励行微愣:"什么步骤?"

"戒指挑了吗?"

"还没有,我找个时间让人物色一下。"

"等会儿,戒指可得你亲自去挑,懂我的意思吗?"

"我……"

"你可别和我说没时间这种话。"

"明白。"

"求婚仪式准备了吗?"

陆励行拧眉。

"不管她之前有没有答应嫁给你，一个浪漫的求婚仪式都必不可少，这到了以后，就是你们俩共同的回忆。"

"行。"

陈书亦又问："见过家长了吗？"

"见过一面。"

"一面？那就是还没谈礼金。"

"没谈。"

"这个我估计老先生很有经验，但是我依然建议你亲自和老先生商量一下礼金的事，老先生虽然有经验，但你也不能全程不参与。对了，两家人见过面了吗？"

"暂时还没有。"

"你们这都准备结婚了，怎么两家人连面都还没见？"

"第一次结婚，没经验。"陆励行想起纪轻轻的家庭，"至于礼金，我准备用一笔钱打发她的父母，帮她彻底脱离这个家庭。"

"怎么回事？"

陆励行将纪轻轻父母的事一五一十地和陈书亦说了。

"原来是这样。"陈书亦笑道，"这样也好，省得以后纠缠不休，不过你确定他们会就此和纪轻轻相安无事一刀两断？"

陆励行双眼微眯："确定。"

陈书亦挑眉，知道陆励行这份笃定从何而来："行，既然你胸有成竹，那我提前祝你新婚愉快。"

话语间，他似乎想起了什么："不过我好像听说纪轻轻团队在准备一个恋爱类节目，你们最近在准备婚礼，这个节目是不是不太合适？"

"恋爱类节目？"

"一档新节目，邀请一些男女艺人扮演情侣，在镜头前同居三天。"

"扮演情侣？同居三天？她答应了？"

"这个倒还没有，只是在考虑中。不过我看了团队的分析报告，纪轻轻现在人缘差，电视剧制作周期又长，利用这种娱乐节目立好形象，容易增加路人好感。我觉得就纪轻轻而言，完全不用立人设，让她将自己真实的一面展现给观众，洗白一点儿问题都没有。"说到这儿，陈书亦挑眉，"其实我觉得你也可以上这个节目，这个节目的导演并没打算全请演艺圈的人，你如果能代表咱们天娱娱乐——"

"不可能，我很忙，没时间，没事先挂了。"

不等陈书亦说完，陆励行径直将电话挂断。

恋爱节目？

都是快结婚的人了，她想都别想！

但一想到适才陈书亦说的那番话，陆励行眉心微拧，打开网页，搜索最近有关纪轻轻的娱乐新闻。

昨晚纪轻轻和纪成蹊回公寓的事，纪轻轻团队虽然已经做出了回应，声明那陌生男子是纪轻轻的亲弟弟。

纪轻轻将公寓钥匙给了纪成蹊一把后，当天中午便从公寓回了陆家，一进门便被陆老先生叫进了书房。

陆励行工作忙，陆老先生就将这婚礼前的事都揽了过来，什么礼金等各种事项在纸上写得满满当当。

纪轻轻只随意地瞟了一眼，那纸上写的各种花销的金额让她不由得咋舌。

"轻轻啊，爷爷找你没别的事，就是想问问你，什么时候你父母有空，咱们两家人见个面，商量一下这彩礼的事。"

爷爷要见纪家父母？

纪轻轻看着陆老先生慈爱的目光，笑道："好的爷爷，这事我先问问我爸妈，看看他们什么时候有时间。"

嘴上虽然这么说，纪轻轻心里却不这么想。

她是万般不愿意陆老先生被纪家父母缠上的。

老人家年纪大了，哪里经得住纪家父母那样又吵又闹？像陆老先生这样的人，就该安安静静舒舒服服地颐养天年，不该为他们的事烦心。

陆老先生将那张纸递给纪轻轻："你在爷爷这儿也住了这么久，爷爷也就不把你当外人了，你看看这些能不能接受，不能接受就和爷爷直说。"

纪轻轻这才仔细地看了一眼那纸上的内容。

老先生年迈，习惯用纸笔，笔锋有力，一笔一画有大家风范。纪轻轻欣赏着陆老先生的字迹，最终却震惊于他老人家笔下的礼单，其中甚至还有陆氏的股份。

纪轻轻惊愕地说道："爷爷，这……太贵重了，我不能要！"

"不贵重，这是你奶奶临走前嘱咐我给你的礼物，你不收，是想让奶奶泉下不安？"

"可是……"

"不许拒绝爷爷。"陆老先生笑着拍拍纪轻轻的手背,"你是陆家的孙媳妇,这些都是你应得的。"

纪轻轻此刻觉得手上那张轻飘飘的纸沉重如山。

晚上陆励行回来,纪轻轻将这事和他说了,陆励行轻描淡写地说:"爷爷给你的,你收下就好。明天我休息,陪你回家一趟。"

"回家?"

陆励行点头:"和你爸妈谈一谈你的婚事。"

想起上次的不欢而散,纪轻轻其实还挺抵触纪家父母的,但她心里也明白,抵触是抵触,总不可能和他们说断就断,一辈子不联系。

翌日一早,纪轻轻便与陆励行一同来到纪家。

纪轻轻去影视城拍戏这段时间,纪妈妈也和纪轻轻联系过,但一般会被她的助理接电话敷衍过去,一见纪轻轻上门,又见到纪轻轻身侧的陆励行,原本脸色还算过得去的纪妈妈,脸色突然间就变得难看起来。

"进来吧。"

纪轻轻与陆励行进门。

纪妈妈给陆励行端了一杯满满的茶送到他面前。

茶满欺人。

陆励行看了茶杯一眼,并不喝。

"老婆子,谁来了?"纪爸爸戴着副老花镜:"轻轻回来了?那我去买菜!"

"行了行了,忙活什么,家里不是还有菜吗?"纪妈妈瞪了纪爸爸一眼。

被这么一瞪,纪爸爸又坐了回去。

"轻轻啊,今天怎么回来了?"纪妈妈问道。

纪轻轻笑笑,说道:"没什么事,今天来是想和您说件事的。"

"什么事?"

纪轻轻看了陆励行一眼:"我们决定结婚了。"

"结婚?"纪妈妈声调高亢,"你说什么?你要结婚?和他?!"

"对,和他结婚。"

纪妈妈咬着牙关低声道:"虞洋那么优秀的男人你不要,你要和他在一起？"她当即拍桌而起，怒视着陆励行，"轻轻，你到底想清楚没有？你确定要和他结婚？一个……一个在公司上班的男人？"

纪轻轻点头："我想得很清楚。"

纪妈妈之前一直以为纪轻轻只是一时糊涂，等她和这人相处一段时间后就会知道没钱是寸步难行，哪里料到，这短短两个月的时间后，他们不仅没分手，反而要结婚？

她仔细地上下打量着纪轻轻，最后将目光落在她的小腹上，严肃地说道："轻轻，你老实告诉我，你是不是怀孕了？"

"我没怀孕。"纪轻轻说。

"没怀孕你结什么婚？你们才认识多长时间？"

"有没有怀孕和我能不能结婚没有关系。"

纪妈妈气得牙痒痒，用手指着纪轻轻："你是不是要气死我才罢休？我怎么就生了你这么个不知好歹的女儿？你嫁给他能得到什么？说不定你以后还得去养他！"

说着，她看向陆励行："你要娶我女儿，我问你，你拿得出彩礼钱吗？"

"伯母，您放心，这些我都会安排好，我也会好好照顾轻轻的。"

纪妈妈冷笑："我看你就是贪图我女儿的钱！拿我女儿的钱来办这些事！"

纪轻轻听她的话越说越不像话，开口道："今天我来，只是想和您说一声我要结婚的事，没打算征求您的同意。"

纪妈妈一听纪轻轻这话，当即气得头脑发晕，纪爸爸连忙上前来扶住她，递给纪轻轻一个"别再说了"的眼神。

纪妈妈抚着胸口，被纪爸爸顺了好半天的气这才缓过来。

"你这是铁了心了？"

纪轻轻以沉默回应她。

"好，好！你想嫁，行！你想娶，也行！彩礼钱我不要多了，不为难你，1000万元，没有1000万元，你休想娶我女儿！"

"1000万元？"陆励行眼皮一掀，"您这是要卖女儿？"

"我女儿可是名人，你知道她身价多少吗？1000万元算得了什么？"

"您的意思是，只要我给了您这1000万元，以后您都不会再和轻轻有任何联系？"

纪妈妈冷笑道："嫁出去的女儿泼出去的水，她嫁出去当然就不是我纪家的人了！"

"干什么啊？1000万元哪！"纪轻轻恨不得捂住陆励行的嘴，"我不同意！"

陆励行真是人傻钱多，这么多钱干什么不好！他这么喜欢做慈善吗？

"什么叫你不同意！"纪妈妈难以置信地看着纪轻轻，"轻轻，你这还没嫁出去，胳膊肘就往外拐了？"

纪轻轻索性放开了说："我是还没嫁出去，可是之前我给您的钱已经够多了。"

"我生你养你，你给我点儿钱花花怎么了？"

"是，您生我养我，给您点儿钱花花确实没什么，但是小时候您和爸忙着赚钱，根本就没有时间和精力照顾我们，我认为，之前我给您的钱已经还清了您养我的花费。至于您生我的恩情，我老实和您说，我最近名声不太好，昨晚带着成蹊回我公寓都被记者拍下来发到网上传得沸沸扬扬，估计不少代言广告都没我什么事了，赚不到什么钱，我身价根本不值1000万元。"

"不行！1000万元一分钱都不能少！你如果不答应，我就……我就闹到网上去！"

纪轻轻看了她一眼。

她对纪妈妈实在是没有半分感情，如果不是因为纪妈妈是"纪轻轻"的母亲，这一趟她根本不愿意来。

"那行，您闹吧，反正我现在在网上的名声已经够差的了，不在乎您这点儿，而且，我认为我对您已经仁至义尽了，如果您非要闹，那以后您自己多多保重。"说着她便牵着陆励行的手起身。

"站住！"纪妈妈见她要走，急了，"轻轻，你这话什么意思？"

"您应该知道我是什么意思。是您做得太过分了，我给了您那么多钱，您一点儿也不知足！"纪轻轻高声说道，"今天我来是想告诉您我要结婚这事，不是来征求您的意见的，更不是来问您想要多少礼金的。对我而言，您同意，那么大家欢欢喜喜地办一个婚礼，您不同意，我的婚礼上就少两个人而已！而且您明明认为他没钱，却非要向他要1000万元的礼金，您一点儿也不把我的幸福当回事是吗？您要是这么说，那不好意思，我们拿不出，一分钱也没有！"

纪轻轻这般强硬的态度是纪妈妈从未见过的。

而且纪妈妈听她这么说，这是宁可断绝关系，她也不愿意给那1000万元？

"你先坐下,妈妈不是那个意思。"她看了一眼陆励行,不知道这男人要钱没钱,光靠一张脸是怎么把她女儿骗到手的,"妈妈也只是想……晚年有个依靠,你如果觉得1000万元多了,咱们再商量商量。"

纪轻轻看着她:"您认为多少合适?"

纪妈妈叹了口气:"既然他条件也不好,那1000万元我也不要了,100万元,100万元一分钱也不能少!"

1000万元和100万元对陆励行而言没有太大的分别,眉都不带皱的。

纪轻轻看了纪妈妈一眼,坐了下来。

纪妈妈仰头喝了两口水,才将心底的火气压下去。

许久,她才沉着脸对陆励行说道:"你家里都有什么人?把家里情况说说。"

"父母过世,只有一个爷爷和一个弟弟。"

"父母过世了?"纪妈妈连忙道,"那你们以后有了小孩我们可不会过去带的,她爸爸身体不好,我照顾他都照顾不过来。"

陆励行脸上毫无表情:"您放心,不会麻烦您。"他继续道,"刚才您也说了,嫁出去的女儿泼出去的水,我希望您收下这100万元后,如果没什么必要的大事,不要来麻烦轻轻。"

光凭纪轻轻这态度,纪妈妈现在也没这个胆子,不敢轻易撕破脸:"我能有什么大事!"

说着,门铃响了。

纪爸爸去开门,门外是纪成蹊。

"成蹊,你回来了?老婆,成蹊回来了。"

"他还敢回来!"纪妈妈高喊一声,四处找着称手的东西,"老纪,你给我抓住他,我今天非得打断他的腿不可!"

"爸,爸,你救救我,我……姐姐!姐夫!"纪成蹊蹿进屋内,突然看见坐在沙发上的纪轻轻与陆励行,像是见着救命稻草一般,"姐夫你们得救救我!"

纪妈妈一手拿着鸡毛掸子,指着纪成蹊:"你叫他什么?你认识他?"

"前两天见过。妈,我和您说,我欠债那事,多亏了——"

"喀喀!"纪轻轻咳嗽两声,打断纪成蹊的话。

一提欠债,纪妈妈就一肚子的火:"你还有脸提!滚出去,我没你这么不成器的儿子!"

纪成蹊一看他姐的眼神就明白了,连忙道:"解决了!那事解决了!"

"三百多万元的事,你就解决了?你骗谁呢?"

"真的!"纪成蹊焦灼不安地看着他妈手里的鸡毛掸子,说道,"我前两天报警了,今天警察联系我说,现在已经立案调查,我不会有事了。"

纪妈妈将信将疑:"真的?"

"当然是真的!"

纪妈妈将鸡毛掸子放了下来:"我告诉你,你要是敢骗我,我打死你!"

纪成蹊松了口气,看着纪轻轻二人:"姐、姐夫,你们怎么来了?"

纪轻轻也没打算继续留在这儿:"没什么大事,我们现在正准备走。"

纪爸爸在一侧看看两个人:"要不,吃了饭再走?"

纪妈妈又狠狠地瞪了纪爸爸一眼:他这不成心给她添堵吗?

"不了,我们都还有事,就先走了。"

说着,纪轻轻拽着陆励行的手离开纪家。

门刚关上,纪妈妈将那鸡毛掸子一扔,坐在沙发上沉默片刻后哭了起来。

"我这辈子造了什么孽,生了这么个女儿?"

纪爸爸在一侧小声地将刚刚发生的事和纪成蹊说了一遍。

纪成蹊听完,无奈地看了他妈一眼。

因为钱而起争执的事也不是一次两次了,现在是一次比一次过分。

他坐到他妈身边,叹了口气:"妈,您别这样,姐姐她这些年给您的钱够多的了,现在她要结婚了,要组成一个新的家庭,开始新的生活,您怎么还能找她要1000万元?您这不是卖女儿吗?"

"彩礼啊!你姐姐那么优秀的一个人,不值1000万元吗?"

"可是这些年您要得够多了,姐姐都要结婚了,您就别去打扰她了。"

纪妈妈抬头,难以置信地看着他:"那是你姐!是我亲女儿!我凭什么不能去找她?!"

"您可以去找她,但是妈,您以后别再找她要钱了好吗?您现在什么都不缺,为什么总不满足?"

"我不满足?我就是找她要点儿钱而已,我怎么不满足了?"

"您每次和姐姐要钱我都听见了,30万元、40万元、100万元、这买房子的钱,哪样不是姐姐出的?现在姐姐要嫁人了,你还要1000万元的彩礼钱,您也太过分了!"

"我过分?我生她养她,我……"

"您是生她了,可是我是姐姐带大的,您那时候和爸爸在外面挣钱,午饭都来不及给我们做，都是姐姐给我们做的。"

"那好歹我也生她了，我……她怎么就能这么狠心，撇下我不管？"

纪成蹊知道他妈就是这样，年轻的时候穷怕了，现在用更多的钱来弥补年轻时的缺憾。

他是个男人，之前总是姐姐照顾他，现在他长大了，要承担起家里的责任了。

"以后我照顾您！您走不动了我扶您！您老了我赡养您！妈，我长大了，会努力赚钱养您的！您就让姐姐喘口气，让她好好地和姐夫过日子行吗？您这个样子，以后让姐夫怎么看待姐姐？"

"他……他敢对你姐姐不好，我饶不了他！"说着说着，纪妈妈的眼泪簌簌而下，泪水滑过她满是皱纹的脸颊，"你不懂，女人这一辈子，不嫁给好男人，就完了。"

"姐夫是个好男人，姐姐嫁给他一定会幸福的，您就放心吧。如果他敢对姐姐不好，我绝对不会放过他！"

纪妈妈想说什么，可看着自己已经长大成人的儿子，最终什么也没说，伏在他肩上，痛哭起来。

在回陆家的车上，纪轻轻在沉默许久后，终于沉不住气，问他："你刚才是不是傻？那可是1000万元！你还真答应了？"

陆励行轻描淡写地说道："1000万元而已，如果能让你以后耳根清净，我觉得很值，而且，这事能用钱解决，你不觉得很简单，也很节省时间吗？"

"……"他果然人傻钱多。

"我觉得不值。"

"值得。"

"不值得。"

"我的钱，我说值得就值得！"

纪轻轻撇嘴。

"对了，我听说你要去参加一个什么恋爱节目？"陆励行以稀松平常的目光望向她，"有这回事吗？"

纪轻轻点了点头："还在考虑中。"

陆励行双眼微眯："考虑？"

"看团队最后的讨论结果。"纪轻轻愣了片刻，"你不希望我去？"

陆励行回头,一副无所谓的口气:"我说过,我不会干涉你的工作。"

纪轻轻点了点头,一双眼睛瞅着陆励行,一副苦恼的模样。

直到陆励行眉心皱得越来越紧,纪轻轻这才笑道:"可是我觉得,作为一个准新娘,我还是安心待嫁比较好,这样的节目不适合我准新娘的身份。"

陆励行目光望向车窗外,轻笑。

纪轻轻挪了过来,双手攀附在陆励行手臂上,笑道:"老公,今天真的特别感谢你。"

"谢我什么?"

"谢你站在我这边!因为有你在,所以我一点儿都不怕!"

陆励行挑眉:"怎么谢我?"

纪轻轻抿嘴笑,眼底全是笑意:"老公老公老公老公……"

司机识趣地将车厢前后座之间的挡板升起,车后座里的声音戛然而止。

系统:1声"老公",2声"老公",三声"老公"……刚才纪轻轻喊了几声"老公"来着?

系统:嗯……

系统:算了随便加加吧。

"生命值加32,当前生命值为38小时。"

"错了,"陆励行幽幽地说道,"是34声。"

"对不起,生命值加34,当前生命值为40小时。"

回到陆家后,陆励行将今天的事与陆老先生说了一遍。

老先生是过来人,什么人都见过,也都打过交道,对陆励行在这件事上的做法并未说太多,只说了一句:"你都是快结婚的人了,工作方面也是时候放一放了,忙了这么多年,借这个机会给自己好好放个假。"

正如陆老先生所说,陆励行忙了这么多年,可是工作几乎融入了他的生活,突然闲下来,他又不知道该干什么。

晚饭过后,纪轻轻接到了秦越打过来的电话。

电话里秦越的声音有些犹豫:"是这样的,之前不是和你说过两档娱乐节目的事吗?团队商议之后,认为你去冒险挑战类节目比较合适,本来已经和电视台制作团队联系,但今天节目导演给我打了个电话,说是这个节目的嘉宾人选已经定好了。"

"不过之前我和你提过的恋爱类节目——"

不等秦越说完,纪轻轻忙打断他:"这个节目就算了,目前我不太合适。"

秦越哪里不知道纪轻轻不上这节目的原因是什么,如果有别的选择,他也不会冒死在陆励行头上动土。

"你先听我说,我最近看了一遍节目邀请,现在政策比较严,娱乐节目不多,咱们手头上就剩下这个节目了。我知道你的顾虑,但是现在你的状况你也清楚,这个节目如果咱们能把握好,说不定就能彻底翻身,等节目播出后你的电视剧正好也快播了,热度讨论度都有了,这就是你翻身的大好机会!"

任凭秦越说出朵花来,把好处说上天,纪轻轻依旧坚定不移地拒绝了。

这种节目,和陌生男嘉宾一起生活三天,肯定是要有亲密接触的,说不定还会炒个绯闻,她是单身也就算了,可现在陆家在筹备婚礼,这种时刻,她出去和别的男人"卿卿我我",并且上电视广而告之?

不说这事是明着给陆励行戴绿帽子,陆励行非杀了她不可,等之后节目播出了,她结婚的消息传来,粉丝们非得骂死她不可!

纪轻轻想的这些秦越又何尝没有想到?他试探地问道:"或许你可以试着邀请陆总和你一起上这个节目玩玩?"

陆励行和她一起参加这个节目?

纪轻轻一愣。

开什么玩笑,日理万机的陆总有那个时间和精力陪她参加这种节目?

纪轻轻立马否定,这事都不用问的。

"不可能的事,他那么忙,没有这个时间。这样吧,秦哥,综艺节目的事如果没机会的话就算了,先放放,以后一定还会有机会的。"

见纪轻轻坚持,秦越也不好再劝:"行,那就先这样,以后有机会我再通知你。"

又和秦越闲聊了两句,纪轻轻这才将电话挂断。

微信里周导给她发了条信息,说是剧照出来了,让她去官博转一转。

纪轻轻打开微博,看了一眼官博,最新一条微博将剧组主要成员的剧照发了出来,剧照经过修饰,红衣桃花妆的纪轻轻显得格外娇俏可爱。

而这条微博经蒋溯与戚静云一转,热度居高不下。

纪轻轻也转发了该条微博,短短1分钟内,微博底下的评论突破500条,她点进评论区看了一眼,都不是什么好听的话。

她好气!

陆励行头发湿漉漉地从浴室出来,见纪轻轻看着手机一脸愤慨,随口问了一句:"怎么了?"

纪轻轻被评论气得不轻,索性锁屏不看了:"没事。"

听出她语气有异,陆励行挑眉,没有多说。

翌日一早到公司,陆励行看了一眼自己办公桌上比平常少了许多的文件,上次项目纰漏解决之后,公司最近没有什么大的项目需要他亲自过问,工作量少了不少。

陈婧来给他送文件,破天荒地向陆励行请了个假。

"请假?"作为陆励行的助理,陈婧可以说是格外尽忠职守,陆励行不休息,她的假期也少得可怜。

陈婧脸颊染上一片绯红:"陆总,半年前我不是结婚了吗?但是当时我和我先生都挺忙的,所以蜜月计划一直延后。和他谈了三年的恋爱,结婚之后在一起的时间反而少了,我看最近公司稳定,所以想请几天假,去度个蜜月。"

经陈婧这么一提,陆励行确实想起了她半年前结婚这事,陈婧确实跟着他忙了不短的时间,当下便同意了她请假的事。

"等等……"陆励行恍惚间又想起了什么,叫住了陈婧。

陈婧回头:"陆总,您还有什么事吗?"

"你和你先生,谈了三年的恋爱?"

"对,我们认识三年了。"

陆励行放下笔,愣怔片刻后道:"没事,你先出去忙吧。"

"好的。"陈婧离开办公室。

陆励行用手机随意翻了翻纪轻轻的微博,上面微博广告代言占据了大半,热门几乎没有正面评论,最新一条微博是宣传新剧的,第二条微博则是一个多月前纪轻轻与路遥拍摄的那条巧克力的广告。

陆励行不小心点开了那个视频。

"甜吗?"

"没有你甜。"

广告播放到纪轻轻被路遥抱在怀里的画面,腻烦的广告词让陆励行不由得皱起了眉头。

然而这条广告下,没几个人说两个人甜的,网友纷纷担心纪轻轻再次和路遥炒绯闻。

但也有少数几条评论说纪轻轻与路遥郎才女貌,般配!

郎才女貌……

陆励行冷笑："呵。"

他们用哪只眼睛看出般配的？

在这些褒贬不一的评论里，他看到了一条这样的评论："纪轻轻情史大盘点！"评论后面跟着一个网页链接。

陆励行鬼使神差般点了进去，这是一个著名论坛的帖子，帖子里将纪轻轻出道以来炒过的绯闻、交过的男朋友，以及娱乐八卦记者捕风捉影的事都写了上去。

帖子被加精，一直有人跟帖，也一直有人爆料，陆励行眉心越皱越紧。

陆励行将这个帖子的链接发给陈书亦，顺手又给他打了个电话，开口就是："快结婚了，我不想让这种流言蜚语影响我的心情。"

陈书亦那边忙得死去活来，接到陆励行的电话后蒙了一会儿，这才看到电脑上陆励行发过来的那个链接，打开看了一眼。

"这个帖子我会让人跟进，放心，一定在你结婚前处理得干干净净。"做出保证之后他顿了顿，压低了声音，"不过我说，下次有关于你老婆的事，能不能直接打总监电话？我虽然是替你打工的，但好歹也是整个天娱的老板，你总是打我电话让我去解决，底下的人还以为纪轻轻跟我有关系。"

"你不是有老婆？"

"你还别说，我之前也关注过不少艺人的事，有流言传出来我老婆一直无条件相信我，可最近老被你使唤多关注纪轻轻的事，风言风语都传到了我老婆耳朵里。你知道的，我追老婆不容易，昨晚我和她解释了半宿，说纪轻轻是你老婆，她死活不信，还非说我拉你出来当挡箭牌，最后我还是落了个睡沙发的下场。

"还有上次你送99朵玫瑰花的事，不知道怎么传的，变成了我送纪轻轻99朵玫瑰花。我老婆听到消息的当天让我去买了99朵玫瑰花，一片片摘了花瓣放浴缸里给她泡花瓣澡。"

陈书亦叹了口气："陆励行，咱们是兄弟我才接了你这个烫手的山芋，可你得体谅我，我每天工作这么累回家还要面对家庭危机，合适吗？反正你都要结婚了，提前广而告之一下，让大家都知道你陆寡人要结婚的事，藏着掖着对纪轻轻的名声也不好。"

陆励行静静地听着好友的控诉，没有说话。

"这样，你同意的话，我在节目上直接替你公开得了。"

"节目？"

"上次和你提过的谈恋爱节目,节目组找上了我老婆,她虽然息影了,但还是想重温一下在镜头前的感觉,所以就同意了。"

陆励行往后一靠,目光放在纪轻轻那个广告的视频上:"不需要你替我公开。"

陈书亦沉声道:"行,不过下次麻烦你打电话去总监办公室,你打给我,我也是打给他们。对了,那节目,你真不去?"

"不去。"

"行吧,那没什么事先挂了。"

"死亡警告,请和您的妻子纪轻轻谈一场不少于5天的恋爱。"系统突然出声。

"等等……"陆励行揉着眉心,问道,"那个节目是什么时候开始录制?"

陈书亦想了想:"节目组那边其实都已经准备好了,原计划是明后天开拍,但一组嘉宾临时宣布退出,所以一直在四处找人补位。"

"告诉导演,将这个节目的时间增加到5天,我可以考虑看看。"

"5天?"陈书亦挑眉,"行啊,我问问导演。不过你一直不答应原来是觉得时间太少了?你如果早说我就——"

手机里传来嘟嘟声。

他拿起手机一看,陆励行早就把电话挂了。

陈书亦对着手机笑了。

陆励行将电话挂断,随后上网搜了搜这个即将开拍的恋爱节目。

节目导演是个经验非常丰富的综艺节目导演,策划并导演的几档综艺节目颇受大众好评,收视率也不错。

而这个恋爱节目,导演挑选几对嘉宾时也很有眼光,都是网上曾被粉丝组过情侣组合的,也有在影视剧中扮演情侣但结局不够完美的,用这种在节目中再续前缘的方式吸引观众,当然,也有现实生活中确实是情侣的。

三天的拍摄,场景不局限于同一屋檐下,但一对"情侣"一定得在一起生活三天,谈三天的"恋爱"给观众看,也就是秀恩爱。

陆励行下班前,陈书亦带来了导演的话:只要他愿意上这个节目,别说是5天,10天都行。

导演为表诚心,当天下午亲自拿着一沓节目策划案到了陆氏集团,想要亲自和陆励行见个面。

导演姓王,看人一向很有眼光,陆励行这人年轻有为且又神秘多金,王导有幸在某次酒会上见过一面，那就是个行走的荷尔蒙，这样的人物能出现在他的节目里，不用说，引起的热度不会比那些艺人少。

王导在休息室等了一小会儿才被助理带进了陆励行的办公室。

他们聊了大半个小时，王导才一脸喜色地离开。

纪轻轻再次接到秦越的电话时，正在和裴姨一起在湖边的草坪上陪斯斯玩，陆老先生坐在一侧的小凉亭里钓鱼，风一吹，给人无比安逸的舒适感。

"斯斯！快跑！"裴姨将飞盘扔出，斯斯猛地朝飞盘的方向蹿去，在飞盘还未落地时斯斯稳稳地咬住飞盘，摇着尾巴，邀功似的走到裴姨身边。

裴姨奖励给它一颗牛肉粒，摸了摸它的头："真乖。"

斯斯来陆家有一段时间了，都是裴姨在照顾它，整个陆家，它最黏裴姨。纪轻轻有时候想和它玩玩，它大老远地听到裴姨的声音，就颠颠地摇着尾巴跑到裴姨身边，在她脚边打转，屡屡把纪轻轻气得不轻。

这小没良心的，当初可是她"忍辱负重"，才让陆励行答应带它回来的！

纪轻轻拿着飞盘："斯斯！"

斯斯往后一看，纪轻轻将飞盘朝空中扔了出去，可斯斯就站在那儿抬头看了一眼天上的飞盘，转头又朝着裴姨吐舌头撒娇。

纪轻轻气得在它的屁股上拍了拍："小没良心的！"

虽然这么说，她还是拿了一颗牛肉粒放在斯斯嘴边，在美食面前，斯斯倒不拒绝纪轻轻的美意，它舌头一卷，牛肉粒就进了嘴里。

"斯斯，去把飞盘拿回来，去！"斯斯像是听得懂裴姨的话般，摇着尾巴朝着飞盘的方向跑去。

纪轻轻看着斯斯在草坪上奔跑，笑着对裴姨道："裴姨，斯斯这段时间没给您惹麻烦吧？"

"没有，斯斯很乖，能给我惹什么麻烦？"

"那就好，我就担心您嫌它麻烦，后来想想是我多虑了。"

斯斯咬着飞盘飞奔到裴姨怀里，裴姨接过斯斯嘴里的飞盘，疑惑地看着纪轻轻："不麻烦，斯斯整天陪着我和老先生，我们不知道多开心，我虽然是第一次养狗，但找了些资料，狗狗吃什么不能吃什么，上面都有。"

纪轻轻微愣："您是第一次养？"

"对啊，怎么了？"裴姨摸着斯斯的长毛，"可是你看斯斯不也被我照顾得挺好的吗？"

"不不不，"纪轻轻连忙道，"我不是这个意思，我的意思是说，您之前没养过狗？"

"没有啊。"

"可是……"纪轻轻越发疑惑不解，"您之前没养过一条叫宝宝的狗？"

裴姨也被纪轻轻说蒙了："我什么时候养过一条叫宝宝的狗？"

裴姨没养过？那就是陆励行在说谎。

可是陆励行为什么要对她说这个谎？

纪轻轻百思不得其解。

"少夫人，怎么了？谁说我养过？"

"没什么，"纪轻轻勉强笑道，"应该是我记错了。"

纪轻轻的手机铃声响起。

纪轻轻起身接听，是秦越的电话。

"秦哥，什么事？"

秦越在电话里的声音带着藏不住的高兴："轻轻，你知道陆总刚才亲自给我打电话说什么吗？"

"说什么？"

"他说，让我安排你去参加王导的《我们恋爱吧》这个节目！"

纪轻轻听了一愣：陆励行让她去参加这个节目？

"等等，你确定是他让我去参加？"

"没错，是他亲口交代的！"

纪轻轻心中生疑：陆励行会答应她去参加这种节目？这种明摆着在他头顶放羊的节目，他会同意？

这怎么可能？！

"他知道这个节目的性质吗？"

"知道，我和陆总解释过了，陆总说他明白。轻轻，你看，既然陆总已经同意你上这个节目，那你也没有其他顾虑了，这个节目咱们好好把握，这可是你翻身的关键！"秦越唯恐纪轻轻还有顾虑，继续喋喋不休，"节目组的王导我也接触过，整个节目流程我也了解过，节目组只要不乱剪辑，不会有什么事！"

纪轻轻想了想，总觉得陆励行不可能就这样平白无故地答应，前两天他不是还板着脸问她上不上吗？

"这样吧秦哥，这件事我晚上再考虑考虑，明天给你答复。"

"行，那我明天等你回复。"

"嗯。"她说完，把电话挂断。

"少夫人，怎么了？"裴姨见纪轻轻心事重重的样子，多问了两句。

纪轻轻叹了口气，越想越觉得这事不像是陆励行会答应的，他们都在筹划婚礼了，他这是嫌她身上绯闻不够多？

"就是工作上的一些事。"

"你们这些年轻人，总是忙着工作。"湖边的陆老先生钓上来一条大鱼，"励行也是，前两天我还嘱咐他让他休息两天，他不听，整天忙着工作。轻轻啊，你有时间拽着他休息两天。公司不稳定时他说公司不稳定，得时时刻刻盯着，现在稳定下来了，还是不见人。"

纪轻轻笑笑："爷爷您放心，我会的。"

"来来来，鱼上钩了，今晚让裴姨给咱们做个清蒸鱼吃。"

裴姨起身看了一眼："行，我看看……哎哟，老先生，这鱼活蹦乱跳的，真新鲜！"她看了一眼时间，"5点了，老先生，我先去准备晚饭，您也别钓了，休息休息。"

"行，休息休息。"

纪轻轻连忙扶着陆老先生起身。

裴姨提着篓子里的鱼进了别墅。

"轻轻啊，爷爷交给你一个任务，你看能不能完成。"

纪轻轻帮着老先生收鱼竿："您说。"

"陆励行这小子是翅膀硬了，我的话他都不听了，我也劝不动他，这样，你看看你有什么办法可以带他出去走一走。"

"走一走？"

"除了出差和考察，励行他从来没有以旅游为目的去过外省，上次你去拍戏，虽然只有几天，但他好歹因你破了个例。公司的事我也了解了一些，前段时间发生了点儿事，现在稳定下来了，我想你能不能用个什么办法带着他出去散散心，让他别总为了公司的事绷着。"

"他……没有出去旅游过？"

"没有。"陆老先生叹了口气，"他爸妈走得早，是我逼他太过。"

陆老先生每每说起这事，总怀揣着愧疚，心里坚定地认为是自己造成了陆励行现在这孤僻的性格。

"爷爷您放心，我会的。"

"那爷爷就把这任务交给你了。"

纪轻轻笑着点头。

晚上8点，陆励行依然没回来，老先生年纪大了，熬不了夜，早早回房休息去了，纪轻轻在房间里等他，直到9点，陆励行才披星戴月而归。

房间内灯光明亮。

陆励行见纪轻轻好整以暇地看着他的模样，随手将外套脱下，问了句："在等我？"

"当然是在等你。"

"什么事？"

"我有两件事想问你。"

陆励行挑眉："两件事？"

"第一，为什么骗我？"

听到这话，陆励行心里发虚，但依然强自镇定："我什么时候骗你了？"

"你说裴姨养过一条叫宝宝的狗，可是裴姨今天告诉我，斯斯是她养的第一条小狗，你怎么解释？"

陆励行一脸惊讶："没养过吗？那就是时间过去太久，我记错了。"

"你当初在影视城可是信誓旦旦地说——"

陆励行哪里敢就这件事和她纠缠，打断她："第二件事呢？"

第一件事也不是特别重要，相比第一件事，还是第二件事重要。

纪轻轻拧眉："第二件事……今天秦哥联系我，他说你亲自给他打电话，答应让我上节目？"

陆励行点头："没错。"

陆励行这么好说话？

纪轻轻满腹疑惑，问道："你知道那是什么节目吗？"

"知道，"陆励行回头看了纪轻轻一眼，"不就是谈恋爱吗？"

不就是？

听听，这是一个要结婚的男人该说的话吗？

陆励行解了领带，进了衣帽间。纪轻轻追了进去，说："是我和别人谈恋爱，我和你快结婚了你知道吗？"

"我知道。"

纪轻轻愣在原地。

他就说了"我知道"这三个字？

然后呢？没有了？

他不关心？他不在乎？

纪轻轻觉得不可思议："你知道你还让我去？"

陆励行这态度让纪轻轻有点儿生气，那语气口吻，似乎一点儿也不在乎这次婚礼一般。

透过穿衣镜，陆励行看到了纪轻轻生闷气的表情，微愣后扬眉一笑："我说过，我不会干涉你的工作。我询问过你的团队，他们一致认为这个节目对目前的你而言是一个翻身仗，我认为我没有理由阻止你上这个节目。"

纪轻轻态度坚决："不行，你明明知道我们要结婚了，而且，你让爷爷怎么想我？"

"爷爷那儿我会替你解释清楚。"

他还真是贴心，贴心到纪轻轻简直无话可说。

"那我岂不是得谢谢你？"

"不用谢，而且爷爷也不是老顽固，他会理解的。"

纪轻轻一哽。

是，爷爷思想开明，肯定不会误会她。

但是……既然陆励行事事都为她考虑好了，那她还矫情个什么劲儿？

这几天她一口回绝人家干吗？正如陆励行所说，这么好的翻身机会，她怎么能不把握住？

行，反正是陆励行让她去的，他都不在乎，那自己还在乎什么？

"行！我去！"

谈个恋爱而已，有什么大不了的！

说完，纪轻轻转身离开衣帽间，怒气滔天地钻进被窝，磨牙。

明天她就去节目组，和别的男人卿卿我我，气死陆励行这浑蛋！

陆励行看着纪轻轻气势汹汹的背影，换衣服的手一滞，他低声笑了笑。

一晚上，纪轻轻一直没理人，背对着陆励行睡，陆励行稍稍挪过来些，她就往前挪，拒绝和陆励行有任何的身体接触，可渐渐地，纪轻轻整个人都快被挤到床下去了。

"你过去点儿！"纪轻轻翻身起来，怒瞪着他。

陆励行闭眼似乎睡着了，一动不动。

纪轻轻咬牙切齿地睡到陆励行另外一侧，从他身上将被子抢过去大半。

大晚上的他倒睡得安稳，自己却气得睡不着！

结什么婚！她不结了！

纪轻轻愤愤不平地闭上眼睡觉，告诉自己不生气，睡眠最重要，陆励行既然喜欢戴绿帽子,她就给他戴好了!

陆励行,你给我等着!我不把绿帽子给你戴得稳稳当当我就不叫纪轻轻!

纪轻轻愤愤不平地想。

渐渐地,睡意袭来,粗重不稳的呼吸变得平缓,没过多久她便慢慢陷入沉睡中。

一只手搭了过来。

陆励行那双含笑的眼睛在微弱的灯光下熠熠生辉。

翌日一早,纪轻轻起床就接到了秦越的电话,说是让她收拾收拾,下午过来接她。

纪轻轻一整天都闷闷不乐的,将行李收拾好,告诉陆老先生与裴姨自己得上个综艺节目,得出门三到五天。

陆老先生也没多问,只是让她多注意安全。

可陆老先生这慈爱的目光还是刺得纪轻轻愧疚不已。

下午3点,秦越来接她,纪轻轻坐在车上看着陆家别墅的大门,有种对陆老先生和盘托出的冲动。

一路上纪轻轻有些郁闷,平时还会和人打趣两句,今天却坐在后座一言不发。

秦越给温柔递了个眼神,温柔心领神会,低声道:"轻轻姐,你怎么了?"

纪轻轻叹了口气,情绪不高:"没事。"

陆励行不介意,陆老先生也不会误会她,这个节目可以说是她的翻身仗,到时候联合她的电视剧一同播出,她的热度肯定能再上一个高度。

无论怎么看,她参加这个节目都是百利而无一害。

可是,为什么她就是这么生气呢?

温柔还想再说两句,可是看到纪轻轻手上被揉成一团的毛毯,又将话咽了下去。

倒是秦越咳嗽了一声:"轻轻,这个综艺节目的策划书我已经给你看过了,相信你也清楚,待会儿咱们就去拍摄地。这边是几对嘉宾的资料,你再看看。"

纪轻轻深吸了一口气,强打起精神接过秦越递过来的资料。

既然她已经答应参加这档节目,那就不能继续萎靡不振下去。

这几对嘉宾还挺有意思的,有几位纪轻轻正巧认识。

一位是曾经和她搭档拍过巧克力广告的当红小生路遥,一位是她所在娱乐公司的顶头上司陈书亦。

纪轻轻有些诧异:"陈总也去?"

秦越笑笑:"陈总的太太从前也是艺人,只不过后来息影了,王导找上陈总的太太,陈太太答应了。陈太太上这档节目,陈总不可能不去。"

纪轻轻微愣,有些难受。

人家妻子上节目,丈夫身为娱乐公司老板就巴巴地跟过来了,别人都是假恩爱,就他们是真恩爱。不知道为何,纪轻轻心生凄凉之感。

"那……哪位是陈太太?"

"那位林小姐就是陈太太。"

"林小姐……"纪轻轻扫视名单,看到了林蓁的名字,"林蓁?"

"对,就是这位林小姐。虽然林小姐对您有些误会,但是没关系,待会儿她就会明白的。"

"误会?误会我什么?"

秦越笑而不语。

纪轻轻继续将注意力放在嘉宾名单上,这些人演过什么剧,她都得记下来,否则待会儿大家一寒暄,她什么都不知道,这得多尴尬。

另外还有一对情侣也挺有意思的,是最近爆火的一部古装剧里的男二号和女一号,二人在剧中各种虐恋情深,让粉丝和观众哀号不已。

纪轻轻数了数这上面的嘉宾人数:"我呢?"

秦越看向她。

"和我搭档的男嘉宾是谁?"

秦越笑得神秘:"不剧透,待会儿到现场你就知道了。"

纪轻轻看秦越这副模样,想来自己的搭档应该不会太差,就是不知道会是谁。

想着想着,纪轻轻脑子里突然浮现出陆励行的身影,磨牙。

别人家的妻子要参加节目,丈夫眼巴巴地跟来了,陆励行倒好,完全不在乎!

他对她这么放心?

陆励行你给我等着,今天我不把这绿帽子扣在你脑袋上,我就不叫纪轻轻!

节目组拍摄的地方距离市区有些远,在一个海滨的度假山庄里,约莫一个半小时的车程后，纪轻轻终于达到目的地。

节目组的工作人员已经在度假山庄的一处空地上布置明天的场地。

纪轻轻从车上下来，立马有工作人员上前来接。

"纪小姐，请跟我来，我们导演在等您。"

另外几名工作人员去帮忙搬纪轻轻的行李，秦越跟在她身边和她一齐走。

"其他嘉宾都到了吗？"纪轻轻问。

那名工作人员看了一眼名单："还有沈小姐以及陆先生没来。"

这位没来的"陆先生"，纪轻轻自然就听成了路遥。

纪轻轻点了点头，跟着工作人员来到度假山庄的一间休息室前，工作人员敲了敲门，听到一声"请进"后，打开门，自己并不进去，而是侧身让纪轻轻进去。

纪轻轻道谢后进门。

休息室不太大，放眼望去乌泱泱一片，坐了不少人。

一位谢顶了的戴着金丝边眼镜的中年男人见纪轻轻进门，起身："纪小姐，大家刚说起你，你就来了。"

《我们恋爱吧》这档节目原定的开机日期其实是昨天，但由于一对嘉宾临时因为档期冲突而退出节目组，王导这才再次将目光对准了陆励行。

王导好歹也在演艺圈内混迹多年，一有风吹草动他都能听到些信儿，从周导那儿得知在纪轻轻拍摄电视剧期间，陆励行追着过去了，当即嗅到了不同寻常的味道。

果不其然，他猜对了。

纪轻轻带着歉意笑道："不好意思导演，路上堵车，来晚了，真的抱歉。"

王导倒是个好说话的："没关系，找个地方坐下吧。"说着，他也招呼着秦越在一侧坐下。

纪轻轻与在座的人都不熟，打过交道的只有她那个顶头上司陈书亦以及坐在角落里冷着脸的路遥。

看到路遥的瞬间纪轻轻暗自咋舌，这是座冰山，就是不知道谁会和这座冰山谈恋爱。

"陈总好。"

陈书亦笑了笑，对自己发小的妻子，他一向照顾："不用这么客气，叫我书亦就行。"

坐在他身侧一身清爽打扮的女人冷哼了一声。

陈书亦嘴上笑容僵硬,对自己发小的妻子太照顾,容易后院起火。

他转头低声在那女人耳边说着些什么。

纪轻轻揣测,那估计就是陈书亦的太太,林蓁。

她之前也听说过陈书亦与他的太太感情深厚,甚至于陈书亦为了林蓁离家出走自立门户,就是为了娶林蓁。

想到这儿,纪轻轻不由得多打量了林蓁两眼,巴掌大的脸上五官精致小巧,却又不小家子气,皮肤白皙净透,一眼望过去,绝对是那种让人过目不忘的美人。

"作为《我们恋爱吧》的导演,我很感谢各位能参加我这档综艺节目,感谢大家。在这之前,我和几位都有过沟通,大家应该也都了解这个综艺节目的模式了。这次节目没有台本,只有一个要求:将你的搭档当成自己真正的男女朋友来相处。大家有什么意见或者不明白的地方,可以问我。"

"王导,拍摄模式是怎样的?"路遥身侧一位红唇高冷的女人开口问道。

"是这样的,我们节目组在各位的房间里安装了摄像头,不过请各位放心,洗手间是没有安装的,在白天,我们会有两名摄影师进屋拍摄,当然了,这个会征求大家同意的,如果当时不方便的话,我们节目组是不会有任何人进去你们房间拍摄的。"

不少人点头。

"还有什么要问的吗?"

没人说话。

纪轻轻笑着问道:"王导,您这边是提前将情侣配对好了吗?"

"那是当然,咱们总不能抽签决定吧。毕竟咱们这个节目里也不全都是假扮情侣,还有两对是真正的情侣。"

真正的情侣?

纪轻轻看了一眼,在场的人除了陈书亦与林蓁是夫妻,其他人应该都是假扮的情侣才对,哪来的两对?

"那我的男朋友呢?"

王导一愣:"你不知道吗?"

"这个您似乎没有提前和我说。"

王导听后笑了起来:"原来是这样,我以为你知道了,你的男朋友就是——"

敲门声响起,打断了王导的话。

"请进。"

门被推开,一男一女并肩走进休息室内。

看到来人的那一瞬间,纪轻轻眉心便皱了起来。

嘉宾名单里不是没有这两个人吗?他们怎么来了?

来者不是别人,正是沈薇薇以及"纪轻轻"的前男友辜少虞。

以沈薇薇的名气,想来是不太可能上这档节目的,她能来多半是因为辜少虞。

不过沈薇薇与辜少虞参加这个节目,就不担心陆励廷会多想吗?

沈薇薇带着十足的歉意向王导道歉:"导演,抱歉,路上堵车,来晚了。"

"没关系,我们也刚到没多久,坐下吧。"

沈薇薇看上去与辜少虞挺亲密的,两个人说说笑笑地在一侧的沙发上坐下。

"大家好,我叫沈薇薇,很荣幸能和大家参加同一档综艺节目!"沈薇薇笑着看向身边的女人:"乔桉姐,您好,很高兴今天能见到您。"

乔桉长相大气,很有姐姐范,笑着嗯了一声,并不说话,但也让人感受不到她的高傲与疏离,态度很是亲和。

辜少虞的目光全在沈薇薇那儿,对于在场的其他人权当看不见,看了一眼纪轻轻,像是觉得她极其碍眼一般连忙转移视线。

"对了,纪小姐刚才的问题我这边再说一次。"王导拿出一块白板来,说道,"咱们这次有五组情侣,不管是真还是假,我都希望各位能在镜头前展现自己最真实的一面。下面我说一下配对的情侣,路遥与张啦啦一组,陈书亦与林蓁一组,沈薇薇与辜少虞一组,顾非凡与乔桉一组,至于纪轻轻,你是和陆——"

王导的话再次被打断,不曾关上的休息室的门被推开。

"和我一组。"

这四个字穿过四周凝滞的空气传到众人耳畔,低沉性感,极具穿透力。

纪轻轻心头一跳,以万分难以置信的目光看向门口。

陆励行一身黑色西装,悠闲地站在门口,用气定神闲的目光静静地凝视着她。

纪轻轻看着站在门外的陆励行,惊愕不已。

他里面的衬衫是她早上给他挑的——虽然颜色不太搭,领结是她系的——虽然是随手胡乱系的，皮带是她买的——虽然没花多少钱。

一个穿着如此正式，原本应该在陆氏22楼工作的男人，为什么会出现在这儿？难道是因为自己？

纪轻轻心头猛地跳出这个想法，心不由自主地剧烈跳动起来。

就在纪轻轻愣神的瞬间，王导起身与陆励行寒暄。

"陆先生，多谢百忙之中抽空来这档节目。"

"王导客气。"

休息室里有几个人从前只是听说过陆励行，但是不曾见过。

"陆先生您好，久仰大名……"

除了一动不动地坐在沙发上的纪轻轻，其他人都与陆励行打了招呼。

在场的嘉宾以及经纪人助理等有意无意地将目光投向纪轻轻。虽说陆励行是纪轻轻节目中的搭档，但节目还未开始，她对陆励行就这样一个爱搭不理的态度，为人处事不成熟又不会来事，难怪红不起来。

众人一阵寒暄，说了些什么纪轻轻一句话都不曾听进去，直到陆励行坐到她身侧，她才反应过来。

陆励行早就决定好自己来参加这次节目？

明明是要参加，他为什么不告诉自己？

所以昨天晚上，他就是故意看着自己生闷气在那儿胡思乱想？

不过想想也是，以他陆励行的身份，怎么会眼睁睁地看着自己的未婚妻在电视上公然与别的男人秀恩爱？那多没面子。

昨晚他装得不错啊，害她胡思乱想那么久，她都在想象自己和别的男人发生肢体接触被镜头拍下之后怎么和陆励行解释了！

纪轻轻磨牙。

行，那他们就比比看，谁比谁更会装。

她就不信她一个演员还装不过他了！

陆励行坐在她身侧，纪轻轻朝另一侧挪了挪，带着疏离的微笑，与他保持着特定的距离，像是完全不认识他一般。

"陆先生你好，久仰大名！希望在接下来的几天时间里，我们能和睦相处。"

这话成功地让陆励行琢磨了好一会儿的话哽在喉间。

林蓁白了陈书亦一眼，低声咬牙切齿地说道："你不是说他们俩是夫妻？这个样子是夫妻？"

陈书亦心里也正纳闷儿这两个人今天是怎么回事，看起来怎么像两个陌生人似的。

他们装什么呢？

王导说了两句也就不说了，亲自送上房卡后让众人先回房休息。

当然，房间都是有两个房间的套房。

这个节目虽然是恋爱节目，但总不能让两个人真睡一块儿。

纪轻轻接过房卡，起身笑道："王导，那我先上去了，您有事的话再通知我。"

"行。"

纪轻轻看了秦越一眼，离开休息室。

陆励行也起身，王导以及两个嘉宾走过来想与他说两句话，但他目光紧随着纪轻轻："抱歉，我还有事先走一步。"

说完他从容脱身，疾步朝外走去。

休息室里的几个人面面相觑，倒是王导笑着打哈哈敷衍："陆总肯定是有事。今天舟车劳顿，辛苦大家了，大家今晚好好休息。"

陈书亦低声道："你看，我没撒谎吧？"

林蓁是过来人，哪能看不懂刚才陆励行那副淡定自若却又疾步追出去的模样是怎么回事，表情骗得了人，但身体下意识的动作是骗不了人的。

即使是这样，林蓁依然觉得奇怪，陆励行出车祸前她还没听说过两个人有什么交集，这短短两个月的时间，陆励行身边怎么就有了纪轻轻了？

而且看上去，他们的关系还非同一般。

一侧的沈薇薇看着纪轻轻与陆励行相继离开，一抹阴冷在眼底一闪而过。

"没事，你别害怕，有我在，不会让他们欺负你的。"辜少虞一把握住沈薇薇的手，语气坚定。

沈薇薇一愣，手慢慢地从辜少虞手心抽了出来，脸上带着一丝疏离与歉意的笑："谢谢你少虞，如果不是你的话，我不可能有参加这个节目的机会。"

"我说过很多次了，"辜少虞带着无奈与苦恼，"不用谢我，只要是你的事，我都心甘情愿去做。"

沈薇薇低眉笑了笑，没有说话。

1楼电梯间内，纪轻轻看着电梯面板上不断下降的楼层数，通过电梯门看了身后的秦越一眼："秦哥，你一直都知道陆励行会参加这档节目？"

这事秦越当然知道，可他以为陆励行会和纪轻轻说，今天来的路上纪轻轻问了一句自己的搭档是谁，当时他还以为陆励行是刻意瞒着，打算给她一个惊喜。

这夫妻俩之间的惊喜，他一个外人提前揭露了，未免也太不识趣了，他自然闭口不言。

"对，没错，这事我是知道，之前陆总就这档节目和我谈过，我以为陆总是想给你一个惊喜，所以……"

惊喜？

纪轻轻挑眉，这还真挺惊人的。

脚步声由远及近。

纪轻轻看了门口一眼，看见了陆励行的身影。

恰好，电梯来了，她收回目光，走进电梯。

就在电梯门合上的那一瞬间，陆励行的脸出现在还未完全关上的电梯门前，电梯门朝两边打开。

陆励行走进电梯，他的助理站在电梯外并不进来，笑着看了一眼电梯里的秦越，秦越登时会意，笑着出了电梯。

电梯门关上，纪轻轻站在陆励行右后方，只盯着电梯里不断上升的数字，视陆励行如无物。

纪轻轻不说话，陆励行也保持着沉默，看着电梯门上映出的纪轻轻的模样，双唇微动，欲言又止。

半晌后，纪轻轻终于将目光放在陆励行身上，语气很是疑惑不解："不知道陆先生屈尊降贵参加这个节目是为什么？"

陆励行低低地咳嗽一声。

"是因为单身吗？"

陆励行愣了片刻。

纪轻轻一本正经地说道："陆先生，我们这节目可是假的，假情侣假恩爱，就算你是单身，也不能占人便宜的。"

陆励行差点儿被纪轻轻这话给逗笑了，刚想说话，"叮"一声，电梯门开了。

纪轻轻挑眉笑着往外走，电梯在楼层的中间位置，她低头看了一眼房间号，却不知道是在左边还是右边，正准备往左边走看一眼房间号，就被随后走出电梯的陆励行牵住了手，往右边走。

陆励行的手掌宽大且十分有力，紧攥着她的手腕，让她挣不脱。

· 344 ·

"房间在这边。"

纪轻轻被他牵着手,跟在他身后,整个人几乎是被陆励行拉着往前走。

他用房卡刷开了门,两个人进屋。

这是个有两间卧室的套房。

房间被节目组布置过,有几台摄影机放在角落里,但还没开。

纪轻轻环视一圈,含笑的目光落在陆励行身上:"陆先生如果没什么事的话,我先回房休息了。"

说生气其实也还好,但说不生气,她怎么可能没情绪?

昨晚陆励行故意瞒着这事不说也就算了,那一副浑不在意的口吻,差点儿让她以为陆励行是被逼着和她结婚的。

哪有准新郎放任自己女朋友在外面和别的男人卿卿我我的?

这声许久不曾听到的"陆先生",听得陆励行眉角一挑。

"陆先生?"

"是啊,咱们这可是在录节目,假情侣,秀假恩爱!"

陆励行无奈失笑,举双手投降:"行,我道歉,昨天晚上没有提前告诉你这事。"

昨晚他原本是想说的,可一听到纪轻轻一脸愤慨地拒绝上节目的原因是婚期将近,不想给他惹麻烦,他心底深处一根不知名的弦被触动了。

她不想给他惹麻烦……

陆励行嘴角的弧度暴露了他此刻的心情。

纪轻轻惊讶地看着他,笑眯眯地说道:"陆先生,您不用道歉,您百忙之中来参加这个节目真的让我受宠若惊,虽然我不知道您来这档节目的目的,但想来应该不是为了我,不过没关系,明天我会好好配合陆先生,扮演您的女朋友。"

说着,她指着一个房间:"这个套房有两个卧室,这段时间就麻烦陆先生睡那间。"

说完,纪轻轻往另一个房间里走去。

陆励行心底苦笑,看来自己昨晚把她给惹毛了。

他上前,在纪轻轻打开门却还未进房间时,将人抵在门边的墙上,低声问道:"生气了?"

纪轻轻故意阴阳怪气地说道:"没有的事,我生什么气?陆先生能放下身份陪我上节目,我感激还来不及,怎么会生您的气?我哪有那么不知好歹?"

"不，你肯定生气了。"陆励行一脸严肃地说道。

纪轻轻靠在墙边："真的没有，陆先生你想多了，其实后来我也想通了，这个节目对我的帮助很大，我失去这个机会得不偿失。"她认真地想了想，"陆先生放心，就算你没来，我也会努力工作的，这个节目上其他嘉宾都挺好的，像那个路遥，以前我们就合作过，还有顾非凡，你知道吗？他演的那个古装剧男二号真的太帅了，如果我能和他组情侣——"

话还未说完，陆励行用手捂住了她的嘴。

纪轻轻抓住他的手想一把扯开："嗯嗯嗯……"

陆励行手心温热，还有些痒，伸出另一只手钳住她的双手，双眼微眯："你想和别的男人演情侣？"

纪轻轻呜呜地说话，狠狠点头。

陆励行皱眉，脸色阴沉，咬牙道："纪轻轻！"

纪轻轻猛地将她捂着自己的手挣开，理直气壮地看着他："不行吗？"

看着纪轻轻那副瞪着他张牙舞爪的模样，这一张嘴真是……

陆励行倏然间就笑了——被气笑的。

"你以为我没来，你能来？"

纪轻轻牙痒痒，刺他："陆先生有钱有势，在下佩服。"

"好好说话。"

"我怎么没好好说话了？陆先生一句话就能让我从这个节目组离开，我怎么敢得罪您？"

纪轻轻看着陆励行的脸色，阴恻恻地想：让你昨天骗我！故意让我生气！

听着纪轻轻伶牙俐齿的话，看着纪轻轻得意扬扬的模样，陆励行俯身靠近，有了坏心思。

以迅雷不及掩耳之势，陆励行将人拦腰抱起，一脚踹开了房间的门。

"陆励行你干什么！你放我下来……"纪轻轻被吓得瞬间慌乱。

可刚进房，陆励行就站在原地，眯眼看着房间的一处地方。

纪轻轻看着他猛地沉下的脸色，感觉到气氛不太对，转头看了一眼。

温柔正尴尬地站在床前，将惊愕的目光从两个人身上移开，视线不知道该落到何处。

她在纪轻轻与陆励行二人进来前就到了，同时也在房间里尴尬地听到了两个人的全部对话——他们刚刚就在门边上，这门还没关，她怎么可能没听见？陆励行抱着纪轻轻进来时，她正忧愁地想着自己的下场，在房间里扫视许久，很想将自己藏起来，可没找到能把自己藏起来的地方。

在两个人的注视下，温柔只好硬着头皮胆战心惊地说道："那个……轻轻姐，你的衣服我都放在衣柜里了，杂物我也都整理好了，如……如果没什么事的话，我就先出去了。"

在陆励行的高压视线下，温柔头也不敢抬，都快哭了，唯恐自己被陆总"杀人灭口"。

她根本就不想听到这些更不想看到这些的好吗？

现在有钱人谈恋爱都是这样的吗？

有钱人的世界她真的不懂。

纪轻轻脸色更尴尬，从陆励行怀里下来，整理自己的头发，清了清喉咙，强装镇定地说道："辛苦你了，你先出去吧。"

温柔如获大赦，兔子似的蹿出房间。

关门声传来，纪轻轻瞪他："我告诉你，我可是卖艺不卖身的！"

她卖艺不卖身？

陆励行被纪轻轻这几个字给气笑了："你卖什么艺？床上打滚？"

这是在说她晚上睡觉不老实？

纪轻轻瞪了陆励行一眼："看来陆先生对我的睡姿很不满意，既然这样，"她脸上挤出一抹笑，"现在时间不早了，我想休息一会儿，陆先生先回自己房间休息吧。"

被将了一军，陆励行脸上笑容全无。

这套房中间是客厅，两边是客房，有餐厅有厨房，是两室两厅的户型，房子也被节目组装饰得很温馨。

陆励行不动，在这房间内环视一圈："情侣哪有分房睡的？"

书桌一角有台摄像机，沙发角落里也有一台，陆励行看了一眼，发现它们都没开。

"明天开始咱们才是情侣。"

陆励行将外套脱下，去阳台看了一眼，回过身对纪轻轻道："现在我们是夫妻，更不能分房睡。"

纪轻轻撇嘴："那也是假夫妻，不是真的。"

"要不要给你看看结婚证是真的还是假的？"

纪轻轻嘀咕："也不知道是谁当初说，为了爷爷的身体着想……"

陆励行刚准备说话，门铃声响起。

纪轻轻去开门，来者是陈书亦和他的太太。

"陈总，您怎么来了？请进！"

陈书亦搂着林蓁亲密地走进来，笑道："别叫我陈总，和励行一样，叫我书亦就行，给你介绍一下，这是我太太，她比你大，叫一声姐吧，别生分。"

说完他又低头对林蓁说道："蓁蓁，这是我之前和你提起过的纪轻轻，励行的未婚妻。"

林蓁自上而下地打量了纪轻轻一眼，友善地朝她伸手："纪小姐，久仰。"

"林蓁姐别这么客气，叫我轻轻就好。"

陆励行从房间内出来："你们怎么来了？"

陈书亦笑道："我那边早就收拾好了，过来看看你这儿有没有什么需要帮忙的。"

"助理都已经安排好了，没什么需要帮忙的。"见到陈书亦频频给自己使眼色，陆励行无奈地说道，"坐吧。"

几个人坐下闲聊。

"咱们几个好久没有这样坐下来聊聊了，"林蓁看看纪轻轻，又看了一眼陆励行，"咱们仨可是老同学了，虽然说平时联系少，可是你什么时候有了未婚妻，怎么也不通知我们一声？"

"准备婚礼前再通知你们。"

"婚礼？"

陆励行点头："爷爷最近还在挑婚礼的日子，应该不会太久，最迟年底。"

陆励行当面承认并解释他和纪轻轻的关系，陈书亦松了一口气，半搂着林蓁的肩笑道："你也知道陆老先生严谨，婚礼这种一辈子一次的大事，当然要认真去办。"

林蓁点了点头，之前的疑虑一扫而光，笑着望向纪轻轻，态度亲和不少："轻轻你别介意，之前我听到些流言蜚语，所以对你有些误会，我向你道歉。"

"流言蜚语？"纪轻轻之前听秦越的，不去看网上有关自己的帖子以及微博败坏心情，所以网上传了些什么，她一概不知。

"也没什么，都是些捕风捉影的话。有一次励行不是给你送了99朵玫瑰花吗？别人却说是书亦送的。后来我又听说你去影视城拍戏，有公司高层跟着去，当时书亦恰好在出差，所以我误会了。"

听林蓁说这些事，纪轻轻脸颊一红："误会解开了就好，我的事给陈总带来了麻烦，真的很抱歉。"

"没关系，都过去了，你都不知道，当初我听书亦解释的时候有多惊

348

讶,我们三个都是老同学了,陆励行他还会给小姑娘送99朵玫瑰花?而且他工作起来就是个工作狂,连续工作好几天都有过,这些事太过匪夷所思,所以当时我以为是书亦在拿励行当挡箭牌来着。"

说着,林蓁看向陆励行,打趣道:"陆励行,你行啊!瞒着我们,不知不觉地骗回来一个老婆。当年我们几个老同学可是打赌,你什么时候才能开窍结婚,现在看来,咱们都输了,不过我倒是挺好奇的,你们是怎么在一起的?"

纪轻轻下意识地看了一眼陆励行,却发现陆励行的目光正牢牢地放在她身上。

"在医院。"

"医院?"

"那次车祸。"

林蓁恍然大悟。

"那次我去医院看你,医生都说你伤得不轻,大难不死必有后福,原来你的后福就是轻轻,好福气。"

陆励行幽幽地叹了口气:"不气我就行了,还福气。"

纪轻轻瞪他。

林蓁笑道:"男女朋友之间,不都是拌嘴过来的?当初书亦也经常把我气得半死,好在我这人心宽,不和他计较。"

陈书亦低头吻在林蓁额上:"多谢你不和我计较。"

林蓁半躺在陈书亦怀里,餍足地笑笑。

这节目还没开始,他们的恩爱就开始秀起来了。

"看你们俩这样我估计接下来这5天应该是能顺利拍摄的。轻轻,你应该也是第一次上这种节目吧?别紧张,其实这节目也没什么,就记录一下生活日常,咱们在家怎么过,在这儿就怎么过。"林蓁说。

"5天?"纪轻轻微愣,"为什么是5天?节目不是3天吗?"

"你不知道?"陈书亦反问,忽略了陆励行朝他使的眼色,"当初这个节目临时有人退出,王导托我找励行救急,励行用节目拍摄时间改为5天为条件,答应王导上这个节目。"

"咯咯——"陆励行低低地咳嗽了两声,解释道,"王导是节目的导演,节目流程早就确定好了,怎么可能因为我一个人而改变整个节目的流程?"

听到陆励行的解释,陈书亦似乎这才反应过来一般,恍然大悟道:"对……对!没错,王导应该也有他自己的打算。"

纪轻轻似懂非懂地点头，看向陆励行，微笑道："原来如此。"

陆励行下意识地想去端茶几上的茶杯以此来掩饰自己尴尬的表情，但茶几上空荡荡的，什么都没有。他看了一眼陈书亦夫妻俩："喝点儿什么？"

陈书亦笑道："不用了。"

"那行，既然不喝，今天就先到这儿吧，"陆励行起身，一副送客的姿态，"不聊了，你们也先回去休息。"

陈书亦："……"

林蓁很识趣，起身道："书亦，我累了，咱们回去休息吧，别打扰人家了。"

"行，那我们就先走了。"临走前似乎想起了什么，陈书亦回头对陆励行道，"你之前亲自嘱咐我处理轻轻绯闻的事我已经处理好了，放心吧，不过你记得下次给周总监打电话，别一点儿小事就往我这儿打。"

陆励行："……"

送走陈书亦夫妻之后，房间里静了下来。

纪轻轻皱眉思索："陆先生，你说为什么王导要将节目拍摄的时间由3天改为5天？"

"我怎么知道。"

"可是刚才陈总说什么来着？说你和王导做交易，所以王导才将3天的拍摄时间改为5天的。"

"没有的事，你别听他瞎说。"

陆励行扯了扯领带，大步朝自己的房间走去。

饶是他见惯了不少大场面，面对纪轻轻的追问，依然尴尬得说不出话来。

纪轻轻跟在他身后，自言自语："你自己悄悄参加这个节目不告诉我，还让导演将3天改为5天……"

陆励行嘴硬："我刚才不是解释了吗？王导不可能因为我一个人改变整个节目的流程，他有自己的考虑。"

纪轻轻眯着眼："真的？不会是你觉得3天太少了，所以——"

"所以什么？"陆励行打断她的话，"别胡思乱想，公司事情多，我巴不得时间越短越好。"

纪轻轻若有所思地说道："可是之前爷爷和我说了，公司最近发展稳定，没有非你不可的事，还说有机会让我和你一起去度假来着。"

陆励行强自镇定，若无其事地看了她一眼："你不是累了吗？赶紧回房休息。"

"刚才聊了一会儿，现在不累了。对了，我记得刚才陈总还说，你亲自嘱咐他让他处理我的绯闻……"她饶有兴趣地看了陆励行一眼,"陆总,这种事不需要麻烦陈总的,公司给我安排了团队,他们会处理好我的绯闻。"

陆励行站在原地,听着纪轻轻那一张小嘴喋喋不休地说个不停,倏然间就笑了起来。

他从前怎么就没发现纪轻轻这么会说呢?

他上前一步,手抚着她的下巴,微微向上抬起,俯身,出其不意、轻车熟路地吻在她的唇上。

双唇相撞,温度从唇瓣间传来,纪轻轻眼睛陡然睁大,瞳孔紧缩,下意识地屏住呼吸。

浅尝辄止的一个吻后,两个人快速分开。

纪轻轻怔在原地,脸颊肉眼可见地红了起来。

"还说吗?"陆励行眼底笑意渐深。

"陆励行,你——"

陆励行低头又吻了上去,将她的话堵在唇间。

纪轻轻一把推开他,往后退了几步,捂着嘴,错愕地看着他:"你……你流氓!"

陆励行朝她走过去,拦腰将她抱起,纪轻轻惊呼一声,下意识地搂住陆励行的脖子,震惊的目光转向他时,一个吻再次落在她的唇角。

"还说吗?"

识时务者为俊杰。

纪轻轻咬唇,一句话不说地瞪着他。

陆励行抱着她穿过客厅,回到她自己的房间里,将她放在床上,给她盖上被子:"好好休息!"

随即他转身疾步离开房间,并关上门,长舒一口气,成功躲地过这次劫难。

关门声就在耳边,纪轻轻将被子盖过头顶。

无耻!他太无耻了!

陆励行他啄米呢?

他竟然用这种方式逼她闭嘴!如果不是力量悬殊,她一定会将陆励行说得无地自容!

等着!我一定会把场子找回来的!

第十章

感情升温

纪轻轻认床,又习惯了枕边陆励行的呼吸声,换了个新环境很难睡着,满脑子都是陆励行刚才那小鸡啄米似的吻,一想起就觉得脸上火烧火燎地烫。

流氓!

陆励行表面上一本正经,实际上内心不知道多么无赖!他说不过自己就用这种方式逼她闭嘴。

呵,男人,死要面子。

纪轻轻翻来覆去好不容易有了些睡意,迷迷糊糊间房间门似乎开了,一个人影蹿进房间,蹑手蹑脚的,显然放轻了动作。纪轻轻猛地惊醒,睡意全无,借着窗外皎洁的月色,隐约看清了来人的轮廓。

那一点儿惊恐的感觉消失殆尽。

她起身将床头灯打开。

床头的灯亮了,陆励行一滞,掀被子的手停在半空,整个人僵在床边,下意识地就朝纪轻轻望去,两个人大眼瞪小眼。

"大半夜的你吓死我了!干吗啊?!"纪轻轻看了一眼墙壁上的挂钟,一点半。

陆励行原本以为这都一点半了,纪轻轻肯定睡着了,可没想到纪轻轻比他还精神。

陆励行强自镇定:"我看你睡了没有。"

"谢谢关心,刚才你不来的话,我就睡着了。你还有事吗?"

"没事了。"

纪轻轻戒备地看着他:"没事就赶紧睡觉,我困死了。"

听了纪轻轻的话,陆励行若无其事地掀开被子上床躺下。

纪轻轻看着他行云流水地在自己身边躺下:"你干什么?"

陆励行理直气壮地说道:"睡觉。"

"睡觉?你不睡自己房间来我这儿干什么?下去!"纪轻轻推他。

陆励行不急也不恼,闭上眼睛,岿然不动,明摆着是仗着纪轻轻拿他无可奈何:"别闹,赶紧睡觉。"

刚才他还在自己脸上"啄米"呢,陆励行这忘性真大。

纪轻轻这次可没打算惯着他,现在这是在自己床上,她还能被他给欺负了去?

她一把抽出陆励行压在手肘下的枕头,抱在怀里:"陆先生,这样不好。"

陆励行可不管她的威胁,抬手直接一搂,将纪轻轻搂在怀里:"睡觉。"

两个人同睡一个枕头,纪轻轻几乎能感觉到陆励行的呼吸,真是字面意义上的"同床共枕"了。

纪轻轻服了,投降了:"行,我把枕头给你行吗?你起来。"

陆励行双臂强壮有力,纪轻轻这小胳膊推不动他,整个人几乎被压在陆励行的手臂下。

"喂!"

陆励行没有动静。

"别装啊!"

陆励行呼吸均匀。

纪轻轻抱着枕头磨牙——自己又把自己给坑了。

到头来,这场子她不仅没能找回来,还被迫"割地赔款"。

纪轻轻叹了口气。

都怪自己不争气啊!

翌日一早,纪轻轻睁开眼睛,一眼就瞧见了身边的陆励行。两个人同睡一个枕头,另一个枕头本来被纪轻轻抱在怀里,但半夜早就不知道掉到哪边床底下了,察觉到自己手脚摆放的位置,纪轻轻尴尬地将手脚从陆励行身上挪开。

同一时间,陆励行睁开双眼,偏头望着他。

纪轻轻一愣,身体快速地往旁边滚去,下床。

陆励行深深呼吸,睁开眼睛起床。

想起昨晚自己从房间里摸过来蹭床的场景,陆励行叹了口气。

都怪系统不争气啊!

两个人住的是一个两室两厅的套房,只有一个洗手间,纪轻轻溜进洗手间刷牙洗漱,陆励行则回自己的房间换衣服。纪轻轻刚洗漱完就看到陆励行从房间里出来,大清早的西装革履,笔挺的西裤裹着两条大长腿,抬手正系着领带,正式得像是要去参加某个重要会议一般。

纪轻轻低头看了一眼自己身上穿的睡衣,对比陆励行一丝不苟的西装,她还真有些"衣衫不整"。

回房,纪轻轻将睡衣换下,捋了捋头发,力求让自己看上去仪表得体,但昨晚睡眠不好,眼下有隐约可见的黑眼圈,想了想,化了个淡妆,不浓,但总算掩盖了前一晚没睡好的苍白脸色。

都怪陆励行半夜来蹭她的床,否则她也不至于一晚上都没睡好!

节目组的两名工作人员敲响了房门,送来了早餐,告知他们待会儿摄像师以及王导就上来了。

纪轻轻与陆励行用过早餐没多久,王导便来了,身后还跟着几名工作人员,将房间内的摄像头尽数打开。

几个人的客套话没什么好说的,临走前王导笑道:"祝两位5天的旅行愉快。"

王导一走,房间里就只剩下纪轻轻与陆励行两个人。

纪轻轻装模作样地与陆励行面对面地坐在沙发上:"陆先生你好,我叫纪轻轻,很荣幸能成为您的搭档。"

陆励行抬眉看了纪轻轻一眼:"你叫我什么?"

哦,对。

今天他们的身份是假情侣。

纪轻轻脸上带着疏离的笑:"陆先生说笑了。"

陆励行眉心微拧,纪轻轻这疏离的态度,他怎么看怎么不顺眼。

别人是假装情侣,他俩却是假装陌生人。

两个人坐在沙发上,默契地看了一眼摄像机镜头。

就在两个人的脸出现在镜头前时,期待节目已久的粉丝在直播频道上刷着评论。

为了提高这档节目的热度,王导与一家直播平台合作,将5组嘉宾分频道直播，观众可以自由选择频道观看直播，当然，直播结束后节目组会放出官方剪辑视频。

纵观5个直播间，人气最高的是顾非凡与乔桉那组，毕竟影视剧粉慕名而来，就为看到两个人圆满结局，弥补剧中的遗憾。至于人气最低的，则是沈薇薇与辜少虞那组。

"这就是节目组一直不肯公布的神秘嘉宾？太帅了吧！"

"听说这位陆励行是陆氏的总裁，这么帅的老板，我现在跳槽还来得及吗？老板公司还缺人吗？上过大学的那种，我什么都能干！"

"这么一个大帅哥，便宜纪轻轻了！"

"我好恨！前段时间去陆氏应聘，我拒绝了他们的offer（录取通知）！我和陆总之间的缘分竟然亲手被我斩断，我恨！"

"希望纪轻轻不要碰瓷陆总，大家都知道是假情侣，就不要发通稿炒绯闻了谢谢。"

"那位担心纪轻轻碰瓷的姐妹，你觉得纪轻轻敢碰瓷陆总吗？碰瓷立刻被封杀好吗？"

纪轻轻窝在沙发里："陆先生，我们今天上午有什么安排吗？"

陆励行看了一眼手机里的信息，是陈书亦发来的。

陈书亦早就想带着林蓁旅游，趁着这个时机，一大早开车带人离开了度假酒店，那儿有他给林蓁准备的惊喜。

陆励行沉默片刻。

5分钟后，两个人各自拿了本书，窝在沙发里专心致志地看了起来。

节目组后期在两个人中间放了一个巨大的省略号，甚至还配了一段无比尴尬的音乐。

看了一会儿书后，纪轻轻终于把手上那本翻了好几个星期的书看完了，看了一眼还沉迷书中的陆励行，歪头侧过去看了一眼："你在看什么？"

陆励行看的是一本汽车杂志。

陆励行没回答她，纪轻轻就着陆励行看的这一页看了下去，这本杂志上面介绍了今年最新的车型，陆励行正看的这一页，是关于无人驾驶技术的介绍。

自上而下扫完这页，陆励行作势要翻页，纪轻轻正看得津津有味，整个人不知不觉地往陆励行身边靠，她一把按住陆励行要翻页的手："等等，我还没看完。"

陆励行翻页的手顿住，他让纪轻轻先看完。

"纪轻轻果然是个心机深沉的女人，一个劲儿地往陆总身上靠。"

"天哪，纪轻轻都快贴在陆总身上了吧？"

"陆总脾气真好，还让着这女人，如果是我，一巴掌拍飞她！"

"白瞎陆总的颜，纪轻轻怎么会有这么好的运气和陆总配对！我恨！"

"我觉得这画面还挺养眼的。"

沙发背靠着窗户，窗户外照进来的金色阳光洒在二人身上，纪轻轻不知不觉看得入迷了，看完一页伸手去翻，陆励行抓住她的手："我还没看完。"

纪轻轻百无聊赖地打了个哈欠，陆励行无奈地翻了一页。

半响后杂志被翻完，纪轻轻起身看了一眼窗外。

他们的房间在3楼，推开窗就能看见海，放眼望去海天相接，蔚蓝一片。

陆励行见她脸上跃跃欲试的表情，问："去海边走走？"

"可是我好困啊。"昨晚一点半陆励行蹭她的床，害她两点多才睡着，一大早的7点又醒了，整个早上都处于迷糊的状态中，精神不济。

"那你回房睡会儿。"

纪轻轻点头，回房间将房间里的摄像头盖住，睡了个回笼觉。

陆励行就在客厅里看书看杂志，丝毫不觉得无聊。

10点，纪轻轻终于睡饱了，拉开窗帘，伸了个懒腰，睡得全身都酥了。

太阳正好，海面上波光粼粼。

她来到客厅，陆励行还是之前那个姿势坐在沙发上看书，耐得住寂寞，一点儿也不觉得枯燥。

"醒了？"

纪轻轻点点头："多谢陆先生关心，睡饱了。"

陆励行抬头看了她一眼，没说什么。

阳光正好，陆励行提议出去走走，纪轻轻点头应了。

"等等，你不会就这样出去吧？"纪轻轻看着陆励行身上的西装，指出他的着装不合适。

"不行？"

纪轻轻暗自翻了个白眼："陆先生，咱们现在是在度假，不是去开会。"

说着她进了陆励行的房间，翻了翻他的衣柜，发现他除了正装，一件休闲衣服都没带。

不过在家里，她在衣帽间里似乎也没看见陆励行的休闲装，里面全是整齐的西装衬衫。

"不如你把外套脱了吧？"纪轻轻建议着，又让他把领结松了，解了衬衫最顶上的两颗纽扣，又将衬衫袖口解开挽起，不说有多休闲，但多了几分随性，总比刚才那副要去开会的模样好上许多。

纪轻轻满意了。

陆励行顺势想牵纪轻轻的手，却被纪轻轻轻巧地躲了过去。

她眯着眼笑，义正词严："陆先生，第一天关系还是不要太过亲密的好，我可不想让观众觉得我倒贴勾引你。"

纪轻轻说着往外走。

陆励行挑眉，跟上。

度假山庄挨着海边，有一大片私人海滩，但现在这个季节前来山庄度假的人不多，整片私人海滩上没几个人影。

纪轻轻一身长裙被海风吹得扬起，现在虽然还不是夏季，但气温适宜，纪轻轻脱了鞋，撒开脚丫子在海边跑也不觉得冷。

而陆励行站在海滩边上，也不下水，就静静地看着纪轻轻，海风迎面吹来，不用为了工作上的事烦心，不用时时刻刻绷着那根弦，就这么虚度时间，静静地看着拍打在海滩上的浪花一层层退去，是他从未有过的悠闲体验，一股由内而外的轻松感让他倍觉自在。

沿着海滩往前走，纪轻轻一步一个脚印，笑容就没消失过。

那是比这大海看起来还要舒心的笑。

"你很喜欢海？"

纪轻轻笑着望向海面："当然喜欢，风吹起来特别舒服。"

咸湿的海风吹来，陆励行深吸了一口气："嗯，是还不错。"

潮水涨涨退退，海风迎面吹来，纯白的海鸥越过海面，发出一声嘹亮的鸣叫，振翅飞向蓝天。

"那是海鸥吗？"纪轻轻指着天空中那个小点，"可惜只有一只。"

在这个私人海滩，他们能看见海鸥就算不错了。

一个大浪猝不及防地打过来，为了不让裙子被打湿，纪轻轻连连往后退了好几步，沙子太软，她一个不小心往后一个趔趄差点儿摔倒在地，陆励行手疾眼快，一把将人从身后搂住。

"心机深沉！"

"故意的，纪轻轻一定是故意的！故意往陆总怀里倒！"

"陆总惨，被纪轻轻盯上了，唏嘘。"

"纪轻轻手段了得啊，不愧是'男神收割机'。"

陆励行在纪轻轻耳边以只有两个人听得见的声音笑道："这都站不稳，

357

故意的？"

纪轻轻原本是站稳了的，听到这话脚又崴了一下，狠狠地踩了陆励行一脚，站稳后与陆励行保持一定的距离。

"多谢陆先生。"

"不客气。"

两个人沿着海岸线走，一步一个脚印，两排深深浅浅的脚印留在海滩上。

摄影师不远不近地跟着他们。

一阵海风吹来，纪轻轻打了个寒战。

"冷？"

"有点儿。"纪轻轻也没想到在海边随便吹吹风会这么冷。

陆励行看了一眼时间："那我们回去吧。"

纪轻轻往岸上走，陆励行跟在她身后，沉默地拎起她遗忘在沙滩上的鞋子。

远离海边的岸上沙子越来越粗，硌得纪轻轻脚底板疼。她找跟拍的工作人员要来一瓶水，扶着陆励行将水倒在脚上，把沾在脚上的沙子洗干净。

脚是干净了，可她穿的那双便于走路的小白鞋正被陆励行拎在手上。

纪轻轻将一只脚上的沙子洗干净了，踩在陆励行干净的鞋面上权当报复，看着他手上拎着的小白鞋："你把鞋给我。"

陆励行蹙眉："你多重？"

纪轻轻想了想，这段时间没工作，裴姨做的饭菜太好没控制住嘴，体重怎么也得九十几斤了吧？

得亏她高，一米六八，否则她这体重上镜估计不能看了。

"90斤？"

陆励行看着她脸颊上的肉，对纪轻轻这回答没有半点儿信任："90斤？我怎么感觉你胖了？"

"这不是裴姨做饭太好吃了吗？"她在镜头前说自己90斤就很不容易了，这陆励行还来拆她的台，"100斤行了吧？干吗？"

陆励行蹲在她面前："我背你。"

纪轻轻被吓得将洗干净的一只脚踩进沙子里。

陆励行在镜头前这么放得开的吗？

纪轻轻拍过戏，自诩是有过面对镜头的经验的人，但依然有些放不开，哪里知道这陆励行完全不受镜头影响，兢兢业业地秀恩爱，竟然要背她？

358

她受宠若惊地说道："不用！我用纸巾擦一擦就好了，多谢陆先生的好意！"说完，纪轻轻看向那名随行的工作人员，询问他有没有纸巾。

工作人员连忙打开背包，看着背包里的两包纸巾愣了片刻，又笑着将背包拉链拉上，很是抱歉地说道："抱歉纪小姐，忘记带纸巾了。"

陆励行蹲在那儿等烦了，双手往后直接抱住纪轻轻的膝弯，纪轻轻受力，猝不及防之下往前扑去，整个人扑在陆励行背上。

幸亏陆励行勤于锻炼，才没被纪轻轻这排山倒海之势压倒在地丢了颜面，一手拎着鞋子，一手伸在身后托着纪轻轻，轻松地站了起来。

直播间里的观众炸窝了。

"陆总你睁开眼看看，呜呜呜，这个女人不安好心啊啊啊啊！"

"一上来就秀？路遥和张啦啦两个人还在保持着安全距离不肯越雷池一步呢！"

"沈薇薇和辜少虞二人那才是真的在谈恋爱好吗？发乎情止乎礼，纪轻轻投怀送抱急得跟什么似的。"

"甜还是沈薇薇那对甜！"

"陆总不愧是陆总，细心又绅士，还不忘给纪轻轻提鞋，帅炸了！"

"纪轻轻这么胖，陆总背起来竟然毫不费劲！今晚给陆总加鸡腿！"

纪轻轻在那一瞬间下意识地搂住陆励行的脖子，环顾四周，脸色绯红。

"你干什么？快放我下来！"纪轻轻凑在他耳边急促地低声道。

陆励行却十分坦然："不是秀恩爱吗？我背你回去。"

"我腿又没断，你放我下来，咱们手牵着手一样可以秀恩爱！"

陆励行背着她往前走。

摄像机镜头依然不远不近地跟着，但存在感十足，给了纪轻轻莫大的压力。

"喂！你听见没有？放我下来！"

纪轻轻从小到大还从未被陌生人背过，她有些手足无措，那一抹绯红从脖子蔓延到了耳朵尖。

她悄悄瞟了一眼摄像机以及摄像大哥和几名助理、副导演脸上的笑："你……你还是放我下来吧，这也……"这也太难为情了。

她原本以为他们只像平时那样相处，哪里料到这才第一天，陆励行胆子就这么大，真的当着外人的面秀起恩爱来！

听着纪轻轻在他耳边不断地低声呢喃，陆励行嘴角勾出一抹若有若无的笑意。

"你不是要将假情侣贯彻到底吗？我不是在配合你？"

"可是……哪有情侣第一天就搂搂抱抱的？"说完，纪轻轻自己都被噎了一下。

这还真有。

无论纪轻轻说什么，他一概当作没听见，纪轻轻也终于放弃抵抗，趴在陆励行背上一动不动。

背着人到了酒店1楼，陆励行站在电梯前，腾不出手来，对埋头在他脖颈处的纪轻轻说道："按电梯。"

纪轻轻从他肩头将头抬起来，伸手按下电梯上行键。

很快，电梯来了。

"还不放我下来？"

陆励行继续背着她进了电梯，纪轻轻能通过反光的电梯门看到自己，可电梯里还有其他人在，羞得她再次将头埋在陆励行的肩头上。感受着陆励行脖颈处青筋的跳动，她几乎能听到自己胸腔里怦怦的心跳声。

进了房间，陆励行终于将人放下。

摄影师以及副导演没跟着进房，整个房间内就只有纪轻轻与陆励行两个人。

纪轻轻脚刚落地就忙不迭地进了洗手间，冲洗干净脚上的泥沙后，踩着拖鞋出来。

明明她刚才什么也没干，全程被陆励行背着走，可还是觉得自己浑身肌肉酸痛。

她想，多半是肌肉紧张得僵硬的原因。

窗户半开着，纪轻轻隐约能听到海滩上传来的尖叫声。

他们这个房间临海，离海滩极近，3楼也不高，说话声音大些，估计还能和海滩上的人对话。

纪轻轻打开窗一瞧，原来是顾非凡与乔桉这一对在那儿玩刺激的水上项目，节目组不少工作人员围在四周。

这二人本就在演艺圈打拼多年，很有综艺感，凭借着一部古装剧爆火，但两个人饰演的角色在剧中的悲剧结局，让不少粉丝哀号，也正因如此，涨粉无数。

与刚才他们二人只是去沙滩上走走不同的是，乔桉穿着性感比基尼大秀身材，顾非凡腹部的几块肌肉引人注目。看着如此养眼的一对"情侣"，纪轻轻又想起适才陆励行说自己长胖了的事，这一眼扫过去，乔桉那身材简直完美，让她不由得感叹了一句："身材真好。"

陆励行站在纪轻轻身侧看了一眼海滩,乔桠被人挡住了,他只看见了穿着泳裤赤裸着上半身的顾非凡。

陆励行面无表情地关上窗。

纪轻轻茫然地望着陆励行:"干吗?"

"冷,小心感冒。"

"没事,不冷。"

陆励行一言不发地回到沙发上继续看书。

纪轻轻将窗户打开,沙滩上的乔桠以及顾非凡显然是发现她了,伸手朝她打招呼。

纪轻轻朝两个人笑着招手。

"死亡警告,请让纪轻轻夸赞你的身材不少于3句!"

陆励行冷笑:"不稀罕。"

纪轻轻兴奋地说道:"不愧是演员,身材真好,腹肌长腿……好帅啊!"

陆励行莫名心浮气躁,手里的书登时看不下去了。

陆励行虽然是个工作狂,一天24小时至少有15个小时投身于工作,但也明白身体是革命的本钱这个道理,基本上会从剩下的9个小时里挤出一个小时的时间健身。

至于在哪儿健身——偌大一个公司还没健身房?

是以,陆励行的8块腹肌稳稳当当地扎根在他小腹上,从未消失过一天。

纪轻轻的眼神是有多不好,那顾非凡不过有四五块腹肌,身材也叫好?

陆励行不想像个争风吃醋的人似的让纪轻轻夸奖他的身材。

"宿主真的决定放弃这个任务?"

陆励行翻页,纹丝不动。

"让纪轻轻动动嘴皮子,宿主可以获得10点生命值,也就是10个小时的生命,您现在生命值不足10个小时,真的不考虑一下?"

陆励行一行一行地往下看书,专心致志。

"不执行任务生命值清零,难道面子比命还重要?"

"闭嘴!"

"好的。任务在5分钟后开始,您一共有15分钟的时间,祝您任务顺利,生活愉快。"

陆励行:"……"

艳阳高照,中午的海风带来了些许燥热感,海滩上的顾非凡与乔桠离开,看够了帅哥美女的纪轻轻终于回神,不由得感叹:"顾非凡的腹肌和乔姐的马甲线太漂亮了。"

她什么时候也能练出腹肌和马甲线来？

这段时间虽然一直在被裴姨投喂，但她都坚持在家锻炼身体，纪轻轻捂着自己软软的小腹，暗自计算已经锻炼的时间，很是奇怪，锻炼怎么就一点儿成效都没有呢？

刚摸到小腹，纪轻轻就有些饿了，看了一眼时间，十一点半。

"陆先生，中午咱们是下去吃，还是让人送餐上来？我饿了。"

陆先生坐在沙发上看书，无暇理会纪轻轻。

蹲守在直播间的观众看到陆励行并不理会纪轻轻的这一幕，发弹幕庆祝。

"哈哈哈陆总好样的，别理纪轻轻这个女人！"

"啧啧啧，任凭你楚楚可怜，人家陆总都不乐意理你。"

半晌后，陆励行似乎才回神一般看向纪轻轻："你刚才说什么？"

"我说，咱们中午是下去吃，还是让人送餐上来，我饿了。"

"不是这句，上一句。"

上一句？

纪轻轻迷茫了：她上一句说了什么？

她说腹肌和马甲线真漂亮，说错什么了吗？

陆励行憋着一股气，将书放在一侧的桌上，起身去洗手间。

纪轻轻没多想，正准备打电话让节目组送午饭上来时，陆励行从洗手间里出来。

他的衬衫纽扣已全数解开，小腹上的腹肌一览无余。

"你……你……你……"纪轻轻看到陆励行上身半裸的状态，下意识地往后坐。

走出洗手间的陆励行目光在客厅里扫过，触及摄像头时，不由得一怔——在和纪轻轻相处时太放松了，他差点儿忘了这儿还有摄像头。

他正准备去遮摄像头，纪轻轻比他动作更快，在陆励行出现在客厅的一刹那就左顾右盼，发现没有称手的东西，就以迅雷不及掩耳之势飞快地跑到摄像头前，用自己的后背将摄像头遮住。

客厅里一共有7个摄像头，分布在各个角落，是为后期节目剪辑所布置的，现在负责直播拍摄的摄像头只有正对着客厅的那个。

遮挡住摄像头后，纪轻轻怒视陆励行："你干什么？"

然而就在纪轻轻挡在摄像头前时，直播间的观众再次炸窝了。

"什么情况？！我刚才看到了什么？！"

"是腹肌啊！我看到陆总的腹肌了！虽然只看了一眼，但是姐妹，据我研究男人身体二十余载的经验来看，陆总绝对不能放过！"

"纪轻轻走开啊！我要看陆总的腹肌！"

"我恨！我没截图！纪轻轻这是什么速度，太快了！陆总我喜欢你！"

"姐妹冷静一点儿。"

"他好好的脱衣服干什么？纪轻轻刚才说了顾非凡的腹肌真好看。"

"我相信陆总刚正不阿，绝对不是看中纪轻轻的脸的肤浅男人！他脱衣服肯定是因为热！"

这些弹幕纪轻轻与陆励行自然是没能瞧见的，而在纪轻轻第一时间挡住摄像头后，陆励行挑眉："干什么？"

"你干什么？"纪轻轻咬牙。

陆励行坦然地说道："换衣服，我忘记拿衣服了。"

纪轻轻看着陆励行小腹上的8块腹肌，挪不开眼。

她和陆励行一起睡觉这么久，怎么就没发现陆励行的腹肌呢？

也是，两个人虽然同床共枕，但都正正经经地穿着衣服睡觉，隔着一层布料，她能知道陆励行有腹肌才怪了。

"你先进洗手间，我给你拿。"

陆励行信步进洗手间，纪轻轻沉着脸走进陆励行的房间，打开他的衣柜，只见一排排衬衫和西装整齐地挂在里面。

大中午的，她也不知道陆励行发什么神经，非得换衣服，衣服又没脏又没坏的。

挑来挑去，纪轻轻从一堆衬衫里拿了一件白色的衬衫给他。

她来到洗手间门口，推开门，正准备将衬衫递给陆励行，却发现陆励行早已把身上的衬衫脱了，上半身一丝不挂。

8块腹肌，倒三角身材，小麦色泽的皮肤，健硕有力的肌肉。

纪轻轻登时脸红，低低地咳嗽了一声："衬衫。"

她眼神飘忽，目光很想放在陆励行的小腹上，但也不敢放得太明显。

陆励行瞟了衬衫一眼，没接："不是这件。"

他的要求还挺多。

"我给你换一件。"

纪轻轻回到他的房间里，又在他的衣柜里挑挑拣拣许久，一系列白色衬衫在她眼里都是一个样，陆励行怎么就能看出不是这件？

换了陆励行常穿的一个品牌的衬衫，纪轻轻回到洗手间将衬衫递给他，目光下垂。

陆励行看她视线完全不放在自己身上，眉心紧蹙："也不是这件。"

纪轻轻奇了，以眼神告诉他别作妖："陆先生，那你告诉我你要穿哪件，什么品牌的，我去给你拿。"

陆励行随口说了个品牌，纪轻轻好脾气地在他衣柜内找了许久，没找到。

陆励行就不是个关注自己衣服品牌这些小事的人，衣食住行有人安排妥当，他哪会注意到这些？纪轻轻回到洗手间："没见着那件，这件你凑合穿吧。"

这些衬衫不都一样，他作什么妖？

陆励行看了衬衫一眼，还是没接。

"抬头。"

纪轻轻抬头，与陆励行四目相对，余光瞥见陆励行腹部的肌肉，诚实地将目光下移。

不得不说，陆励行的这8块腹肌太帅了，结实有力，和刚才她在顾非凡身上看到的比，简直不是一个档次的，如果能摸一摸……

纪轻轻忙止住自己脑海中这个令人羞耻的念头，将目光移开。

陆励行挑眉，笑道："怎么不看了？"

"看什么？"纪轻轻脸红。

"刚才不是说腹肌好看？"

纪轻轻低低地咳了一声掩饰自己的尴尬："是挺好看的。"

"谁的好看？"

"……"纪轻轻脸色更红，"你的。"

"任务完成1/3。"

"害羞？你平时摸都摸了，还害羞？"

洗手间离客厅的摄像头较远，摄像头拍摄不到这里的画面且接收不到他们说话的声音。

饶是这样，纪轻轻的脸还是更红了。

"我……我什么时候摸了？你别胡说八道。"

"正好卧室里有摄像头，明天早上起来你看看回放就知道有没有摸过。"

纪轻轻："……"

陆励行居高临下地看她绯红的耳尖："我听裴姨说，你最近在锻炼？想练腹肌？我可以教你事半功倍的办法，不过我得先问你几句话。"

纪轻轻点头。

陆励行笑道："腹肌漂亮吗？"

"漂亮。"

"我的漂亮吗？"

"你的漂亮。"

"任务完成 2/3。"

"喜欢吗？"

纪轻轻违心地摇头。

"嗯？"

纪轻轻沉声道："喜欢！"

"任务完成 3/3，恭喜生命值加 10，当前生命值为 18 小时！"

陆励行笑容克制，语气很淡，稀松平常地说道："那好，之后我会手把手地教你怎么练出腹肌来。"

纪轻轻实在是受不了陆励行这挑逗的话，将衬衫往他身上一扔，又将洗手间的门一关，直接坐回沙发上，故作淡然地看书。

她的心怦怦直跳。

陆总大白天的赤身裸体，这谁受得了？

不过她什么时候摸了陆励行的腹肌？

纪轻轻认真仔细地回想了一下，确定她在清醒状态下绝对没有摸过！

至于陆励行所说的睡觉的时候摸的，那不算，绝对不算！

陆励行从洗手间出来，衬衫下摆的纽扣余下两颗未系，隐约可见腹部肌肉。

纪轻轻："……"

陆励行平时衣冠楚楚一丝不苟，现在连个衬衫都穿不好了？

纪轻轻频频给他使眼色，然而陆励行完全没注意，或者说是完全没在意。

太放肆了！这陆励行，简直太放肆了！

大庭广众之下他能注意点儿形象吗？

纪轻轻恨不得直接上手将他的纽扣扣好！

纪轻轻费了好大一股毅力，才控制住自己蠢蠢欲动的双手。

可她控制住了自己的手，却控制不住自己往那腹肌上瞟的眼神。

8 块腹肌！

足足 8 块！

纪轻轻平时也常浏览美图养眼，只在图片上见过 8 块腹肌，哪里见过真的？

她没想到陆励行的身材这么好！

纪轻轻拿书挡着脸，装模作样地看了起来，小声嘀咕道："你就不能把衬衫扣好吗？"

陆励行挑眉："什么？"

"没什么。"

陆励行笑了笑，终于动手将他的衬衫恢复正常。

咕噜——

纪轻轻极其尴尬地捂着肚子看向陆励行。

"下去吃？"

"下去吃吧。"

二人不谋而合，随即不约而同地起身进屋，换衣服下楼吃饭。

酒店房间外有摄影师以及助理 24 小时待命，见两个人出来，立马跟上。

度假酒店内有三个餐厅，一家西餐厅、一家特色主题中餐厅以及一家自助餐厅，他们去了特色主题餐厅。

店内吃饭的客人不多，三三两两，约莫是提前被酒店方面告知过，偷偷拍了照片，但并不上前来打扰节目组。

服务员将菜单送到他们面前，纪轻轻随意地翻了翻，嘀咕道："想吃裴姨做的苏眉鱼了。"

陆励行翻了两页菜单："回去让裴姨给你做个够。"

这两句话被摄影机收入了，直播间里的观众听得一清二楚。

"为什么我总感觉这两句话有点儿不对劲？"

"这俩人说话的口吻……感觉像是老夫老妻？"

"姐妹，我有个大胆的猜测，他们会不会早有情况，而且已经同居了？这个裴姨绝对是关键人物！"

"说同居的那位姐妹你醒醒，这就是个假情侣谈恋爱的节目而已！他们怎么可能同居？"

"我敢打包票，这两个人的关系绝对有猫腻，否则陆总不会说这样一句话！"

"我有小道消息，据说这个节目里的五对情侣，其实有两对是真的，其中一对是陈书亦和林蓁,另外一对,你们自由猜测吧。"

"不可能!我陆总怎么可能会和纪轻轻扯上关系?"

"节目而已,肯定是有剧本的,你们当真就输了。"

服务员笑着向纪轻轻介绍今日菜品:"纪小姐,我们这儿虽然没有苏眉鱼,但是您可以尝尝石斑鱼,是今天一早运过来的,很新鲜。"

话音刚落,又有一对情侣身边跟着几名摄影师走进餐厅。

他们是沈薇薇与辜少虞。

在纪轻轻与陆励行的直播间观众,见着沈薇薇以及辜少虞两个人,再次炸窝了。

"辜少虞和纪轻轻可是前男女朋友关系,沈薇薇和纪轻轻之前又发生过冲突,这下有好戏看了。"

"沈薇薇有男朋友还上这类恋爱节目,她男朋友知道吗?"

各种猜测的话时不时出现在直播间里,身在话题中心的几个人对此毫无感觉,辜少虞正犹豫是否要过去与陆励行打个招呼。

"少虞,你想吃点儿什么?"沈薇薇将点菜的决定权交给辜少虞。

辜少虞笑笑,目光却放在不远处的陆励行与纪轻轻的身上:"没关系,你点就好,我都可以。"

沈薇薇顺着辜少虞的目光望了过去,望向跟拍的摄影师。

摄影师识趣地离远了些。

"陆总和轻轻真恩爱啊,之前在影视城拍戏的时候,陆总都跟组在那儿住了几天,现在轻轻参加节目,为了配合轻轻,陆总又来了。"

辜少虞收回目光,脸色不太好看。

他是纪轻轻的前男友,虽然对外宣称他们是和平分手,可纪轻轻和他分手没几天就找了陆励行,人都住进了陆家,据说陆老先生对纪轻轻还颇为满意。

陆励行是谁?那是他们同辈中的翘楚,是被他们的父母挂在嘴边的人,这么优秀的男人,怎么会看错人?

纪轻轻和他在一起时,他身边的朋友哪一个不说她是个轻浮的女人?

可现在纪轻轻和他分开了,和陆励行在一起了,那群狐朋狗友都说他有眼无珠不识货,个个都在笑话他。

辜少虞憋着一股闷气,冷哼道:"纪轻轻不是什么好人,找机会我会和陆爷爷说说,迟早有一天非拆穿这女人的假面不可!"

沈薇薇蹙眉,柔声劝道:"少虞,你别这样,你肯定是误会轻轻了,我觉得她也没你说的那么坏。之前在剧组拍戏的时候，她人挺好的，与静云姐和蒋溯哥相处得都挺融洽的。"

"薇薇，你就别天真了，戚静云和蒋溯是你那部剧的男女主演，她当然会和他们相处融洽，知人知面不知心，你以后少和纪轻轻打交道，我怕你吃亏。"

沈薇薇勉强笑道："那好，听你的。"她带着冷意的目光却悄悄放在了纪轻轻的背影上。

陆励行目光轻飘飘地扫过来，恰好与沈薇薇四目相对，那眼底的警告意味过浓，猝不及防间沈薇薇猛地低头，与陆励行错开目光。

陆励行淡然地将目光收回，看了一眼摄像师，示意他走远一些。

服务员上了一瓶酒，替陆励行与纪轻轻一人倒了一杯。

这酒醇香四溢。

纪轻轻喝了一小口就被陆励行拦下了："少喝点儿。"

他显然对上次纪轻轻喝醉酒后的行为还心有余悸。

"你放心，我不多喝，只喝一杯。"

陆励行这才放开了手。

倏然间一阵呵斥的声音传来，纪轻轻循着声音望去，原来是辜少虞那边起了矛盾，一个服务员倒酒时不小心将酒洒在了沈薇薇的衣裙上，辜少虞当即怒了，说了那服务员两句。

沈薇薇一边用纸擦身上的污渍，一边竭力劝辜少虞，甚至不忘安慰服务员。

那服务员被辜少虞骂得连连道歉，原本安静的餐厅忽然有这么大的动静无端惹人心烦。

陆励行不悦地将手中的酒杯往桌上重重一放，声音瞬间让辜少虞闭上了嘴。

沈薇薇笑着对那服务员说道："行了行了，你先下去吧，我没事。"

那服务员再三致歉后才离开。

对于沈薇薇的私事，纪轻轻没有半点儿了解的兴趣，不过她既然有陆励廷这个男朋友，为什么还要参加这种假装情侣的节目？陆励廷在视频上看见自己的女朋友和别的男人卿卿我我，不会觉得硌硬？

"陆先生，你说沈薇薇上节目这事，你弟弟知道吗？"

"我不清楚他知不知道，"陆励行慢条斯理地说道，"但是，没有一个男人会愿意眼睁睁地看着自己心爱的女人和别的男人在大众面前卿卿我我。"

陆励行说的这些话，成功地让纪轻轻想起陆励行瞒着她上节目这事。

所以陆励行之所以上节目，原因正如他所说的，不能眼睁睁地看着自己心爱的女人和别的男人在大众面前卿卿我我秀恩爱？

心爱的女人？

这是明面上的意思？

纪轻轻意味深长地看了陆励行一眼，抿嘴笑了笑。

陆励行双眼微眯："你这么关心陆励廷？"

"他是你弟弟，我当然关心他。"

陆励行的声音不知不觉地冷了下来："他也是你前男友，以后和他保持距离。"

纪轻轻看他脸上轻描淡写的神色，故意皱眉道："可是他是你弟弟，以后估计得同住一个屋檐下，抬头不见低头见……"

"嗯？"陆励行哼出一个音来。

纪轻轻飞快地笑道："我想办法和他保持距离。"

服务员将二人点的饭菜端了上来。

看着可口的饭菜，纪轻轻食欲大振，大快朵颐。

沈薇薇偷偷地看了一眼陆励行，低声道："少虞，没关系，我真的没事。"

"没事就好。"辜少虞不想在自己喜欢的人面前露怯，但对刚才见陆励行不悦就收了声感到极其不满。

沈薇薇似乎能看透辜少虞的心事一般："刚才吓死我了，陆总他……不过陆总年纪轻轻就将陆氏壮大，我觉得身居高位久了的人都这样，身上有股劲儿，让人不敢招惹。其实我很崇拜他的，少虞，你不是说你把他当大哥一样尊敬吗？"

这算是维护了辜少虞的面子。

"嗯，我爸经常提起他。"

沈薇薇笑道："加油，假以时日，我相信你一定会超越他的。"

沈薇薇如此善解人意的话着实让辜少虞心中好受不少，他笑了笑，松了口气。

陆励行与纪轻轻吃过饭，在酒店花园散了会儿步便回了房间。

纪轻轻早上睡了个回笼觉，现在倒也不觉得困，陆励行也没有睡午觉的习惯，两个人无所事事，大眼瞪小眼。纪轻轻无奈地说："陆先生，你觉得谈恋爱是这样谈的？"

陆励行倒是理直气壮："我没经验，你觉得应该怎么谈？"

纪轻轻哪里来的经验，不过这话她也不敢说，毕竟她现在这个身份可是有过三任前男友的女人。

就在纪轻轻苦思冥想之际，陆励行拿过桌上的车钥匙："走吧。"

纪轻轻跟着他起身，茫然地道："去哪儿？"

"谈恋爱。"

其实纪轻轻对那些有台词有剧本的节目还挺理解的，毕竟一个节目拍摄过程中不可控因素太多，就像他们这个节目，全程没有剧本，全靠嘉宾自由发挥，两个人都是演员还好，懂分寸，知道观众爱看什么，也会尽量为节目组考虑。

但就比如陆励行，不是艺人，不懂观众喜好，不会去迎合观众，更不会为节目组考虑，正直播呢，拿了车钥匙就带着纪轻轻出门兜风。

车是陆励行为数不多的爱好之一，纪轻轻住进陆家之前，陆励行屋子里有一面墙都是汽车模型，纪轻轻住进陆家之后，那一面墙的汽车模型全被装姨整理去了书房。

这附近荒凉，除了这一家度假酒店，可以说是荒无人烟，海岸线蜿蜒，半小时也不见几辆车，这儿也就成了最佳的飙车兜风地点。

敞篷跑车里，纪轻轻系着安全带，头发被迎面而来的海风吹得扬起，从后视镜里可以看到，他们后面跟着几辆节目组的车。

奈何节目组的车与陆励行开的跑车不是同一级别的，落后好些距离，陆励行朝后视镜看了一眼，轻松地一踩油门，节目组的摄像机镜头便捕捉不到二人的身影了。

节目组的人吃了一路尾气，无奈地将车停下，给王导打了个电话。

王导了解到这事后，给纪轻轻打了个电话，纪轻轻没接，王导只得无奈地妥协，让节目组的人先回来。

除此之外他还能怎么办呢？

陆励行以相对安全的速度驱车在海岸上奔驰着，这儿很适合飙车，但副驾驶座上坐了人，再手痒，陆励行也不会不要命地踩油门。

纪轻轻从未有过如此疯狂的时候，在陆励行的"安全车速"之下，左手边是汹涌澎湃的大海，灌入鼻腔的风尽是咸湿的海的味道，她举着双手，放声大喊，完全不用顾忌四周会不会有异样的眼光。

陆励行看着身侧高声大喊的纪轻轻，嘴角不由得勾起一抹温柔的笑意。

陆励行开了约莫半个小时，跑车终于在一处海湾停下。

海湾里耸立着一大块礁石，看上去有七八米高，这里还不是风景区，礁石没人管，坑坑洼洼的并不好看。

"太刺激了！"纪轻轻满眼是笑，看着陆励行，"我还从来没飙过车呢，你刚才太棒了！"

陆励行笑道："那种程度就算是飙车？真带你去飙车，你岂不是要被吓哭？"

下午2点的太阳有些大，两个人在礁石下寻了个阴凉的地方。

"像电视剧里那种不要命的飙车？"

陆励行点头。

纪轻轻疑惑地看着他："你飙过？"

她看陆励行也不像是那种不要命的人。

陆励行看向大海，半晌才嗯了一声。

"不过爷爷不允许。"

这么危险的兴趣爱好，哪个家长都不会允许。

"其实爷爷也是为你好，飙车这么危险的事……"

"我知道。"陆励行语气平静，"我玩过一次，虽然有惊无险，但爷爷听说后，五年内禁止我开车。"

说到这儿，陆励行自嘲地笑笑："当年我年轻气盛，因为这事和爷爷闹过，现在想想还是太鲁莽，爷爷他其实也是为我好。"

纪轻轻这段时间和陆老先生相处下来，老人家确实平易近人、和蔼可亲，但难免有固执的想法与规矩，年老尚且如此，可以想象陆老先生年轻的时候是什么样的。

纪轻轻想起小说中陆励行的一生，寥寥几笔，就像个围着陆氏打转的陀螺，没有任何属于自己的时间。

她斟酌着语气说："其实爷爷他一直和我说，他也很后悔，当年不该那样逼你，他总说，如果能回到从前，一定会让你自己选择人生。你呢？你后悔吗？"

"后悔什么？"

"比起那些你得到的，你会不会后悔自己曾经失去的？"

"我得到的是整个陆氏、爷爷的信任、陆家的资产，我失去的是车，是帆船以及我业余的时间。得到的远远大于我失去的，我为什么会后悔？"

纪轻轻保持沉默，陆励行确实没什么好后悔的。

他得到的这些，可是别人一辈子想都不敢想的。

"我也没有怪他，"陆励行说，"我父母出了意外，当初最难过伤心的莫过于爷爷，他不想外人提起我父亲时说陆家后继无人，所以才会严格要求我，而且爷爷说得没错，飙车确实很危险。"

"所以你之后一直没有飙过车了？"

"没有。"

纪轻轻转头看着静静地停在公路上的跑车，长长的海岸线一直绵延到视线的尽头。

"今天你可以玩玩，我保证不会将这件事告诉爷爷。"

"不用了，"陆励行笑了笑，"危险的事，只要有一次意外，就不会再有第二次，为了一时刺激，没必要冒这个险。"

"那你……除了车，就没什么别的业余爱好了吗？"

"帆船。"

"……"纪轻轻想起了陆励行那堆汽车模型里混杂的帆船模型。

这个业余爱好也挺危险的。

"你呢？"

"我？业余爱好？"

陆励行点头。

"我的业余爱好其实挺无聊的。"纪轻轻想了想，脑子里想来想去发现自己还真没几个正儿八经的爱好，"旅游算吗？看书算吗？"

陆励行无奈地说道："我看你睡觉也算一个爱好。"

纪轻轻翻了个白眼。

"像我这样的人活着已经很辛苦了，整天为了生活奔波，哪还有什么精力去玩自己的业余爱好？我每天下班，只想看会儿书看会儿电影，躺在床上休息一会儿，一年旅游几次，就很高兴了。"

说到这儿，纪轻轻又说道："之前爷爷和我说了，让我多劝劝你，别一整天有事没事就把精力和时间全放在公司上，偶尔也出去散散心轻松轻松，你如果一个人不愿意出去走走，也可以叫上我，你出钱就好，我不介意给你当导游的。"

陆励行听着纪轻轻那一本正经的语气，嘴角轻勾："行啊，没问题。"

海边的风吹在身上格外舒服，两个人寻了块礁石坐下，看着远处平静的海面。

"现在已经两点半了，再坐一会儿就三四点了，回酒店得四五点，吃完饭就七八点。"纪轻轻这么计算着，一天竟然就这么过去了，"约会是这样的吗？"

虚度光阴？

陆励行也不懂："不清楚，不过我可以问问陈书亦。"

"对哦，他们今天干吗去了？"

"不知道。"

"那我们明天有什么安排？"

陆励行拿出手机，打开备忘录。

"明天上午我们去爬山，下午去市区看画展，晚上——"

"停！"爬山简直是要纪轻轻的命，至于画展，她没什么兴趣，"你对爬山和画展兴趣大吗？"

这些都是助理给他安排的，说他有兴趣，也算不上："还好。"

纪轻轻神秘地笑笑："那行，明天我来安排。"

陆励行没有拒绝。

"我们拍个照吧！"纪轻轻突然想到这是她和陆励行的第一次旅游，怎么说也得留个纪念。

纪轻轻拿出手机，用前置摄像头对准两个人，身后就是那有七八米高的礁石。

海风吹得纪轻轻头发往后扬，偶尔也往前飞，一头柔顺的头发被吹得乱糟糟的不说，还遮了脸，连拍几张照片都是模糊的，把纪轻轻给气得不行。

陆励行拿出手机，打开前置摄像头："看这边。"

纪轻轻条件反射地朝他那儿望去，一抬头，陆励行单手搂着她的肩膀，二人本就离得很近，这么一来，纪轻轻整个人极其亲密地靠在陆励行怀里，笑了。

咔嚓——

照片被保存在陆励行的手机里。

和纪轻轻预估的时间差不多，他们回到酒店是四五点，吃过晚饭是七八点，洗漱过后已经快 9 点。

今天在外一天，一沾床，纪轻轻就有些累了，眼皮正在打架，就瞧见陆励行从浴室出来，身上穿着睡袍，和白天一样衣衫不整，胸前的睡袍半敞着，几块腹肌上湿漉漉的，几颗水珠顺着肌肉线条往下滑。

纪轻轻瞬间就不困了。

"还没睡？"

"早上睡得太久了，有点儿失眠。"

陆励行白天没补觉，现在睡觉正好，一上床，头刚沾到枕头，平缓的呼吸声便传入纪轻轻的耳朵里。

陆励行总说她睡着的时候耍流氓，可那时候她都睡着了，耍没耍流氓她又怎么知道，都平白担了这个"流氓"的罪名了，不落实是不是对不起自己？

纪轻轻看着枕边的陆励行，有贼心没贼胆，踌躇老半天，最终还是收回了蠢蠢欲动的手。

陆励行翻了个身，面朝着纪轻轻，身上的被子落下去不少，而那腹肌就在纪轻轻触手可及的地方。

腹肌唾手可得。

纪轻轻闭上眼睛，不去想不去看，腹肌没什么好看的，区区8块而已。

可越不去想，纪轻轻脑子里就越是浮现陆励行的8块腹肌。

她只摸一下，就摸一下感受一下是什么触感而已，陆励行不会介意的吧？

天知道她有多好奇。

"陆先生？"

陆励行没有反应。

"陆总？"

陆励行依然一动不动。

试探过后，纪轻轻放心了。

一双手缓缓地朝着陆励行的小腹探去，借着床头微弱的灯光，指尖停在距离陆励行小腹1厘米处。

纪轻轻不住地想：只摸一下，她绝对不是见色起意！

而且陆励行是她老公，她摸一下怎么了？他们都搂搂抱抱过了，摸一下算什么？

想到这儿，纪轻轻鼓足勇气，手往前，摸在了陆励行结实的小腹上。

腹肌是软的，不是硬的吗？

仔细观察着陆励行的动静，纪轻轻又在那小腹上摸了摸，探了探，感觉和自己想象中的不一样。

她有些失望地刚要将手撤回，手便被一只宽厚有力的手攥住——陆励行不知道什么时候醒了。

两个人四目相对。

就在这千钧一发之际,纪轻轻决定先发制人。

她拧眉怒斥:"你干什么?大晚上的不睡觉,又想对我动手动脚!"

陆励行这一天就没休息过,洗过热水澡,一沾枕头睡意就袭来,正迷迷糊糊地在睡着的边缘,就那么一刹那,纪轻轻的手来袭。

那只手细细软软,五指指尖冰凉冰凉的。

他作为一个男人,正常的男人,能忍住是他的能力,但不是他的本能,纪轻轻大半夜的在这儿撩拨,真当他不是个男人?

一股无名火被纪轻轻点燃,转而形成燎原之势,烧到他的胸口,烧到他的四肢,烧得他浑身滚烫。

"你干什么?大晚上的不睡觉,又想对我动手动脚!"

纪轻轻这句理直气壮的话像一盆凉水当头浇下。

陆励行差点儿被纪轻轻这话给气笑了。

她别的没学会,颠倒黑白、倒打一耙倒是越来越厉害。

他紧紧地攥住她的手,既不让她躲,也不让她逃,就让她的手搁在自己小腹上。

纪轻轻此时接触到陆励行小腹上的肌肉,哪还有刚才陆励行睡着时的放肆,坚定地想要抽回自己的双手,一副对他没有一点儿兴趣的表情,义正词严地说道:"陆励行,大半夜的别耍流氓啊。"

"大半夜的我睡得好好的,突然感觉有人在我身上用手摸来摸去。"光线昏暗,陆励行盯着纪轻轻那双惊疑不定、因为心虚而不敢与他对视的眼睛,"纪轻轻,那个人不会是你吧?"

纪轻轻手还放在他的小腹上,得亏这是晚上,床头灯光昏暗,他瞧不见她脸上的红晕与心虚的表情,她还能强撑着一口气让自己的声音听起来理直气壮不丢颜面。

"什么摸来摸去,你肯定是在做梦……放手!我要睡觉了!"

拉扯间,纪轻轻与陆励行来了个亲密接触。

初接触是软的,有弹性,许是陆励行用了力绷着,腹部肌肉硬邦邦的,一块一块的,有明显的凹凸感。

纪轻轻两颊越发红了。

"做梦?那我刚才看见你对我动手动脚也是做梦?"

他看见了?

纪轻轻真恨不得把自己埋进被子里,憋死自己算了。

她怎么就这么倒霉，就今晚动了这么一点儿心思，立刻就被陆励行给看见了。

她被抓了现行，陆励行该不会认为她平时也这样对他动手动脚的吧？

这误会大了。

纪轻轻作为一条砧板上的咸鱼还企图蹦跶两下，强词夺理，混淆黑白："我……我怎么对你动手动脚了？"

"像这样，"陆励行攥着她的手腕，在自己的腹肌上画圈，"摸了三圈。"

纪轻轻的脸色更红了，脸埋进被子里。

陆励行继续抓着她的手，又反方向摸了三圈："又摸了三圈。"

你搓麻将呢？

"然后捏了两下，对吗？"陆励行问她，"我没记错吧？"

纪轻轻再一次和陆励行的腹肌亲密接触了。

别说，这感觉还真不错，这次陆励行绷了些劲，腹肌摸上去又硬又有弹性。

纪轻轻深吸了一口气，终于鼓足了勇气将头从被子里抬起来，冲着陆励行笑笑："活了这么多年，一直还没真正见过腹肌长什么样，就是有点儿好奇，老公，你不会介意吧？"

"生命值加1，当前生命值为12小时。"

"那我如果和你说，我活了30年，一直还没见过女孩子的小肚子长什么样，有点儿好奇，你会不会介意我大晚上的摸你肚子？"

纪轻轻被这话噎住了，试着想象了一下陆励行描述的那个画面。

陆励行大半夜的不睡觉，眼睛冒着绿光伸出罪恶的双手，在她软绵绵的小肚子上捏来捏去？

纪轻轻打了个寒战。

陆励行真这么干，她要是醒了，非得给他一个大耳刮子不可！

见纪轻轻不回话，陆励行又问："介意吗？"

纪轻轻回神，越想越觉得理亏，她刚才那举动，好像是过于流氓了。

她尴尬地笑笑："对不起，我以后不会这么做了。"

"其实你平时睡觉比这还放肆的行为都有过，我都忍了，毕竟你说的，咱们是夫妻，又是同床共枕，都搂搂抱抱过，这点儿接触算不了什么，所以，你不用和我说对不起。"

陆励行松开她的手。

他还挺大度。

"你以后想摸,大可大大方方地摸,"陆励行意味深长地看着她,"不用这样偷偷摸摸的。"

纪轻轻越发难为情,嘀咕道:"我就摸了一次。"

"一次就不是偷偷摸摸了吗?"

这事是她做得不够厚道,可她听陆励行这么说教,心里那股尴尬被放大了无数倍,转而责备自己刚才为什么没忍住!

现在自己被抓了现行,丢死人了!

她越想越觉得自己冲动,倒激出了一股怒气。

"好了,我知道我错了,以后再也不敢了,我都向你道歉了你也不接受,嘴上说着搂搂抱抱没什么,却一直在怪我偷偷摸摸,我给你摸回来行吗?"

说着,纪轻轻抓着陆励行的手放在自己的小肚子上。

她这是真的小肚子,软软滑滑的一层肉,躺在床上小腹凹陷,没有多余的脂肪,完全没有陆励行小腹上肌肉的弹性与硬度,更没有那凹凸不平的触感。

陆励行那双手又大又长,手掌覆盖在纪轻轻的小肚子上,几乎占据了整片小腹。

纪轻轻学着刚才陆励行的动作,抓着他的手左三圈右三圈地"搓麻将",随后将他的手掌放在小腹正中间:"你捏我两下。"

陆励行:"……"

"捏啊!"

陆励行顿了几秒,而后猛地将手从她手里挣开。

纪轻轻手无缚鸡之力,陆励行挣脱她的手完全不费吹灰之力。

可他刚挣脱开,纪轻轻又双手将他的手抓了过去,坚持道:"捏!"

"纪轻轻,你——"

"我知羞!"纪轻轻回答他没说完的话,"我这不是让你捏回来吗?省得你以后再拿这事说我。捏!"

陆励行:"……"

他眼睛一眨不眨地望着她。

纪轻轻才不管陆励行怎么想,现在只想堵住他的嘴,一报还一报,以后好不在他嘴里听到这事,省得她羞愧难当。

纪轻轻从被窝下踢了他一脚,佯怒道:"你捏不捏?"

说是踢,其实没什么力道,两个人挨得又近,纪轻轻这一脚,还不如说只是碰了碰他。

陆励行深深地吸了口气："捏！"

说完，他将手从被窝里伸了出来，在纪轻轻脸颊上捏了两下。

"啊疼疼疼！你干什么？我让你捏我肚子你捏我脸干什么？！"

陆励行冷不丁起身，站在床边静静地凝视着她。

他背着光，灯光全洒在他背后，纪轻轻自然也就看不清陆励行的眼神。

再待下去，他恐怕真会露出点儿什么破绽来。

"你干吗？"

陆励行沉声道："我去另外那个房间睡。"

说完他便转身迈出房间。

房门被关上，纪轻轻咬牙切齿地躺下，将陆励行刚才枕过的枕头拿过来抱在怀里，恶狠狠地在那枕头上面捶了几下。

浑蛋陆励行，有必要这么防着她吗？

她都说了以后再也不会那么做了他还防着她？

他就这么害怕自己耍流氓？

走走走赶紧走！他有本事以后都别睡她床！他和她同床共枕可是要被她摸被她耍流氓的！

纪轻轻义愤填膺地闭上眼睛，强迫自己不要和陆励行生气，睡眠最重要。

离开纪轻轻房间的陆励行并未去睡觉，而是进了洗手间。

浴室里陆励行以手撑墙站在花洒下，浑身肌肉紧绷，任由冰凉的水浇在他滚烫而结实的肌肉上，小腹 8 块腹肌排列，胸膛上下起伏，血管里涌动的热血在叫嚣，难以抑制的欲望让他感觉全身上下滚烫得似要烧起来。

自两个人结婚以来，陆励行虽然与纪轻轻同床共枕，但二人发乎情止乎礼。他没有碰过她，更没有发泄过自己的欲望，禁欲对一个年轻气盛的男人而言，无疑是件无比折磨人的事。

陆励行自问是个自制力强、能经受得住诱惑的男人，可就在刚才，纪轻轻抓着他的手，让他在她小腹肌肤上触摸，这于他而言宛若酷刑，需要用尽全力才能勉强控制住自己最原始的冲动。

他闭着眼，呼吸沉重，脑海中却出现纪轻轻白皙修长的脖颈，纤细的锁骨，平坦的小腹。

那股冲动仿佛要占据他的大脑，想要摧毁他竭尽全力守住的理智与清醒。

这是属于男人的本能，亦是所有男人都有的欲望。

陆励行也不知道自己在浴室里待了多久，直到心里那股火彻底熄灭，这才从洗手间内出来。

他站在客厅里，看着两边的房间。

左边是纪轻轻的房间，右边是他该去的卧室。

海边的夜晚其实有些冷，客厅的窗户似乎没关严实，漏进来的一缕缕海风吹得人身体发颤。

陆励行转身朝左，推门进了纪轻轻的房间。

纪轻轻似乎已经睡着了，怀里还抱着他的枕头。

陆励行悄悄地将枕头从她怀里抽出来，上床躺下，盖上被子。

刚冲了个凉水澡的陆励行还是觉得有些冷，纪轻轻翻身靠了过来，双手双脚像抱着抱枕一般将他抱住。

暖乎乎的，他总算是不冷了。

《我们相爱吧》这个节目并不是24小时直播的，晚上睡觉时肯定得保障嘉宾的隐私，是以不少粉丝与观众大呼失望——还以为能看到偶像晚上的睡姿呢。

摄像头是早上8点开的，此时陆励行与纪轻轻早已起床，两个人坐在餐桌边，餐桌上摆着三四样早点。

陆励行全身心放在吃早餐上，纪轻轻则一口一个小笼包，恶狠狠地看着陆励行。

他昨晚说好的去他的房间睡不和她一起睡呢？

怎么今天早上她一醒来，陆励行就睡在自己枕边，把自己吓得不轻？

摄像头之下她将想质问的话都给忍了，但背对着摄像头，她肆无忌惮地盯着陆励行。

陆励行也是个定力强的，慢条斯理地吃早餐，不受任何外界因素的干扰。

门铃声响起。

纪轻轻放下筷子起身去开门，门外是她的助理温柔。

温柔举着两套均用衣架挂着的衣服。

"轻轻姐，你昨天让我买的衣服我买来了，洗过熨过了。"

"辛苦你了，不过，为什么有两件？"

温柔一愣："我昨天去店里买这套衣服的时候，店员说这个款还有女款，我就一并带过来了。"

"行吧。"纪轻轻将两套衣服接过来,关了门。

"这是什么?"见纪轻轻手上拿着两套衣服,陆励行问了一句。

纪轻轻将其中的一套衣服递给他:"这是你的。"

陆励行没接,目光在那套衣服上打转。

如果他没认错的话,这是一件肥大风格的卫衣,以黑色为主,以大块橘色做点缀。

陆励行的穿衣风格十年如一日,全是西装,这种休闲风格的衣服早就不知道被裴姨扔到哪儿去了。

"我?"

"昨天不是说了今天听我安排吗?"

陆励行是记得自己说过这话,但为什么非得穿这个?

作为一个年过三十的人,陆励行实在不觉得自己这个年龄还适合穿这类衣服。

纪轻轻却不管这么多,将衣服往他怀里一塞,推着他进门换衣服。

"把衣服换了,昨天晚上的事我就不和你计较了。"

陆励行看着被关上的房门眉心皱得死紧。

她不和他计较?

到底是谁不和谁计较?

纪轻轻这颠倒黑白的本事又精进了。

陆励行完全无意换上纪轻轻给他准备的衣服,但他想起刚才纪轻轻手里似乎也拿了一件差不多的,是情侣装?

就在陆励行换衣服的时间里,原本人不多的直播间弹幕数飞涨。

"纪轻轻竟然逼着陆总穿情侣装!"

"破案了,纪轻轻就是想借着这几天和陆总的相处搞个大事,整天弄得像真的情侣一样,好为自己铺路!"

"还得是纪轻轻,情侣装这事,别人也想不出来啊。"

10分钟后,陆励行换好衣服从房间里出来,一身休闲打扮让坐在沙发上的纪轻轻看直了眼。

除了西装和睡衣,纪轻轻从未见过陆励行穿其他类型的衣服。她曾陪陆老先生翻过陆励行的相册,他5岁前的照片很多,5岁到20岁之间的照片却屈指可数,其中穿着休闲衣服的照片也就那么一两张。

陆励行虽然跨入了30岁这个坎,但不得不说,那张无可挑剔的脸与天生的衣架子身材,完全不挑衣服,这一身衣服在他身上并不显得突兀,反而让他减龄不少。

陆励行挑眉看了一眼纪轻轻："你没换？"

纪轻轻看着自己身上的长T恤衫和短裤："换了啊。"

"我记得你刚才还拿了一套，去换。"

"可我这身挺舒服的，不用换。"

陆励行却依然坚持："去换。"

纪轻轻撇嘴，进房将衣服给换了。

二人穿着同一款式的卫衣、白色的鞋子，唯一不同的是，陆励行穿着休闲的长裤，而纪轻轻穿着清爽的短裤，白皙细长的两条腿就在陆励行眼前晃来晃去。

这下估计瞎子都能看得出两个人是情侣了。

"陆总你怎么回事，我刚才还说纪轻轻有心机呢，您就打我脸了？"

"姐妹，我有点儿看不懂这发展了，为什么陆总非要和纪轻轻穿情侣装？"

"这怎么看起来是陆总……我闭麦！"

"昨天说了，节目里有五对情侣，两对是真的，其中一对是陈书亦和林蓁，还有一对，咱们用排除法吧，首先我知道肯定不是我和顾非凡。"

"我惊了，感觉是个大新闻，我去扒一扒，姐妹们，等我凯旋！"

"不用扒了，已经有帖子了，他们俩早就在一起了，俩人之间有那么点儿意思吧，不然也不会上节目。"

"他们关系简单，真心相爱，准备结婚了。"

"结婚……呵呵，他们俩能结婚，我给纪轻轻写1万字的道歉声明！"

陆励行看着她那两条大长腿，认真严肃地提出了一个问题："不冷吗？"

"女人是不怕冷的。"纪轻轻将披在脑后的头发用头绳扎了个高高的马尾，没化妆，素面朝天，看上去清纯得像个大学生，"走吧。"

"去哪儿？"

纪轻轻神秘一笑："到了你就知道了。"

纪轻轻陪陆老先生闲聊时，陆老先生时常提起自己最后悔的一个决定，就是在陆励行展他优于常人的智商时，将15岁的陆励行送去了国外，陆励行20岁回国，没有经历过国内的学习生活，就连校园都不曾好好逛过。

可以说，陆励行直接错过了那五年的青春。

开车约莫一个小时，两个人来到离酒店最近的一所高中。

昨天纪轻轻将今天的安排提前告知了王导,节目组与学校领导沟通了今天来学校拍摄的事宜,很愉快地达成了共识。

今天是周末,学校放假,校园内静悄悄的,基本没人,纪轻轻与陆励行以及节目组的工作人员进了校园。

陆励行避着镜头低声对纪轻轻说:"这就是你今天的安排?"

"怎么?不喜欢?"

"无聊。"

纪轻轻白了他一眼,站在教学楼的走廊外往教室里看,一排排整齐的课桌摆放在里面,前后黑板被擦拭得干干净净。

"陆先生,国外的高中和大学是怎样的?"

陆励行双眸望着教室内出神。

"嗯?"纪轻轻久不见答复,抬头看着他。

"不记得了。"

"一点儿印象也没有?"

"没有。"

这天根本聊不起来。

"那你学生时期有没有暗恋的对象?"

"没有。"

"谁年轻时没喜欢过几个人,你没有?"

"没有。"

纪轻轻绞尽脑汁地想话题,却频频被陆励行毫不留情地把天聊死。

陆励行挑眉:"你有?"

纪轻轻微愣,想了想自己的学生时期。那个时候的她哪里分得清楚喜欢和爱,情窦初开,见着个干净帅气的男同学就挪不开眼,芳心暗许,恨不得每天都能偶遇他,却又怕被人知道。每次她见到暗恋的对象,那种明明忐忑又激动,却要用云淡风轻的表情掩盖,唯恐被其他人知道的心情,纪轻轻至今想起来,还记忆犹新。

见纪轻轻嘴角的弧度越来越大,陆励行眉心紧蹙:"真有?"

"谁年轻时没几个喜欢的对象?"

陆励行脸色一沉,正准备说话,又听见纪轻轻笑了笑,继续说道:"那个时候的女生就喜欢长得帅、学习好的,或者学习不好但是桀骜不驯的,不过呢,暗恋这种事,多半没结果,也就老了之后想一想而已。"

"想一想?"陆励行眸色微沉,目光灼灼地望着她,"你还想着之前暗恋的对象？"

纪轻轻看了他一眼："你想什么呢？这辈子注定都不会再见的人，我想着他们干什么？就是有时候会想起来，但他们也仅仅是我想起读书的日子时，记忆的一部分而已。"

她叹了口气："我其实连他们叫什么、长什么样都记不太清了。"

陆励行的脸色这才好看一些。

屋外隐约有人声传来，纪轻轻转身朝操场的方向看了一眼："篮球场好像有人打球，陆先生，你会打球吗？"

"不会。"

纪轻轻想想也是，陆励行小时候忙着学习，长大后忙着工作，连睡觉的时间都是挤出来的，哪来的业余时间打球？

"那我们去别的地方逛逛。"

话音刚落，篮球场里又多了几个人，远远望去还有摄像机。

"那好像是……路遥和张啦啦那一对？他们也来了？"

纪轻轻还真没说错，那确实是路遥和张啦啦。

节目组的工作人员和那几个打球的男生交涉了两句，随后路遥加入他们，一起打起了篮球。

纪轻轻兴致勃勃地问："我们去看看？"

"不去。"

"哎呀去看看嘛，反正也没什么事。"说着她便拖着百般不情愿的陆励行往篮球场走去。

学校不是很大，操场旁边就是篮球场，四五个男生光着膀子在那儿打球，路遥也在其中。

他们刚到篮球场，路遥就做了一个漂亮的灌篮，张啦啦站在篮球场边缘鼓掌叫了声好。

"帅！"纪轻轻也不由自主地喊了一声。

"陆先生、轻轻，你们也来了？"张啦啦见到二人，过来打招呼。

"我们刚来。"

张啦啦将视线落在两个人的情侣装上，他们这些节目组邀请的嘉宾多多少少知道些内情，见着两个人这样，意味深长地笑了笑。

"陆先生不上场玩玩吗？"

正在此时，路遥又投了个漂亮的三分球。

"进了！好帅啊！"

路遥作为一个吸引了无数"颜值粉"的艺人，颜值自然不用说，只是他天生不爱笑，表情冷漠，没有过多的情绪，影视一直是他的短板。

　　就好比现在，他进球了，但看表情球不像是他投的，仿佛与他无关一般。

　　不了解他的人还会以为他这是在故意耍酷。

　　"路遥打球好厉害啊！"

　　"我听说路遥从前是校队的，打球一直都很不错。"

　　夸赞的话人人都爱听，可是这话进了陆励行耳朵里，怎么就那么刺耳呢？

　　两个女生刚说完，路遥直接抢了篮板球，帅气地将球的控制权夺回了自己手里。

　　三分球进。

　　路遥站在三分线外，手撑着膝盖喘了两口气，另外几个人去抢球，争夺的过程中一个不慎，篮球脱手，画出一道抛物线，准确无误地朝着纪轻轻的方向飞来。

　　"喂！快让开！"

　　路遥警告的话还没说完，在篮球距离纪轻轻还有半米远时，陆励行抬手截下了球，捋起袖子，将球从左手转到右手，悠闲地拍打着篮球。

　　"玩玩？"

　　这话他是对路遥说的。

　　路遥直起身体，看了一眼陆励行，又看了一眼纪轻轻："好。"

　　纪轻轻疑惑地问了句："你不是说你不会打球吗？"

　　陆励行若无其事地说道："刚才会了。"

　　纪轻轻一把拉住他："你别逗能啊，摄像头在呢！"

　　陆励行望着她："你这是在关心我？"

　　"我这是不想你在全国观众面前丢脸！"

　　"放心，不会丢脸。"说完，陆励行边运球边朝球场走去。

　　球场上的另外几个男同学，默契地将球场让给了陆励行与路遥两个人。

　　路遥在演艺圈内见惯了大场面，也见过形形色色的人，陆励行对他的敌意他能感受得到。

　　不过，这是为什么？

　　路遥看了一眼球场边欢呼雀跃的纪轻轻，似乎猜到了什么。

　　球场里，两个人四目相对，身高差距不大，嘲讽的表情到位，陆励行无比熟练地运球，冷冷地望着路遥。

路遥防守，几次试图从陆励行手里将球抢过来，却没能成功。

张啦啦在场外与纪轻轻打赌："你说，他们俩谁先进球？"

陆励行说自己不会打球，路遥又是校队的，谁先进球完全不用猜，答案显而易见。

不过纪轻轻了解陆励行，他不做自己没把握的事，而且他虽然说自己不会打球，但在这个节骨眼儿上，纪轻轻也不会不给陆励行面子，站在他的对立面："我选陆励行！"

"我赌路遥，谁输谁请客吃饭。"

"行啊，没问题！"

话音刚落，陆励行与路遥纠缠得够久了，双眼微眯，趁路遥不备用投篮的假动作骗过他，随即猛地收球绕过路遥。路遥被陆励行的假动作欺骗，双手往上想扣球，就在他起跳的瞬间，陆励行一个标准的三步上篮，进了球。

"进了！"纪轻轻激动地朝陆励行高喊，"老公加油！"

直播间正激动的观众都蒙了。

这声"老公"来得猝不及防，直播间里为数不多的观众直接惊呆了。

"什么情况？我没听错吧？纪轻轻喊的是'老公'？"

"在镜头前，这个女人怎么这么有心机？！'老公'是你喊的吗？不要脸！假装情侣不懂吗？！"

"我就猜到两个人关系不一般，哈哈，果然！纪轻轻这么熟练，肯定喊过很多次了吧！"

直播间里的弹幕纪轻轻自然是看不到的，不仅如此，她就连自己喊的这声"老公加油"也没注意，这句话很是自然地脱口而出，倒是把一侧的张啦啦给吓了一跳，她看了一眼摄像机镜头，又看了一眼依然处于兴奋状态的纪轻轻。

说纪轻轻是故意的吧，这没心没肺完全不以为意的表情还真看不出来是故意的，但说不是故意的，纪轻轻两三个月前刚和辜少虞分手，陆励行和纪轻轻两个人的感情满打满算才两个月，这两个月的时间还能培养出将"老公"两个字脱口而出的感情？

张啦啦十分费解。

不光是张啦啦，在球场打球的路遥亦是震惊。

纪轻轻就站在球场边，她和张啦啦两个人嘀咕两句球场上的人都听得见,更何况还是这样大喊大叫。

恍惚的一刹那,路遥抢到的篮板被陆励行给扣走了,停在原地,深深地喘了好几口气,以震惊的目光看着纪轻轻。

感到震惊的可还远远不止他们两个。

篮球场边围了一圈的工作人员不约而同地转头看向纪轻轻,节目组的工作人员虽然知道陆励行和纪轻轻之间的关系,可哪里知道这关系竟然亲密到了这种地步。

陆励行以高超的水准连进三球,在一群高中生面前出够了风头,将球往那群高中生中间一扔,径直朝纪轻轻走去。

纪轻轻将矿泉水与纸巾递给他:"你不是说你不会打球吗?打得这么好,你又骗我!"

陆励行接过水,拧开瓶盖喝了两口,看着纪轻轻手上的纸巾,以眼神示意她。

纪轻轻抽出一张纸巾,给陆励行擦了擦额头上的汗。

"现学现卖,天赋异禀。"

纪轻轻给了他一个白眼,信他才有鬼了。

那边张啦啦也如法炮制,递矿泉水给路遥,还抽出纸巾给路遥擦汗,不过相比甘之如饴地接受的陆励行,路遥则是下意识地躲了一下,在观察到张啦啦脸上些许尴尬的表情后,又沉默地接受了张啦啦的女朋友行为。

各自扮演好自己女朋友的角色后,张啦啦走到纪轻轻面前笑道:"我输了,中午我请你和陆总吃饭,就是不知道有没有这个荣幸。"

说完,她笑着将目光投向陆励行。

陆励行挑眉,望向纪轻轻。

纪轻轻脸上的笑就没停歇过,她仰着头,眸子里闪着光:"刚才你上场打球的时候我和啦啦打了个赌,赌你和路遥谁先进球,谁输谁请客吃饭。你不知道,我连请客去哪家餐厅都想好了,没想到你还能反败为胜!"

陆励行问:"反败为胜?"

纪轻轻答:"天赋异禀!"

随后陆励行与路遥为感谢那几名高中生将篮球场让出来给他们打球,联手对阵一群青春年少的高中生,两位"大叔"意气风发,打得几个高中生气喘吁吁,虐了年轻人一把才离开。

学校附近都是学生光顾的地方,没什么高档餐厅,加上又是假期,小吃街上没什么人。

纪轻轻与张啦啦买了不少的街边小吃,不顾形象地在镜头前大快朵颐。纪轻轻正吃着烤串,觉得味道不错,肉质鲜美,下意识地就凑到陆励行面前:"我好久没有吃过学校附近的小吃了,你应该也没有吃过吧?尝尝?"

陆励行对这种街边小吃没太大兴趣,但纪轻轻凑过来,也没准备不给她面子,正准备张嘴咬时,纪轻轻猛地反应过来现在是在直播,又将烤串收了回去,自己吃了。

陆励行咬了个空,看着纪轻轻鼓鼓的腮帮子,无奈地笑了。

张啦啦要请客吃饭的地方据说是这附近最受学校学生欢迎的一家餐厅,工作日每天中午必爆满,但今天没几个人,老板娘坐在店门口嗑瓜子,闲得将瓜子仁剥了一大碟,一见几个人经过,热情地招呼他们进来吃饭。

"你们都是演员吧?快进来我们家吃饭,吃了我们家的饭,一天比一天红!"

纪轻轻笑了笑:"老板娘,是不是学生吃了你们家的饭,都能考上大学?"

"那当然!"

几个人走进饭店。

他们吃饭的时候很尴尬,因为餐厅里有一台电视机,里面正放着令人潸然泪下的爱情剧,几个人刚落座,电视剧开始插播广告,第一句就是:"甜吗?"

"没有你甜。"

纪轻轻的笑僵在脸上。

这不是她和路遥两个月前拍摄的那则巧克力广告吗?

路遥就算少有表情变化,此刻在陆励行面前也有些尴尬。

陆励行淡淡地瞥了电视机一眼,倒是没有过多的情绪,慢条斯理地看菜单。

纪轻轻好不容易等到广告结束,它竟然重复播了一遍,这吃饭的地方也不大,四周仿佛回荡着那句"甜吗",纪轻轻很有关电视的冲动,可想想还是忍住了此地无银三百两的做法。

"吃点儿什么?"

菜单一式两份,女士优先点菜。

纪轻轻看了两眼菜单,点了两个菜,张啦啦也点了两个菜,老板娘记下来,冲着后厨的方向大嗓门地吆喝了菜单,笑道:"几位先坐一会儿,马上就好。"

说着她又去给几名工作人员倒茶搬凳子。

店外走进来一个扛着一大袋米的男人,老板娘一瞧,连忙走了过去,将那男人肩上的一袋米接了下来。

纪轻轻这才发现,那男人两只袖子空荡荡的,没有手臂。

"我和你说过多少次了,这种活儿以后别干了,缺米少油的,大洲会去买。"老板娘一边埋怨着,一边给他拍身上的灰。

男人的注意力全在老板娘身上,憨厚地笑道:"我闲着也是闲着。"

老板娘瞪了他一眼,扯着他坐下,将自己剥的一碟瓜子仁拿出来,把几粒瓜子仁不太温柔地塞进他嘴里:"喏,我剥了懒得吃,你闲着就把这个吃了。"

男人笑了笑,老板娘塞一粒,他就吃一粒,仿佛眼前的人就是他的全世界,对于店里这几个大活人,完全看不见。

"之前打听这附近有什么好吃的时听人说过他们的事。"张啦啦压低了声音成功地让几个人的目光转移到她身上,"好像是屋子起火,他冲进去救老板娘,结果煤气爆炸,不过还算幸运,捡回了一条命。"

纪轻轻若有所思地将目光投向老板娘两个人。老板娘虽然嘴上数落着,可眼神藏不住,嘴角的笑意也藏不住,而男人一双眼睛直勾勾地望着老板娘,不懂表达,只是傻笑着。直到一碟瓜子仁就剩那么一点点,后厨内有人吆喝了一声"菜好了",老板娘这才起身去端菜。

"久等了,几位慢慢吃。"

端完菜,她又回到那男人面前,继续给他喂瓜子仁。

张啦啦望着老板娘感叹道:"我希望以后我能嫁给一个愿意为我不顾一切,甚至付出生命的人。"

纪轻轻戳着碗里的米饭:"我更希望我能嫁给一个让我不顾一切,心甘情愿地为他付出生命的男人。"

"嗯?"

纪轻轻笑道:"我都愿意为他付出生命了,那我肯定很爱他,我只愿意嫁给我爱的人,而不是只爱我的人。"

陆励行握筷子的手微顿,目光偏移,他看着纪轻轻嘴角那抹笑,沉默了许久。

张啦啦的目光在二人身上扫过,最后抿嘴一笑:"懂了。"

吃过饭后,纪轻轻与陆励行回了酒店。那饭店里的饭菜还真不是吹的,店面看着简陋,可饭菜色香味俱全,难怪那么受欢迎,纪轻轻吃得有点儿多,胃不太舒服,一路上揉着小腹,没怎么说话。

388

"不舒服？"

纪轻轻点头："吃多了。"

路过一个药店，陆励行将车停下，5分钟后，提着一个袋子出来递给纪轻轻。袋子里是健胃消食片，还是咀嚼片。

纪轻轻拿出两粒消食片嚼了，过了一会儿才感觉好受些。

"让你少吃点儿你不听。"

"菜太好吃了嘛，那可是我吃过的，继裴姨做的饭菜之后，最好吃的饭菜了。"

"晚上陈书亦请客吃饭，你别硬撑。"

"哦。"

陆励行握着方向盘，沉默半晌后问道："你今天说，只愿意嫁给你爱的人？"

纪轻轻一愣，却不正面回答他的话，反问道："怎么了？"

陆励行挑眉："没什么。"

纪轻轻望向车窗外，若无其事地拿出手机随便翻了翻，瞟了一眼微博热搜，"纪轻轻老公"这个话题热度高涨，看得她是一愣一愣的。

她疑惑不解地点开这个话题，仔细一瞧，原来是说刚才她在陆励行进球时喊的那声"老公"。

"……"她喊了吗？

纪轻轻是想不起来了，可有人将那段直播内容录屏了，那声"老公"她喊得清清楚楚。

热搜里说什么的人都有，而这几天扒出点儿蛛丝马迹的人，恨不得将自己发现的陆励行与纪轻轻的那点儿过去塞到所有人的嘴里。

被扒出的那些事情实在是太过有迹可寻，像是陆励行给纪轻轻送玫瑰花的事，就有知情人透露，甚至还有人拍下了陆励行的背影。

纪轻轻去影视城时，有人拍到了当晚陆励行入住酒店的照片，甚至还有人一帧一帧地分析了这两天陆励行与纪轻轻的表现，认为陆励行与纪轻轻确实存在着亲密关系，而且，认识已久。

这一分析加上铁证，让不少因为纪轻轻参加综艺节目而把她骂得狗血淋头的人蒙了，但依然垂死挣扎。

"这不可能！我不相信！除非陆励行亲口承认！"

诸如此类的微博数不胜数。

纪轻轻握着手机，看了一眼陆励行。

陆励行亲口承认？

这不像是陆励行会做的事。

算了，她和陆励行的婚礼正在筹备，这段时间她懒得和这些人计较。

二人回到酒店，陆励行刚将车停在停车场，就瞧见了从车上下来的陈书亦与林蓁。

不同于其他几位嘉宾的假装浪漫，这一对夫妻这两天可是玩尽了浪漫，看得观众直呼想恋爱想结婚。

陈书亦看了陆励行这一身的装扮，笑了："行啊纪轻轻，我多少年没见他穿过西装之外的衣服了，还是你有办法！"

跟拍的工作人员从车上下来，陈书亦看了他们一眼低声对陆励行说道："上去坐坐？"

陆励行点头，几个人上楼，进了陈书亦和林蓁的酒店房间。林蓁笑道："轻轻，我带了两条长裙过来，你帮我看看哪条合适。"

"行。"纪轻轻不疑有他，跟着林蓁进了卧房。

客厅内，陈书亦将麦克风和摄像头给关了，将手机递给陆励行。

"我说陆励行，网上的舆论都这样了，你还沉得住气？"

"舆论？"陆励行眉心微拧，看了一眼陈书亦递过来的手机里的内容。

手机上是这两天公司整合的网上的粉丝对于纪轻轻在这档节目中的表现的评论，1/3 的人对纪轻轻的性格表示喜欢，而 2/3 的人痛骂纪轻轻不要脸，讨好陆励行。

陆励行仔仔细细地看了评论，眉心蹙得越来越紧。

陈书亦叹了口气："也就是纪轻轻心态好，被骂成这样，你再这么演下去，这真情侣估计都得成假情侣了。"

陆励行看了他一眼。

"你看我干什么？你之前和我说，在这档节目上公开和纪轻轻的关系，你到底什么时候公开你要结婚的消息？"

陆励行关上手机，看了一眼摄像头，沉声道："现在。"

第十一章
公　开

"现在？"陈书亦顺着陆励行的目光看向被他关了的摄像机。

他其实很疑惑这两个月以来陆励行的所作所为。

陆励行是个什么人，他一清二楚。

陆励行情绪内敛，感情迟钝，在国外留学时就是个清心寡欲的"和尚"，女人在他眼里还不如书上的考题有吸引力。

其实直到现在，陈书亦依然难以相信，陆励行和纪轻轻相处不到两个月，就已经到了谈婚论嫁的地步，甚至为了让纪轻轻参加节目，陆励行这个从不懂浪漫是何物、不解风情的"寡人"，竟然还要在节目上公开自己与纪轻轻的关系。

陈书亦不是觉得在节目上公布关系这事不行，只是这两个月的时间就决定相伴一生的伴侣，未免太过草率了些。

相比陆励行对待工作的谨慎态度，陈书亦认为他在对待自己的情感以及未来时要冲动许多。

陈书亦收敛了笑意，沉声道："你真的想好了？"

陆励行避而不答，起身，将摄像机打开，以行动告知陈书亦自己的回答。

已经关闭的直播间再次开启，观众数直线上升。

随后陆励行回到沙发上，把玩着手机，笑了笑，打了个电话，是给陆老先生打的。

电话响了几声，很快便被接通。

"爷爷，是我，励行。"

陆老先生老当益壮，声音爽朗："励行啊，什么事？"

陆励行沉声道："没什么大事，只是想问问您这两天身体怎么样。"

"我挺好的。"

"裴姨呢？"

"裴姨也挺好。"

陈书亦示意陆励行将电话拿过来，陆励行按了免提键。

"老先生您好，我是陈书亦。"

"书亦，"陆老先生笑了笑，"你可好久没来看我老头子了，怎么？工作那么忙？"

"是我的错，过两天有空，我带蓁蓁上门看望您。"

他们又闲聊了两句，沉默片刻后，陆励行说道："爷爷，有件事我想问问您。"

"什么事？"

陆励行毫不犹豫地沉声问道："关于我的婚期。"

陆励行这话刚说完，直播间的观众直接炸窝了。

"婚期？！"

"婚期？！不是……我刚才是不是听错了？姐妹们你们听见了吗？陆总刚才问婚期？是我想的那个婚期吗？"

"我听到了什么惊天大秘密！陆励行他知道摄像机开着吗？知道这是在直播吗？"

"可是既然要结婚了，为什么还要和纪轻轻上这档恋爱节目？未婚妻看见了不会难过多想吗？"

"和谁的婚期？纪轻轻？他们俩要结婚了？"

怎么可能是纪轻轻！纪轻轻两个月前刚和辜少虞分手！刚过两个月的时间，就和陆励行结婚？你们和对象从认识到结婚这么快的吗？"

"我也觉得不可能是纪轻轻，认识两个月就结婚，这得是什么惊天动地的爱情啊？"

"我听到陆励行问裴姨了，上次纪轻轻不就说了裴姨做饭好吃吗？果然和网上一些爆料帖子里说的一样，他们早就同居了，而且，肯定已经见过家长了！"

电话里陆老先生的声音顿了顿，一阵翻书的声音传来，半响后陆老先生才说道:"别急别急,昨天看了几个日子,爷爷给你说说,你看看哪个日子合适。"

"您说。"

"这个月月底是个好日子,不过时间上太仓促,什么都来不及安排,7月20号是个好日子,11月4号也不错,除了这几个日子,接下来就要等到明年了。"说完,陆老先生笑道,"轻轻呢?这是你和轻轻的事,你和她商量商量,看看她有什么意见。"

陆老先生这话从手机里传出来,直播间的观众听得一清二楚。

"陆总未婚妻真的是纪轻轻!"

陆励行高声喊道:"轻轻!"

纪轻轻从房间里探出头来:"怎么了?"

陆励行不动声色地将手机递给她:"爷爷找你有事。"

"找我?"纪轻轻看了一眼摄像机,接过陆励行递过来的手机,放在耳边喊了一声:"爷爷?"

"轻轻啊,你和励行这两天玩得开心吗?"

陆老先生带着笑意的声音在免提模式之下被放了出来,猝不及防之下,纪轻轻被吓了一跳。

陆励行打电话怎么还开免提?

她以疑惑的目光看了一眼陆励行,嘴上却回着陆老先生的话:"还行。爷爷,最近天气不太稳定,您多多注意身体。"

"放心,爷爷很好。刚才我和励行谈到你们俩婚期的事,选了几个日子,你看看哪个好。"

听了陆老先生这话,她诧异地看了看陆励行,刻意压低了声音:"摄像机关了吗?"

陆励行坦然地说道:"没有。"

没有?!

纪轻轻一惊,下意识地就要去关摄像机,却被陆励行拦住了,他将人拉到沙发上在自己身边坐下。

纪轻轻看着陆励行,咬牙问道:"你干什么?"

"怎么了?"陆老先生听到声音问了一句。

"没事爷爷,您说,我听着呢。"说完,她又瞪了陆励行一眼。

"行,那我把日子和你说说。这个月月底是个好日子,7月20号也是个好日子,11月4号也不错,我知道你们工作忙,这个时间还是得你们自己商量着决定，但是我可得提醒你们，这几个日子不行的话，估计就得等明年了。"

在摄像机前，纪轻轻有些坐立难安，从知道摄像机没关的那一刻起，她的心就扑通扑通地跳个不停。

她和陆励行的关系，就这样……公开了？

陆励行在镜头前，借着陆老先生的口，直接公开了两个人的关系？

纪轻轻不由得愣了几秒。

她不是没想过陆励行会公布和她的关系，但她从来不敢想，陆励行会在节目上，在镜头前公布他们的关系。

她转头看了一眼陆励行，有些疑惑。

怎么节目上得好好的，他突然就说起婚期的事来了？

"轻轻，你在听吗？"

纪轻轻回神："爷爷我在听，您说的这几个日子我都可以。"

陆老先生那边又问："既然你都可以，那你选一个时间吧，爷爷好着手安排起来。"

陆老爷子让她选？

纪轻轻踌躇片刻："这个……还是您选吧。"

"这是你们俩的事，怎么能爷爷来选？励行那儿我看过了，这些时间他都可以，你给拿个主意。"

纪轻轻看向陆励行，低声问道："你觉得哪个时间好？"

陆励行说："你决定。"

"那就……就7月份吧。"

"行！"陆老先生拍板，"那就定在7月20号，还有两三个月的时间，来得及。"

陆老先生三言两语便将婚期给定了下来。

一侧的林蓁和陆老先生打了声招呼："老先生，我是林蓁，恭喜您有孙媳妇了。"

陆老先生开怀地笑了笑，话里都是止不住的高兴之意。

电话一挂断，纪轻轻便将疑惑的目光投向陆励行："你为什么突然和爷爷打电话提这件事？"

看着开着的摄像机，一个想法在纪轻轻脑子里浮现：他是故意的？

除了他是故意的，也没有其他的理由了。

他开摄像机，开免提，这不是明摆着要"昭告天下"？

可是陆励行在她面前没有透露半点儿风声，怎么这么突然就公开了？

林萋坐在对面,看着纪轻轻笑道:"还能是因为什么?"说着,她又看了一眼镜头。

"抱歉,"陆励行嘴上说着抱歉,可脸上哪里看得见一点儿抱歉的意思,"刚才和爷爷打电话的时候问了两句,不小心说漏了嘴。"

陆励行不小心说漏了嘴?

陈书亦简直不想看他,这人睁眼说瞎话还脸不红气不喘的。

"可是……"纪轻轻看了一眼摄像机,之前她还不觉得,可现在觉得浑身都不对劲。

她几乎可以想象接下来网上会发生怎样的"地震"。

"没什么好'可是'的,"陆励行看向镜头,"你是我的女朋友、未婚妻,我们迟早也是要公开的,而且网上的一些流言对你一个女孩子而言未免太过恶毒,我是你的未婚夫,有这个责任与义务保护你,为你澄清那些事。"

他拿出手机,打开直播间,看着屏幕上面时不时地飘过的一些质问的话,逐条回复。

"之所以结婚,是因为我认为我们俩已经到了可以结婚的地步。"

"在与我交往前,纪轻轻没有与其他人建立亲密的感情关系,和她的前任男友已经彻底划清了界限。"

"没有所谓的'第三者',送99朵玫瑰的人是我,'暴发户'是我,去影视城的人也是我。这些事我只说一次,我不希望以后还在网上听到有关我未婚妻的流言蜚语,如果还有,我的律师将会和你联系。"

"她很好,我没有看走眼,我很清楚她是因为什么来到我身边,为什么答应和我结婚。"

"裴姨照顾我20年,是我的亲人,裴姨和爷爷都很喜欢轻轻。"

"求婚的是我。"

"虽然我还没有求婚,不过我会认真思考怎么向她求婚。"

陆励行退出直播间,放下手机,目光如炬,双眸一眨不眨地看着摄像机的方向,认真且严肃。

"总而言之,我爱她,不希望有人再伤害她,不管是语言上的,还是精神上的。"

陈书亦与林萋两个人抱团取暖,掉了一地的鸡皮疙瘩。

没看出来,真没看出来,陈书亦自问与陆励行相识近20年,没想到这陆励行居然深藏不露,不出手则已,一出手就惊天动地,当着直播间观众的面表白秀恩爱,这还是个人?

更何况这是他的房间，还是他的直播间！

陈书亦起身拉开房门，做出一个"请走"的姿势。

陆励行起身，握着纪轻轻的手，将还在迷茫中的纪轻轻带离陈书亦的房间。

直播间的动静早就惊动了王导，从酒店特地给节目组工作人员准备的工作间一路奔到了陈书亦的房间外蹲守，几名摄影师摄像机全开，就等陆励行与纪轻轻从房间内出来。

这种爆炸性的消息可是节目的一大爆点与看点，这么重要的时刻，他怎么能不在现场把控全局？

手机一直振动个不停，王导拿出来看了一眼，好些曾经与他有过合作的经纪人和艺人给他发来消息打听这件事。

这件事真有意思。

如果只是纪轻轻，还真激不起这么大的波澜，毕竟她充其量就是个二线演员，一线演员那种深夜表白致微博瘫痪的事在她身上发生不了。

如果只是陆励行，也引不起这么大的风波，毕竟陆励行再怎么有钱有颜，之前都是个低调的人，认识他的人没几个。

关键就在于纪轻轻曾经炒作过的几个艺人。

那些被纪轻轻炒作过，发誓永远不再和纪轻轻出现在同一个镜头中的天娱娱乐的艺人，收到纪轻轻和陆励行公布关系的消息，知道曾经的炒作对象成了老板娘，一个个真的是见了鬼一般，与王导有过合作的直接通过微信问了，没有过合作的都托人在问。

王导回了几个关系尚且不错的，敷衍地说不清楚，等问清楚了再告知，然后把手机一放，继续蹲。

他蹲了没多久，就看到房门开了，门外乌泱泱一大群人眼底冒着光，目光尽数投向门内。

陆励行握着纪轻轻的手出现在门口，面无表情地扫视围在四周的摄像机，往电梯间走去。

纪轻轻走在他身侧，落后一步，视线中只余陆励行挺拔的背影。

她从刚才陆励行拿出手机看直播间起，就没再说一句话，整个人处于呆愣状态，脑子里像有一团糨糊似的，全程就看着陆励行的嘴巴一张一翕，说着些什么。

她反应过来时，就听见他说的最后一句话："总而言之，我爱她，不希望有人再伤害她，不管是语言上的，还是精神上的。"

刚才，陆励行说爱她？

陆励行爱她？

"爱"这个字，她曾经想都不敢想。她知道陆励行对自己或许有那么点儿意思，但怎么也到不了"爱"这个地步，今天他却当着镜头，不仅公布了他俩的真实关系，甚至还当众维护她。

一想到陆励行最后那句话，纪轻轻心漏跳了一拍，随即不受控制般跳动起来。

陆励行在帮自己说话。

这段时间里网上针对她的评论一直算不得好，在工作中接触到的人即使对她有所改观，但仍然颇有微词，她虽然一直告诉自己，自己不是"纪轻轻"，不用去在意"纪轻轻"遗留下来的烂摊子，但无论如何，偶尔见到那些刺眼的言语，心底还是会咯噔一下，莫名难过。

她不由得紧了紧被陆励行牵着的手。

察觉到纪轻轻的小动作，陆励行回头看了她一眼，不动声色地放慢步子，与纪轻轻并肩而行。

四周的摄像师与工作人员挺识趣的，除了正常拍摄任务，半点儿声音也没有。

王导倒是有话想问，可也知道这个氛围之下不太好问，眼睁睁地看着陆励行与纪轻轻回了房间后眉心微蹙，想了一会儿后拿出手机给陆励行的助理打了个电话，想要询问此事。

电话没打通，因为助理在和陆励行打电话。

房间里陆励行站在阳台接了十来分钟的电话，纪轻轻坐在沙发上，手机振动个不停，微信消息一条接一条地弹出来。

微信里那么多好友，熟悉的、不熟悉的，纷纷送上祝福，还有询问真假的。

她正想去回复，陆励行却从阳台走进屋子，按住了纪轻轻的手，将手机从她手心里抽出来。

他掌心的温度传来，纪轻轻脸颊微红。

他看着纪轻轻："事先没有征求你的意见就公布了这件事，我很抱歉。"

纪轻轻双唇嚅动，没有说话。

"我知道你是艺人，你们艺人一般很在意自己的隐私，也会担心公布恋情会对自己的未来造成影响，不过我还是要做。"

纪轻轻不自然地眨了眨眼。

"我已经交代过了，我们俩的关系会正式对外宣布。"

"可是……"纪轻轻瞳孔微缩，"为什么这么突然？"

"突然？"陆励行笑了起来，"你都对我表白过了，我怎么能不回应你？"

"我？我什么时候……"

"你说你只会嫁给你爱的人。"

"那只是我……"纪轻轻一时语塞，半响哑口无言。

良久，纪轻轻问他："你是认真的？"

陆励行反问："你觉得我是开玩笑的？"

纪轻轻微愣，低头的瞬间眼圈红了，手有些发抖。

她还没看网上的舆论，也不知道这事就这样公开是好还是坏，毕竟她有"前科"，也不知道那些人会不会因为这件事抓着她不放。

纪轻轻几乎能猜到那些人会说些什么。

她其实原本是准备等自己名声好点儿了再公布和陆励行的关系的，等这个节目播出，等她那个电视剧播出，到时候肯定会吸引一拨粉丝，那时再和陆励行公布关系。结婚，虽然说可能得不到多少祝福，但她也不至于被骂得那么惨。

纪轻轻声音里有些难受的意思，垂头丧气地说："他们肯定又说你眼光不好，看上了我……"

"没关系，"陆励行说，"你别怕，是我从前没有替你考虑，也没在第一时间站出来替你解释，和你一起承担这一切，现在我们既然已经决定了结婚，什么事都得一起面对，不是吗？更何况，这并不是什么大事。"

纪轻轻的心底像是有暖流涌过。

陆励行鲜少和她说这些话，这是第一次用自己的身份替她挡住那些流言蜚语。

"你别担心，我都已经安排好了，如果不放心，你可以上网看看。"

纪轻轻拿出手机，果不其然，在这短短不到半个小时的时间里，一切被陆励行安排得井井有条。

先是陆氏集团官网发出二人为未婚夫妻关系的声明，后是微博上天娱娱乐旗下的艺人纷纷送上祝福。

看到自家偶像发出这么一条祝福的微博，这些粉丝也是愣了半天。

自家偶像都这么说了，他们也不能去质问他是不是碍于陆励行的权威不得不这么办，否则让偶像的脸往哪儿搁？

最有意思的是一个粉丝曾经许下的承诺，她声称纪轻轻只要和陆励行结婚,就写1万字道歉信给纪轻轻道歉,这条微博被好事者挖了出来,被看戏的路人疯狂转发。

确实也有不少人如纪轻轻想的那样,嘲讽成习惯,嘲笑陆励行没眼光,那么多美人不找,偏偏看上了纪轻轻。

但这些话,最终被漫天的祝福所淹没。

就在陆励行离开陈书亦房间的时候,陈书亦已经和公司的周总监联系上了。好朋友结婚这么大的事,网络上怎么能看到乱七八糟的话呢?

纪轻轻看了会儿微博,这才半个小时的时间,事态还未完全扩大,但因为许多艺人的花式祝福,声势也差不多了。

她放下手机,稳了稳心态,看着陆励行由衷地说道:"谢谢你为我做的这一切。"

她刚才看到的,可以说是这段时间以来,看到的最多的关于她的正面评价。

这都缘于陆励行。

陆励行挑眉:"怎么谢?"

纪轻轻看了摄像机一眼,笑了笑:"你确定?"

"你说呢?"

直播间里慕名而来的观众纷纷发出疑问的弹幕。

纪轻轻眯眼笑,脱口而出:"老公老公老公老公老公老公老公老公老公老公,谢谢你!"

"恭喜恭喜!生命值加11,当前生命值为13小时。"

直播间里的弹幕断了几秒,随后就是满屏的问号。

在接下来的半个小时到五个小时的时间里,经过网络的不断发酵,纪轻轻与陆励行的事可以说得上是全网皆知了。

远在陆家的陆老先生一下午都没安生,电话一个接一个,铃声响个不停。

"老陆,恭喜你啊,要娶孙媳妇了,励行这小子不错,娶到那么漂亮的小姑娘。"

"老先生,恭喜恭喜,这么大的喜事,到时候您一定记得通知我一声。"

"老陆,你这可就不厚道了,这么大的事,怎么不提前和我说?弄得我现在才知道,你这保密工作做得好啊!"

陆老先生和人寒暄了一下午,彻底打乱了他的钓鱼计划,他把电话一挂,眉毛倒竖:"我这还没往外公布的事,怎么……这些老家伙都知道了?"

怎么知道的？"

裴姨笑着给他倒了杯水："老先生，刚才少爷打电话和我说了，说是和少夫人在一档节目上公开了关系。"

陆老先生怔了片刻，而后又笑了："这小子……什么节目，给我看看。"

裴姨笑着给陆老先生看了那段公开的视频，陆老先生戴上眼镜，仔细看了一会儿，发现是自己那通电话"暴露"了这件事，可明明就是陆励行先问的，陆励行却解释成他说漏了嘴。

陆老先生笑骂道："这混小子，又摆了我一道！等他回来，看我怎么收拾他！"

话虽这么说，可他的脸上哪里有半分怒气，全是笑。

"这就一小段，还有没有？给我看看他们那个完整的节目。"

"您等等。"

裴姨打开节目直播间，画面没有经过特殊处理，摄像机拍下来的画面其实有些模糊，整个画面里只有陆励行坐在沙发上看杂志，偶尔停下来瞟两眼手机，接两个电话。

陆老先生皱眉："轻轻呢？"

"少夫人洗澡去了，小两口在外面逛了大半天，累了。"

裴姨话音刚落，视频里传出一道极短促的尖叫声。

陆励行一愣，起身，在浴室门口低声问了句："怎么了？"

良久，浴室里才传来纪轻轻倒吸凉气的声音："没事，地板太滑了，差点儿摔了一跤。"

"小心点儿。"

嘱咐了一声后，陆励行又坐回沙发上，翻看那本未看完的杂志。

"宿主，我有责任和义务提醒你，你已经有很久没有完成你的每日任务了。我知道每天扣3点生命值对你来说也就是纪轻轻喊你三声'老公'的事，但这好歹也是3小时的命，你能不能稍微尊重这3点生命值一下，也尊重我一下，尊重我发布的任务？"

陆励行坐在那儿眉头都没皱，眼皮也没动。

小A难得与他有商有量。

"你别小看这3小时，它以后说不定能发挥巨大作用。"

说完，小A觉得自己有些卑微，高傲冷淡的"系统人设"崩得一塌糊涂。

陆励行双眼微眯："我记得你之前没有这么多话？"

这不是现在不用它说，纪轻轻就"老公""老公"地喊个不停了吗？

感受到自己存在的意义越来越弱，小 A 认为自己非常有必要对陆励行动之以情晓之以理。

当然，这忧虑小 A 是绝不会说出口的。

陆励行没理它。

"宿主，生命值不太够了，来做个任务？"

陆励行冷笑，扬声喊了一声："轻轻！"

纪轻轻的声音传来："怎么了，老公？"

系统咬牙切齿地说："生命值加 1，当前生命值为 10 小时！"

陆励行您您地说道："没事。"说完他又冷笑："不完成任务扣几点生命值？"

陆励行这话里嘲讽的意思很明显：任务完不成扣生命值？扣，你尽管扣。

陆励行长舒了一口气，浑身畅快，颇有种农奴翻身做主人的感觉。

系统有句脏话想说，但它忍住了。

"任务很简单，你只需要让纪轻轻在半小时内穿一件你的衣服就行，穿几个小时获得几个小时的生命值，多划算的买卖！"

陆励行一言不发，甚至还颇有闲心地将手中的杂志翻了个页。

浴室里传来了纪轻轻的声音："陆励行，你可以帮我个忙吗？"

陆励行起身："怎么了？"

隔着一扇门，纪轻轻低声道："上衣掉到地上湿了，你能帮我再拿一件过来吗？"

"等会儿。"

说完，陆励行走进纪轻轻的房间，在她衣柜里挑挑选选。

"现在你只要拿一件自己的衬衫给纪轻轻，任务就完成了，多好的时机，简直就是举手之劳！"

陆励行不为所动，挑了一件米色上衣。

"陆总，给点儿面子，好歹我也给了你一条命不是？"

陆励行沉默片刻，冷静思考 1 分钟，随后将手里的上衣挂了回去。

在陆励行的字典里，向来没有"赶尽杀绝"这一说，毕竟兔子被逼急了也是会咬人的，更何况还是他半点儿也不了解的系统。

回到自己的房间，他在衣柜里挑出一件白色衬衫，递给纪轻轻。

一只白皙的沾着水珠的手从浴室门里伸了出来，将陆励行手上的衬衫接了过去。

纪轻轻看了一眼陆励行递进来的衣服。

衬衫？她什么时候带了这么大的衬衫来？

纪轻轻将衬衫展开，越看越觉得眼熟，再看一眼尺码，这不是陆励行的衬衫吗？

他拿自己的衬衫给她干吗？

纪轻轻朝门外低声问道："你是不是拿错衣服了？"

陆励行面不改色地说道："你先穿着。"

"你就不能去给我拿件我自己的？"

"我刚才翻你衣柜，你衣服有点儿脏。"

她衣服脏？

"总有不脏的吧？"

门外久久没有声音。

纪轻轻无奈，只好将陆励行的衬衫穿上，把扣子系好，在镜子前看了自己一眼。

陆励行身高一米八有余，他的衬衫穿在一米六八的纪轻轻身上，宽松得很，衬衫下摆直接遮住了她穿的超短裤，两条细长的腿就这么赤裸裸地戳在那儿。

她将衣袖放在鼻尖闻了闻，似乎还能闻到衬衫上陆励行常用的木质香水的味道。

纪轻轻擦了擦头发出门，坐在沙发上的陆励行目光扫了过来，原是漫不经心的一眼，看到纪轻轻的一刹那，随意扫过的目光汇聚，牢牢锁定在纪轻轻身上。

刚从浴室里出来的纪轻轻身上似乎还冒着热气，衬衫太大，纪轻轻没将衬衫扣子全部系好，露出平直的锁骨与白皙修长的脖颈，衬衫宽松到她整个人都在里面晃荡似的，下摆堪堪到大腿根，两条白皙的腿一步步地朝他走近。

陆励行眸色微黯，喉结微微滚动，意识到什么后，将目光从她身上挪开。

"任务完成，生命值加5，当前生命值为15小时。"

"友情提醒：纪轻轻穿几个小时您就能获得几个小时的生命值！"

洗过澡的纪轻轻在白色灯光下，肌肤看起来比白日里白皙细腻不少，微微透着红，一头微湿的秀发散在肩上，一举一动尽显女人味。

正准备回房换件衣服，放在沙发上的手机响起，纪轻轻走过来坐在陆励行身侧,接听了电话后又懒懒地靠在他身上。

空气流动,陆励行闻到了一股极其好闻的清香,勾得他喉结上下剧烈滚动。

身边的人穿着自己的衣服,陆励行有一种奇怪的感觉,好像纪轻轻这个人完完全全是属于自己的。

纪轻轻在他身侧和人打电话,陆励行僵坐在那儿,手上摊着一本杂志,却是一行字都不曾看进去,鼻间全是独属于纪轻轻身上的清香味,余光里细长的手臂时不时地靠过来,他常用的木质香水与纪轻轻身上的香水的味道相互混合,竟混出了一种奇异的香味。

纪轻轻和戚静云寒暄了好一会儿后将电话挂断,刚转过身来想和陆励行说话,陆励行却猛地起身,纪轻轻靠了个空,侧身倒在沙发上,一脸茫然地望着他。

"我先去洗澡,你把衣服换了。"

扔下这句话,陆励行大步跨进浴室。

纪轻轻看着陆励行几乎是落荒而逃的背影:他怎么了?

浴室里传来水声,纪轻轻想了想,起身进房,遮了房间里的摄像机后站在镜子前。

陆励行这件衬衫虽然大了些,但架不住她骨架小身材好,穿在她身上还是挺好看的。

纪轻轻灵机一动,将衬衫纽扣又解了一粒,将衣摆斜斜地往下拉,露出右侧的锁骨与圆润的直角肩,想了想,又从衣柜里拿出一条腰带来,系在腰间。

小蛮腰大长腿,一字锁骨直角肩,性感又漂亮。

陆励行从浴室出来,就看到纪轻轻不仅没把衣服换下,甚至穿得更为大胆性感。

陆励行将目光从她的腿上移到她的肩膀上再移到她的脸上,无所适从,最后僵硬地挪开视线:"怎么还没把衣服换了?"

"我觉得这样穿挺合适的,这件衬衫你借我穿一天,明天再还你。"

"别闹,去换。"

"我不。"纪轻轻嘟囔道,"就一件衣服,这么小气干什么?"

"换了!"

纪轻轻瞪了他一眼,他给自己衣服穿又让自己换掉,干吗呢?

她不情不愿地进房,正在衣柜前挑选衣服时,手机振动,收到了一条

403

戚静云的信息。

"一个男人是会对穿自己衣服的女人产生兴趣的,这也是男人的占有欲。"

纪轻轻微愣。

"产生兴趣?什么意思?"

"你傻不傻?男人对女人还会产生什么兴趣?"

不会吧?

纪轻轻低头看了一眼自己身上宽松的衬衫。

单身25年,她接触过的男人屈指可数,对男人了解甚少,深觉这事不太可能,她和陆励行同床共枕这么久也没见他对自己有什么兴趣或行动,怎么会因为她穿一件他的衬衫就对她产生兴趣?……产生"性趣"?

可是陆励行刚才把自己的衬衫拿给她,还无缘无故地说什么她的衣服脏了。

纪轻轻在衣柜上摸了摸。衣柜不是挺干净的吗?

她又看了看衣服,这不挺干净的吗?

所以,陆励行刚才是故意的?

纪轻轻双眼微眯,想着刚才陆励行那一本正经的模样、理直气壮的话,好像在她面前,陆励行向来都是从容淡定的,没有表露出半点儿对她感兴趣的意思。

是她感知迟钝还是陆励行伪装得太好了?

想了想,纪轻轻突然眯眼笑了起来,望向衣柜里的几件衣服——有疑惑不如就去证实。

她将衣柜里的上衣与长裙全部取了出来,听着浴室里的水声,将一堆衣服扔进了阳台上的洗衣机里,按下了洗衣键。

她倒要看看,陆励行是不是真的对她产生了兴趣。

纪轻轻稍稍思索,将衬衫又拉下去些。

香肩半露更是性感迷人。

"你在干什么?"吹完头发的陆励行看着趴在洗衣机上的纪轻轻,目光放在运转的洗衣机上,心底咯噔一下。

"洗衣服啊。"纪轻轻看着他笑眯眯地说,"你不是说衣服脏了吗?"

陆励行自20岁进入公司,一直跟在陆老先生身边学习公司事务,终于能独当一面时,已是25岁的年纪。25岁到30岁这五年的时间里,他早出晚归,一天24个小时,有15个小时放在工作上,不知内情的人都以为陆励行这是不近女色,但实际上他是没那个时间与精力。

渐渐地，陆励行习惯了身边没有异性的生活，平日里在公司以及酒会上遇到的美艳女人也勾不起他的兴趣，这种生活久到他都以为自己对女人没有兴趣了。

纪轻轻是个意外。

今晚更是个意外，无时无刻不在挑战着他理智的底线。

阳台上洗衣机转动的声音，掩盖了两个人说话的声音，观众听不到。

"你不是说衣服脏了吗？所以我就把衣服都给洗了，现在没衣服穿了，你别小气，借你的衬衫给我穿两天嘛。"

单身 25 年，对男人没有兴趣的纪轻轻对男人的了解实在不多，性的领域更加不在她的研究范围之内。

是以，她虽然知道陆励行喜欢她，又或许如他嘴上所说的爱她，但她根本就没有想过陆励行这个血气方刚的大男人会对自己产生"性趣"。

毕竟小说中的陆励行就是个对女色没有兴趣的男人，更何况他俩同床共枕这么久，肌肤之亲都有了，陆励行不也把持得好好的？

可被戚静云点破了之后，纪轻轻越看陆励行这一本正经的模样，越是觉得不对劲。

陆励行被纪轻轻这话戗住了，毕竟是他说她衣服脏了。

"我觉得我穿你这衣服挺好看挺合适的，你觉得呢？"说完，她动了动半露的肩头，锁骨凹陷，性感迷人。

陆励行却是一副不解风情的模样，一本正经地说道："不合适，衣服太大了，还是穿你自己的衣服好看，洗衣机有烘干的功能，实在没干，晾一晚上也能干。"

"……"陆励行这话还真是无懈可击。

陆励行目光不继续在她身上停留，再次回到沙发上，看那本看了一晚上，只翻了一页的杂志。

纪轻轻站在洗衣机边，看着陆励行的背影咬牙切齿。

手机上戚静云又发了条信息过来："没有男人能抵挡得住自己心爱女人的诱惑。"

纪轻轻回了一句："如果抵挡住了呢？"

戚静云："不可能，除非他不是男人。"

纪轻轻仔细想了想，也有可能是陆励行定力过人。

半小时后，洗衣机停了，那些衣服正如陆励行说的一样，全干了，还是立马就能穿的那种。

计划失败。

纪轻轻垂头丧气地晾衣服。

不过这衣服是怎么回事,怎么皱巴巴的?而且有的看上去怎么还小了不少?

纪轻轻把衣服展开,终于在商标处看到了不可水洗的标志。

好巧不巧,她洗的这几件衣服都是不可水洗的。

完蛋,这下她真没衣服穿了。

纪轻轻愁眉苦脸地抱着一堆衣服坐在沙发上,一件一件地看。

"这件是我和裴姨逛街的时候裴姨送我的,这件是我上个月刚买的一次都没穿,还有这件,国内买不到了!"一件一件地看完,她痛苦地说道,"都不能穿了!"

这试探的代价太大了!

她心里不止一遍地问自己,她到底为什么在这件事情上这么坚持?

纪轻轻心里那个后悔啊,这些可都是她最喜欢的衣服啊!这下真是赔了夫人又折兵,惨。

"怎么了?"见纪轻轻垂头丧气,陆励行问道。

纪轻轻将衣服给他看:"我没注意这些衣服都不能水洗,都缩水了,看来我明天真的只能穿你的衣服了。"

纪轻轻就盘腿坐在陆励行身侧,身上穿着陆励行的衬衫,下摆遮住了她身上穿的超短裤,打眼一瞧,纪轻轻就像下身什么都没穿,只在身上套了件衬衫一般,白皙修长的腿、蜷缩在沙发上的莹白脚趾,无一不引人浮想联翩。

陆励行目光微沉,喉结滚动,只那么一瞬,便将视线挪开。

"明天带你去买。"

"你带我去?"

"今天听你安排,明天听我安排。"

"哦。"纪轻轻随口应了声,又看了一眼时间,"9点了,我们是不是该睡觉了?"

陆励行低头一本正经地翻着杂志:"你先睡。"

纪轻轻打了个哈欠:"那我等你一起。"

说着她又靠在陆励行身边,昏昏欲睡地撑着那双眼睛跟着陆励行看杂志。

纪轻轻身上那股若有若无的香甜味道侵袭着陆励行的鼻腔,美人在侧,难免心猿意马，但坐怀不乱的本事，陆励行修行得还算不错。

在外面走了大半天，下午又遭受陆励行的惊喜洗礼，纪轻轻身心俱疲，困得很，靠在陆励行肩膀上头一点一点的，特别是陆励行身上那股木质香味，格外催眠。

"你先去睡。"

纪轻轻在他肩头蹭了蹭，瓮声瓮气地说道："等你一起。"

"醒醒，去房间里换了衣服睡，别着凉了。"

旁边没有动静。

陆励行偏头一看，平时5分钟入睡的纪轻轻今天再次打破纪录，靠在他肩膀上3分钟入睡。

无奈地叹了口气，陆励行将杂志放下，轻手轻脚地起身，一手抱在她的腋下，一手抱在她的膝弯，稍稍用力，便将纪轻轻抱了起来。

5分钟后即将关闭的直播间里因为这一抱再次沸腾。

"陆总竟然拿自己的衬衫给纪轻轻穿，别有用心啊。"

"对！绝对别有用心！我男朋友一见我穿他的衬衫，根本就把持不住好吗？！"

"纪轻轻也没微博说的那么不堪，我觉得这妹子挺可爱的！"

"临睡前还要被秀恩爱……"

进了房，陆励行将人放在床上。

纪轻轻迷迷糊糊间有那么片刻的清醒，强行撑开眼睛，就看到陆励行在衣柜前翻找着什么。

她不能睡啊，睡了她的衣服就白白牺牲了！

纪轻轻靠着对衣服深深的心疼，驱散了些许的睡意，闭上眼听着动静，伺机而动。

就在陆励行在衣柜里给她找了套睡衣正准备叫醒她让她换上时，纪轻轻突然将眼睁开，趁陆励行措手不及将人拉倒在床上，一掀被子，将两个人盖住。

视线由明转暗，陆励行一惊，随后一条柔软的手臂伸了过来，搭在他身上，一只脚钩在他腰侧，和纪轻轻平时熟睡之后的姿态一般无二。

纪轻轻在他耳边说道："睡觉。"

这算得上是赤裸裸的邀请。

陆励行喉结剧烈滚动，一个正常男人该有的反应他一样不少。

"你先把衣服换了。"

被窝里光线太弱，纪轻轻光听到陆励行这一本正经的话，却没能看见他那仓皇失措的眼神，还误以为陆励行这正人君子坐怀不乱，对自己完全没兴趣。

或许是自己魅力不够？

"这样睡挺好的。"

陆励行深吸一口气，伸手去推纪轻轻的手脚，反而使纪轻轻力道更大，二人贴得更近了。

纪轻轻强，陆励行更强，他大力地将人从自己身上扒下来："别闹，好好睡觉！"

纪轻轻揉着手腕，陆励行抓她手腕的手简直跟铁钳似的。

但一种挫败感随之而来。

都说男人在看到女人穿着自己的衣服时往往无法控制自己的情欲，能控制住的，就不是男人了。

他们都在一个被窝里了，陆励行怎么还这么把持得住？

纪轻轻看着他，就那么一动不动地望着他。

陆励行一双眼睛沉沉地望着她，将纪轻轻整个身体都裹在被子里，就露出个头来。

"你干什么？！"

陆励行俯身按住她要挣扎的双手，望着她说："你听我说，我是爷爷一手带大的，他教导过我某些事，在你看来，或许，是落后，是迂腐，但我还是要做。"

"什么事？"

"从小爷爷就告诉我，对事要有责任心，对人要尊重。爷爷他尊重了奶奶一辈子，纪轻轻，你是我的妻子，我喜欢你，我愿意照顾你一辈子，也很期待和你的第一次，但我不想在这个时间，这个地点，不想太过随便，更不想这么仓促，你懂吗？"

陆励行按着纪轻轻双手的力道很重，那是纪轻轻难以挣脱的力道，他将她紧紧地箍在被子里，一双眼灼灼地望着她，眼底有着认真与坚持。

他一字一顿，声音极为铿锵有力。

纪轻轻与其四目相对，眼睛不安地眨动，心跳怦怦地加速。

"懂吗？"

纪轻轻点头："懂。"

她懂他的话，懂他话里的意思，更懂他的期待。

纪轻轻满足了，满足于陆励行的态度，满足于陆励行对她的心意。

他爱她，也会因她产生冲动，更会为了她压抑冲动。

陆励行浑身紧绷的肌肉瞬间松懈，他起身："你早点儿休息，我去次卧睡。"

满室都是令人血脉偾张的情欲的味道，陆励行大步离开主卧。

关门声还在耳边回荡，纪轻轻愣怔在原地半响，脑子里回味着刚才陆励行的话，突然笑了起来。

我愿意照顾你一辈子，也很期待和你的第一次。

脑海里回荡着这句话，直到夜深人静，月轮高悬，翻来覆去的纪轻轻掀开被子起身，蹑着脚蹑手蹑脚地推开陆励行的房门，看着床上侧身熟睡着的陆励行，眯眼狡黠地笑了笑。

她掀开被子，将自己送到陆励行的怀里，悄悄地，没惊动他。

对于每天早上醒来时怀里多了一个人这件事，陆励行早就习惯了。

不过昨晚她怎么到自己的房间来了？

陆励行对此没有太多的印象，但想想估计是纪轻轻自己过来的。

她自己过来的？

昨晚他如果遂了纪轻轻的心思，生米煮成熟饭，今早起来，估计还能得到一个难舍难分的早安吻。

想到这儿，陆励行挑眉，望着纪轻轻笑了笑。

他不急，来日方长。

陆励行将纪轻轻搭在自己身上的手脚放了下去，没惊动她，独自下床洗漱，等酒店服务员将早餐摆上餐桌，这才将人叫醒。

纪轻轻迷迷糊糊地看着陆励行，下一秒意识到自己身处的地方，看了一眼手机。

陆励行怎么起得这么早？

她还故意设了老早的闹钟打算今早回自己房间来着。

她大半夜的跑到陆励行床上，昨晚又……简直居心不良！

算了。

纪轻轻用被子蒙住头："困。"

陆励行无奈地说："昨天被你洗坏的那件国内买不到的衣服，海港城那边一家专柜恰好有一件，我让他们留了，赶紧起来吃早饭，我带你过去。"

纪轻轻猛地起身："真的？"

陆励行从衣柜里拿了件自己的衬衫给她："真的。"

409

纪轻轻精神抖擞地换上陆励行的衣服，洗漱吃早饭，身后跟着三四名节目组工作人员，朝海港城出发。

那件衣服对纪轻轻的意义还挺大的，毕竟是她用在这个世界上赚取的第一笔薪水买的。

一个小时后，两个人来到海港城，并被该品牌专柜的店员请去了VIP包间，那些对外宣称已经卖光了的新款在VIP包间里整齐地挂了一排又一排。

跟拍的摄影师将镜头对准两个人，直播依然在继续。

纪轻轻与陆励行走进VIP包间，好巧不巧，辜少虞坐在包间沙发上，正在百无聊赖地看杂志。

见到纪轻轻与陆励行进来，他愣了片刻，连忙起身："行哥，你们怎么来了？"

陆励行言简意赅，眼神都不曾施舍一个给辜少虞："买衣服。"

纪轻轻知道辜家与陆家有点儿关系，几个小辈从小厮混在一起，有那么些情谊，懒得和辜少虞计较太多，跟着店员去挑选衣服。

陆励行在辜少虞身侧坐下，看了一眼摄像师，示意他离远一些，关了麦克风，和辜少虞闲聊起来。

"你是为了沈薇薇上这档节目？"

辜少虞支吾了两声："嗯。"

"那你知不知道她是陆励廷的女朋友？"

辜少虞琢磨出了陆励行话里的意思，当即为沈薇薇辩解："行哥，这个节目是我自己坚持要上的，薇薇她之前已经和我说清楚了，这不能怪她，节目结束之后我会和励廷解释的。"

"解释？那你就是知道？"

"知道。"

"知道你还和她上这档节目？"

"我去公司问过了，她的经纪人孟寻被开除了，她现在也没什么事干，我想着，薇薇她现在曝光度太少，我和她上这档节目假装情侣，也总比她和别的男人在这档节目装情侣强。更何况，我们什么都没做，一直保持着距离，励廷如果真爱薇薇，就应该支持她！"

陆励行冷声道："这是你和陆励廷的事，我管不着也不想管，但是我提醒你，你再喜欢，也不要和一个有男朋友的女人纠缠不清。"

说到沈薇薇的男朋友，辜少虞就气闷。他就是个花花公子，可偏偏遇到沈薇薇才发觉自己遇到了真爱，从一个游手好闲的败家子成为一个专心家族事业的接班人，多励志？

连他爷爷都夸他这段时间上进了，这都是沈薇薇的功劳。

那句话怎么说来着，每个成功的男人背后，都有一个优秀的女人，辜少虞不止一次地想，沈薇薇如果能和他在一起，他说不定能干出一番大事业来。

偏偏沈薇薇有男朋友，还是陆励廷。

别人他能拿钱搞定，陆励廷可不差钱。

明着不行，他就只能另辟蹊径。

最近他了解到，沈薇薇在工作上陷入了瓶颈，显然需要后续资源，陆励廷靠着陆家那么多的资源，薇薇却没得到什么好处，正好让他有机可乘，借这档节目和薇薇单独相处，培养感情。

至于陆励廷怎么想……追女人，全凭本事不是？只要沈薇薇没结婚，他辜少虞就有机会。

虽然心中是这么想的，但是在陆励行面前，辜少虞还是收敛了些，乖乖应了声是："我知道了。"

"听辜老先生说，你进公司了？"

"爷爷总说我不长进，我就想让他看看，他孙子也是能干出一番事业来的！薇薇这么优秀，我怎么能继续沉迷？我会努力的！"

陆励行看了他一眼，对此未置一词。

陆励行和辜少虞闲聊了几句也就不说了，小时候的情谊过了这么多年也该淡了，该说的他都说了，该提醒的也都提醒了，之后辜少虞还执迷不悟，也与他无关。

那边纪轻轻在店员的陪同下看上了一件蓝白色的长裙，放在自己身前比画，问陆励行："这件好看吗？"

陆励行看了一眼，起身。

这裙子是好看，可肩膀处稍稍有些挺括，腰部剪裁也比较硬，纪轻轻穿上，小蛮腰与脖颈线条这些优点反倒被遮住了。

他对上次纪轻轻挑选的几件衣服历历在目，按住了纪轻轻蠢蠢欲动的手："我来帮你挑。"

纪轻轻知道陆励行眼光独到，可她眼光也没这么差劲吧？

"我觉得这条裙子挺好看的，不好看吗？"

"不太适合你。"陆励行一边说一边一口气挑了好几件衣服给她，"去试试。"

纪轻轻嫌弃地看着陆励行挑出来的衣服，怎么说也有七八件，一件件试过去累都累死了，她从中挑出两件："就这两件吧，其他的先不要了。"

店员笑道："好的。"

在纪轻轻进试衣间试衣服的时间里，店员将介绍当季新品的平板电脑递给陆励行："陆先生，这些都是我们当季的新品，您如果有喜欢的，我们可以拿给您看看。还有，这是您昨天来电询问的那件衣服，我已经帮您包好了。"

陆励行点头，在平板电脑上划拉两下："多谢。"

"不客气，这是我们应该做的。"

就在此时，试衣间里突然传来一道极短促的尖叫声。

辜少虞一愣，猛地起身，走到试衣间门前紧张地问道："怎么了？"

"没事没事，就是项链扯着头发了。"伴随着一声痛呼，试衣间的门被打开，沈薇薇一手拢着头发，一手在扯那缠在头发上的项链，眉心紧皱，"少虞，你帮我把项链取一下。"

她一转身，试穿的那条裙子身后从颈部到腰际的拉链大开着，显然是换完裙子后忘了拉上，白皙纤瘦的腰背、不盈一握的腰肢，尽数出现在角落的镜头里。

这是辜少虞离沈薇薇最近的一次，沈薇薇身上若有若无的香味传来，勾得他喉咙剧烈地滚动，那裸露的腰背，更是让人浮想联翩。

一侧的店员连忙上前遮挡住了摄像机的镜头："沈小姐，您的裙子拉链……"

沈薇薇一惊，似乎这才反应过来，白皙的脸颊涨得通红，飞快地将试衣间的门关上了。

店员脸上挂着尴尬的笑。

纪轻轻从试衣间里出来，对辜少虞视而不见，站在陆励行面前："还行吧。"她嘴上这么说，心里却不得不服气陆励行的眼光，

她腰细，锁骨平直好看，肩头圆润，这些都是长处，陆励行帮她选的衣服或多或少会将这些长处表现得刚刚好。

陆励行看了她一眼，双眼微眯，藏了些许的笑意，点了点头。

"那我去换下一件。"

她一转身，沈薇薇也从试衣间里出来，见着纪轻轻愣了片刻："轻轻，你也在。"

纪轻轻皮笑肉不笑地说道:"好巧。"

辜少虞上前来,唯恐纪轻轻对沈薇薇做出什么事,一下挡在两个人中间,阻挡住纪轻轻的视线,将沈薇薇拉到一侧:"头发没事了吧?"

沈薇薇脸涨得通红,低头掩下一抹羞涩:"没事,刚才是我没注意,都拍进去了吧……"

辜少虞见状笑了起来,低声道:"没关系,我知道你不是故意的,直播……那个角度观众应该没看见,至于节目剪辑,我让王导剪掉就好了。"

沈薇薇这才松了口气一般笑道:"谢谢你啊,少虞。"

"没事。你看中了几件?我们买单走吧。"

陆励行在这儿,他放不开,纪轻轻在这儿,他担心薇薇吃亏,惹不起总躲得起。

沈薇薇点头,进试衣间将衣服换下,出来后对店员说道:"这条裙子还有这双鞋帮我包起来,谢谢。"

辜少虞拿出了信用卡。

"你干什么?"沈薇薇拦下去接信用卡的店员,"我自己来付就行,不用你帮我付。"

"你现在是我女朋友,男朋友给女朋友买衣服不是天经地义的事吗?"辜少虞强硬地将信用卡交给店员:"刷我的卡。"

沈薇薇还想说什么,却被辜少虞低声劝住了:"礼尚往来,你待会儿送我个礼物不就是了?"

"那……好吧。"

很快,店员便将衣服包好。

"行哥,那我们先走了。"

陆励行头也没抬,只轻轻嗯了一声。

沈薇薇挽着辜少虞的手臂,两个人说说笑笑地正准备离开,却迎面遇见一人。

这个人是陆励廷。

三个人打了个照面,都愣在了原地。

怎么这么巧,陆励廷怎么来了?

纪轻轻一见这情形,也不试衣服了,兴致勃勃地坐在陆励行身边,手上就差一碟瓜子了。

这场面,估计他们待会儿得打起来啊!

陆励行脸色阴沉:"一个说着改邪归正专心事业,一天到晚跟在女人身后转的男人能有什么出息？"

纪轻轻一脸赞同，嫌弃地看着辜少虞和陆励廷，点头附和道："是啊，没出息。"

幸好她老公不像辜少虞和陆励廷那样，否则她这辈子可怎么办哪。

"励廷……你怎么来了？"最终还是沈薇薇先打破僵局，她猛地松开亲密地挽着辜少虞的手，无所适从地看着陆励廷，眼底藏着些许的不安与忐忑，"你别误会，我们只是在录节目而已……"

沈薇薇有男朋友这件事在节目播出的第一天就有风声，但演艺圈里的人都把自己圈外的男女朋友藏得死死的，有点捕风捉影的消息立马否认。现在听到沈薇薇这么说话，跟拍的摄影师对眼前的情形大约也明白了。

眼前这人说不定真是沈薇薇的男朋友，否则她也不会说这样的话。

沈薇薇节目里的假男朋友和现实中的真男朋友撞到了一起，这可是大新闻！

跟拍的摄影师打起十二分的精神，正准备将镜头对准三个人，一名工作人员过来，在他耳边低语了两句，摄影师听后下意识地看了陆励行一眼，讪讪地将摄像机镜头给关了。

无论怎么说，陆励廷也是陆家人，自家人不争气关起来可打可骂，可陆励廷出现在这儿，在大庭广众之下为了个女人争风吃醋，传出去也是个笑话，坏了陆家的名声。

围在四周的工作人员以及店员默契地离开VIP包间，顷刻间，VIP包间里只剩下五个人。

陆励廷还有些许理智，看到身后跟拍的摄影师，强自压下了心底的怒火："我们单独谈谈。"

辜少虞却一把拦在二人中间，对沈薇薇的话与举止极为不满："薇薇，我们现在还在录节目，还有摄影师在这儿，等节目结束之后你们再聊行吗？"

沈薇薇低声哀求道："少虞，你别这样……"

"我怎么了？薇薇，咱们这是在录节目，直播。还有你，陆励廷，"他望向陆励廷，"我知道薇薇和你的关系，但是这是在录节目，我相信在来节目组之前薇薇已经和你说过这事了，如果你不同意，我想薇薇也不会答应上节目。既然你是答应的，作为一个男人，大度点儿，支持自己女朋友的事业，不好吗？"

"但是我从来不知道薇薇是和你上节目！"陆励廷望着辜少虞，眼底压着火，"辜少虞，你知道我和薇薇的关系，却三番两次地和薇薇联系，你心里在想什么我不知道吗？还有你，薇薇，你真的不知道辜少虞对你是什么心思？"

"我……"沈薇薇表情纠结，"励廷，这件事我真的很抱歉，我之前想和你说的，但是不知道该怎么和你说……"

"好了薇薇，你不用解释，"辜少虞将沈薇薇藏在身后，"陆励廷，我直说了，你既然不能给薇薇想要的未来，就不要再耽误她，她是个艺人，喜欢演戏，喜欢站在舞台上，那是她这辈子梦寐以求的事，而你呢？家里开着影视公司，可你偏偏什么机会都不给，你还要耽误她到什么时候？"

"辜少虞，你闭嘴！"

"陆励廷，你少在我面前吆五喝六，既然你给不了薇薇想要的，那我来给，你能看着薇薇受委屈，我不能！"

沈薇薇站在辜少虞身后，一脸忧愁与焦灼，心底却暗暗考虑着当前的困境。

自她上次从影视城拍戏回来之后，公司一直有意无意地忽略她，接手她的经纪人手上资源有限，完全顾不到她，如果再没有后续资源，过不了多久演艺圈只怕就查无此人了。

她以为陆励廷从前的话不过是说说而已，总不能眼睁睁地看着她陷入困境见死不救，可她没想到，陆励廷还真就那么狠心，除了言语上的安慰，不给她一星半点儿的资源。

沈薇薇三番两次地暗示之后，终于放弃。

陆励廷是靠不住了。

她想了许久，还是找上了辜少虞。

她知道辜少虞对自己的心思，男人在自己喜欢的人面前，向来会竭尽全力地不让她失望，果不其然，辜少虞不像陆励廷那样辜负她、敷衍她，真的给了她一个千载难逢的机会！

虽然她要和辜少虞扮演情侣才能得到这个机会，但她还是答应了。

陆励廷显然不想再和辜少虞纠缠："薇薇，走，我们谈谈。"

辜少虞烦躁地打断他的话："谈什么？我们在录节目，没时间！"

陆励廷直勾勾地望着沈薇薇："你不想和我谈谈？"

沈薇薇面带难色："励廷，这事我之后再和你解释好吗？你相信我……"

陆励廷点头："那好，我只问你一句话，你为了参加这档节目，就算假装情侣的对象是辜少虞也没关系是吗？就算你的男朋友对此表现出极度不满你也没关系是吗？"

"励廷，不是这样的……"

"好，既然你说不是这样的，那么你现在退出节目，或者和导演说更换搭档。"

"励廷，你就不能体谅我一下吗？这档节目对我来说很重要！我不能退出这档节目！"

"没有这档节目，你还会有下一档节目，为什么一定要执着于这档节目？你明明知道辜少虞他喜欢你，对你是什么心思，你和他这几天同住一个屋檐下，亲密无间，你考虑过我的感受吗？"

陆励廷进来时看到他们两个手挽着手，亲密无间的模样，整个人窝着火，现在终于忍无可忍地爆发了，朝沈薇薇的方向走了两步，却被辜少虞一把拦住，冲动之下，两个人动起了手。

"别动手啊你们！"沈薇薇在一侧焦灼地大喊，二人互揪着对方衣领，拳头握得死紧，气氛紧张，简直一触即发。

正坐在沙发上看戏的纪轻轻见到这一幕，低声对陆励行说道："待会儿打起来怎么办？"

陆励行眼皮一掀："他们如果真有本事打起来，那就最好打到进医院为止。"

"陆励廷，你松手！"沈薇薇急了，抓着陆励廷的手，急促地说道，"我知道是我对不起你，但是但凡你愿意帮帮我，我也不会走投无路地接受辜少虞的帮忙！"

陆励廷的手渐渐松开，眉心皱得越发紧蹙。

"薇薇，你说什么？你在怪我？"

"是！"沈薇薇说，"我是在怪你，你明明知道我在演艺圈辛苦，所有的资源得靠我自己去争取，可你是怎么做的呢？你明明是陆家的人，手里有那么多的资源却偏偏不愿意帮帮我，这就是你说的爱我吗？你当我是你女朋友吗？"

陆励廷以一种难以置信的目光望着沈薇薇，像是从来没认识过这个人一般："你之前和我说过，你不在乎我是谁，也不在乎我有没有钱，你爱的是我这个人，我们可以不靠家里，靠自己的双手打拼，你忘了？"

"我没忘，"沈薇薇冷静地看着他，"可是励廷，我是你的女朋友，你明明有那个能力让我过得更好,又怎么忍心看着我吃苦呢?"

"薇薇,你……"陆励廷的话哽在喉间。

"如果你真的爱我,就不会眼睁睁地看着我吃亏而不管我。陆励廷,你根本没有你想象中的那么爱我。"沈薇薇深吸一口气,"既然今天话都说到这个份上了,那不如一次性说清楚吧,陆励廷,我们分手吧。"

陆励廷愣在原地,无所适从地看着沈薇薇:"分手?因为……因为我给不了你想要的,所以你要分手?你从前不是这样的。"

沈薇薇偏过头去,没有说话。

辜少虞冷哼一声,推开陆励廷,牵着沈薇薇的手:"陆励廷,薇薇的话说得已经很清楚了,如果你还是个男人,就不要再来纠缠薇薇。"

纪轻轻靠在陆励行身侧,百无聊赖地打了个哈欠,眼泪都出来了:"你弟弟脑子里装的东西怎么和你的不一样?"

陆励行眉心紧蹙,没有说话,系好了西装纽扣站起身来,沉声道:"闹够了吗?"

凌厉的目光在三个人身上扫过,陆励行声音低沉有力:"大庭广众之下,不嫌丢人?"

三个人偃旗息鼓,保持沉默。

"沈小姐,这件事不能怪励廷。他曾经和我说,你和他在一起,不在乎别的,在乎的是他这个人,你愿意陪他白手起家,但很抱歉,对于一个陌生人说的话我并不相信,所以我和他说过了,以后不许他打着陆家的旗号在外给你找资源,所以他不是不给你,而是他真的没这个能耐。"

沈薇薇脸色苍白:"我知道陆总不喜欢我,所以在公司得不到资源,我认了,但是——"

"沈小姐,你说错了,我本质上是个商人,对于一切有利的资源都不会放过,是不会为一己私欲就埋没一个能为我效力的人才的,而且沈小姐也并不值得我花费时间。如果你真的有大红的潜质,公司也不会埋没你。"

陆励行目光沉沉地望着沈薇薇:"现在看来,我当初的想法果然没错。"

"行哥,这不能怪薇薇。既然公司不会埋没任何一个人才,如果不是有人捣鬼,薇薇这一个多月以来怎么会一点儿安排都没有?"辜少虞说着将目光投向纪轻轻,那眼神里的意味很是明显。

纪轻轻看戏看得好好的,哪里知道自己还会无辜地被牵扯:"你看我干什么?关我什么事?"

"别装了,肯定是你在公司针对薇薇,仗着行哥的势打压薇薇!如果不是走投无路，薇薇又怎么会接受我的帮助？"说完，辜少虞又将目光转向陆励行："行哥，你不能接受薇薇也可以，但是纪轻轻她也是靠着你的资源才能上节目的，你却独独不待见薇薇，而且……为什么纪轻轻能靠你，用你的资源上节目，薇薇就不能靠陆励廷？你这是偏见！"

纪轻轻低声问陆励行："这档节目是你帮我安排的？"

陆励行说："不是。"

"听见了吗？"纪轻轻底气十足地看着辜少虞，"不是我老公安排的，是导演选的我，你别血口喷人！"

辜少虞冷笑："你不过是比薇薇幸运而已，你有本事也学薇薇靠自己，别靠其他人！"

纪轻轻以一种"你疯了吗"的眼神看着辜少虞："我可不是出尘绝艳、不食人间烟火、视钱财如粪土的仙女，我顶多就是个平平无奇的美女，有个有钱有资源还长得帅的未婚夫，我不靠我疯啦？"

"你简直……不知羞耻！"

陆励行脸色阴沉："辜少虞！"

纪轻轻冷哼："沈小姐，你听到了吗？辜少虞在说你不知羞耻。"

辜少虞气急败坏："我说的是你！"

"刚才沈小姐不是在埋怨陆励廷不帮她吗？要我说，靠别人不可耻，俗话说得好，烂泥扶不上墙，你要真是坨烂泥，靠谁也没用，但你不能嘴上说着不愿意做靠别人上位的人，心里却在想着占别人便宜。"

沈薇薇低头站在一侧，拳头紧握，眼底一片潮湿。

"还有啊辜少虞，你有什么资格说我不知羞耻？当初我和你在一起的时候，你可是收了我足足七八千块的一条皮带呢！"纪轻轻一脸痛心的表情，"现在想想我就觉得肉疼，我真是瞎了眼，竟然在你身上花了足足七八千块！"

她顿了顿："还有，我用了你的钱和你的资源了吗？你就在这儿对我指指点点？我用我老公的钱关你什么事？你不是一样给沈薇薇资源，弄什么双重标准？"

辜少虞气得手都在抖。

这戏看得没意思，纪轻轻亲昵地攀着陆励行的手臂："老公，刚才你给我选的衣服我懒得试了，老公你帮我都买了吧。"

陆励行将钱包拿出来交给她。

"谢谢老公！"

"生命值加4，当前生命值为14小时。"

一触即发的气氛自两个店员进来后消融。

但纪轻轻依然颇为遗憾，遗憾于没有看到陆励廷与辜少虞打起来。

有外人在场，几个人也不好再说什么，辜少虞见沈薇薇站在一侧低着头，一言不发的模样，心底一阵抽痛，擅自握紧了她的手，鼓足勇气对陆励行说道："行哥，没什么事我和薇薇就先走了。"

陆励行目光锐利似剑，鼓足了勇气的辜少虞不由得退了几步，将视线挪开，不与陆励行四目相对。

那双摄人心魄的眼睛仿佛能将人看透一般，辜少虞一颗心倏然悬了起来，握着沈薇薇手的手不自然地紧了紧。

这大约是他从小到大的一个条件反射。

小时候一群孩子在一块儿厮混，陆励行年龄比他们都大，领着他们玩，一群人也都唯他马首是瞻，又时常被家中长辈教导要向陆励行看齐，长大后陆励行独自撑起陆氏，见过的场面比他们去夜店见过的美女都要多，气势自然不是辜少虞这种花花公子可比的。

陆励行冷冷地收回目光："走吧。过几天我会去拜访辜老先生。"

辜少虞一颗原本安定了的心再次悬了起来。

"行哥，我——"

"我让你走！"

辜少虞不敢再多言，紧握着沈薇薇的手准备离开，却被陆励廷拦下了。

陆励廷抓着沈薇薇的手腕，目光晦暗不明，听不出语气："你确定要走？"

沈薇薇抬头，双唇微张，正想说话。

"你要离开我，和我分手？"

"我……"看着陆励廷那张面无表情的脸，沈薇薇突然就慌了神，手心冒出一层冷汗，萌生出些许后悔的意思来。

可为什么会后悔会犹豫，沈薇薇自己都不清楚。

和陆励廷在一起时，她知道陆励廷是陆家的人，因此心甘情愿地待在陆励廷身边陪着他，她知道，迟早有一天她会苦尽甘来，但现实狠狠地给了她一巴掌。

陆励廷根本不愿意为她动用陆家的资源，甚至自己都不愿意进入陆氏工作，而是离开陆家，决定白手起家，在自己喜欢的行业内创业。

陆励廷可以，她不行。

这段时间以来她给过陆励廷机会，她不信陆励廷不知道自己的处境艰难，可陆励廷一直无动于衷，除了言语上的安慰。

既然陆励廷给不了自己想要的一切，自己为什么还要和他在一起？

不后悔，她不后悔！

沈薇薇强行压抑住心底那股莫名的慌张，一直告诉自己不后悔，一点儿一点儿地挣开陆励廷的手："对，我要和你分手！"

陆励廷看着她的眼睛，一字一顿地问："因为我帮不到你？所以你要和我分手？在你心里，我们这么多年的感情，什么都不是？"

沈薇薇咬牙，没有说话。

这个问题，其实让她有些难堪。

辜少虞一把推开陆励廷："够了！陆励廷，薇薇都和你分手了你问为什么还有意思吗？如果你识趣点儿的话，以后就不要再来纠缠薇薇。薇薇，别理他，我们走！"

"沈薇薇！"陆励廷转身，上前几步想抓住沈薇薇，却被陆励行拦下了。

"站住。"陆励行冷冷地吐出两个字，逼迫陆励廷站在原地，眼睁睁地看着沈薇薇被辜少虞带走。

纪轻轻看了二人一眼，笑着让店员整理好衣服后去买单，将VIP包间留给了陆励行兄弟两个人。

"有什么感觉？"陆励廷冷冷地问道。

陆励廷茫然地说道："我了解薇薇，她不是这样的女人，她不应该是这样的，她或许——"

"有苦衷？"

陆励廷一哽，说不出话来。

"她有什么苦衷？"

陆励廷哑口无言。

"谁没有点儿苦楚，你在外打拼，不也一样艰难？你现在的处境和沈薇薇的处境有什么不同？她如果真能像你一样咬牙坚持下来也就罢了，可是她没有。当她不顾你的感受，和辜少虞上这档节目之后，你就应该承认自己当初看走了眼，沈薇薇这人并不是你表面上看到的那样简单，也不是你信誓旦旦地和我说的那个样子。"

陆励廷双唇嚅动，想说什么，却又颓丧地闭上了嘴。

"承认自己看错了人，就好比承认自己做错了事，这并不可耻。"陆励行沉沉地看了他一眼，"之前我就和你说过，这是你的私事，我不会干预，现在我也不会干涉，你和她分手也好，死缠烂打求复合也罢，都与我无关，但是有件事我必须得提醒你，陆励廷，你是个男人，是陆家的男人，没有什么坎儿是过不去的。"

"大哥，我……"

"这两天你自己好好想想，之后我会找时间再好好和你谈一谈，最近如果没什么事的话就回去多陪陪爷爷。当然，如果你认为沈薇薇比爷爷还重要的话，当我没说。还有，以后把眼睛给我擦亮点儿！我不想再因为这种私事和你谈，听明白了吗？"

陆励廷沉默，脸上表情晦暗不明，半晌之后才低低地应了句："我知道了。"

陆励行冷冷地扫了他一眼，见他领口外翻，上前动手将他的衣领整理好，单手重重地拍在他的肩膀上，却什么话也没说。

如果陆励廷还是不能领会他的意思，那么之后他也不必再管了。

那只沉重的手搭在陆励廷肩膀上，甚至还往下压了压，给了陆励廷莫大的沉重感，陆励廷双唇紧抿，一言不发地站稳了。

陆励行沉沉地叹了口气，许久之后才抬脚离开 VIP 包间。

陆励行走后，陆励廷独自一人垂手站在原地，许久不曾动弹。

刷了卡买好了衣服的纪轻轻在门外等候，看到陆励行出来，这才起身，看了一眼 VIP 包间的方向，问道："怎么样？"

陆励行看了她一眼："什么怎么样？"

"你弟弟啊，我这个做大嫂的关心一下。"

"你关心他？你不是很讨厌他？"

"话也不能这么说，以后我嫁给你，和他好歹也是一家人，陆励廷脑子的构造虽然和你不太一样，可谁让他命好，是你弟弟、爷爷的亲孙子，以后抬头不见低头见的。如果他能被你骂醒，以后聪明一点儿，眼睛放亮一点儿，不找碴儿，我还是可以勉强接受他喊我一声'大嫂'的。"

陆励行无奈地摇头笑了："之后我再找他谈谈，现在没时间，我得抓紧时间和你谈恋爱。"

"那现在我们是去……"

陆励行笑道："谈恋爱。"

纪轻轻笑着挽上他的手，两个人亲密地离开。

沈薇薇被辜少虞带离后，整个人看上去精神恍惚，辜少虞在她身侧连说了好几句话也没能引起她的注意。

"薇薇。"

沈薇薇回神，看着面前眼睛一眨不眨地望着她的辜少虞，勉强挤出一抹微笑："怎么了？"

辜少虞目光沉沉地看着她："我刚才和你说的话，你没听见？"

"抱歉，我刚才……走神了。"

辜少虞叹了口气："是因为陆励廷？"

沈薇薇没有说话。

"我知道你和他在一起很多年了，也知道你对他的感情，薇薇……我知道我做这事很卑鄙，但是，你能给我一个追求你的机会吗？你相信我，我会对你好的，比……比陆励廷对你还要好，我发誓！"

辜少虞举起右手发誓，却被沈薇薇拦下了："别说了。"

辜少虞急了："薇薇，从我见到你的那一眼开始我就改了！最近我都开始去公司上班，爷爷都夸我长进了。你相信我，我会给你好的生活，给你想要的一切，不会让你受苦受累受委屈，我会为此努力的！"

沈薇薇似乎动容了，看着他犹豫不决："可是……不行，这绝对不行！我才和励廷分手，怎么能……少虞，谢谢你喜欢我，但是很抱歉，我真的不能这么做。"

"你自己都说了，你和陆励廷已经分手了。你现在是自由的，可以自由地选择谁做你的男朋友，为什么不能和我在一起？还是你认为，我从前不学无术，比不上陆励廷，配不上你？"

沈薇薇皱眉："你别胡说，我没这么想！"

"既然你没这么想，那你能不能给我一个照顾你的机会？我真的不想再看到你被人欺负，我虽然比不上陆励行，可以有无限的资源捧纪轻轻，但是我会动用我的一切资源，帮你在演艺圈站稳脚跟，不受人欺负。"

沈薇薇面带难色，像是被逼得走投无路，现在只求喘息之机："你给我一些时间，让我仔细想想好吗？"

辜少虞面露喜色，他知道，沈薇薇已经心动了。

他主动握住沈薇薇的手，这次沈薇薇没有拒绝。

辜少虞微笑。他有这个信心和耐心，终有一天薇薇一定能接受自己！

跟拍的摄影师与节目组的工作人员上前，辜少虞笑道："我等你。"节目继续。

422

直播被迫中断将近一个半小时，在直播中断前，观众清晰地看到了陆励廷的脸，随后直播中断，节目组也没给出一个明确的解释，不少观众在猜测直播中途切断的原因。

然而不知道是谁直接认出了陆励廷，甚至还找出了记者曾经抓拍到的陆励廷与沈薇薇同进同出的照片。

沈薇薇有男朋友这件事一直被说是捕风捉影，沈薇薇对此事也一直保持缄默，态度很耐人寻味，不知道是默认还是不屑澄清虚假传言。

然而陆励廷出现在直播间里，再加上从前记者拍下的照片，直接引起了直播间的评论区里的留言讨论。

当然，直播间里留言区的这些内容暂时并没掀起太大的风浪，直播再次开始后，众人又被直播画面里的人吸引了目光。

直播画面中，纪轻轻与陆励行依然心情很好地在海港城闲逛。

虽然中途被沈薇薇和辜少虞两个人打扰了，但这丝毫不影响纪轻轻的心情，她穿着陆励行的衣服，和陆励行在一起，心情特别好，嘴角就没放平过，眼角就没耷拉过，笑得一双眼睛弯成了月牙。

在海港城这地方随便走走看看，大包小包地买了不少东西，都被助理提了，纪轻轻穿着5厘米的高跟鞋，一上午走下来，脚有些累，脚后跟和脚踝处疼得很。

两个人找个地方吃了顿午饭，纪轻轻趁着没人的时候揉着脚踝，不由得感叹逛街真累，下次还是学裴姨，让专柜将最新款送到家里来好了。

陆励行余光瞧见了她的动作，随后拿手机发了条短信，没过多久，助理送过来一双女式平底鞋。

"换上。"

纪轻轻看了一眼鞋盒："不换。逛街就是要漂漂亮亮的，谁特意出来逛街还穿平底鞋啊，更何况还是在镜头前？"

"你不是脚疼吗？"

纪轻轻准备伸下去揉脚踝的手顿住了，她打肿脸充胖子，嘴硬道："不疼，坐会儿就好了。"

陆励行很是无奈地看着她，将鞋盒打开，沉默地在她面前蹲了下来，伸手握住她的小腿。

纪轻轻一愣，心一颤，腿下意识地往回缩，莹白的脚趾害羞地蜷缩起来，看了一眼四周形形色色的人，低声急促地问道："你干什么？"

陆励行将纪轻轻脚上的高跟鞋脱下，换上助理刚送来的平底鞋，看了一眼她脚踝上被磨出的一片红色，没有肿，应该没有太大的事。

陆励行抬头看她涨红的脸，失笑："估计你也累了，吃过饭咱们待会儿就回去。"

穿好一只鞋，陆励行松了手，纪轻轻连忙收脚，陆励行粗糙的掌心与柔嫩的小腿皮肤接触时，掌心的温度似乎陡然升高了很多，像块烙铁似的烙在她的小腿上，小腿处被烫了一样的灼热感挥之不去。

另外一只鞋纪轻轻可不再让他穿了，径直脱下高跟鞋，那只平底鞋刚被陆励行拿出来，就被纪轻轻夺了去，穿到脚上。

你堂堂一个集团的大老板，大庭广众之下怎么还蹲下给我穿鞋？

纪轻轻极不好意思，耳朵尖肉眼可见地变得通红，只一个劲儿地埋头吃饭。

他们吃饭的地点是海港城颇为有名的观景餐厅，可以俯瞰整个城市的美景。

不远处正对面大厦的LED广告屏上，正播放着一则广告。

那是一则关于《我们恋爱吧》节目的广告。

广告屏正对着陆励行，他一抬头就能看到。

一则广告其实也没什么，但真正引起陆励行注意的是广告之后的产品冠名。

《我们恋爱吧》这档节目一共拉到三个赞助，一个纯牛奶，一个巧克力，还有一个是某汽车品牌。

这三个赞助还挺符合这档节目的，但好巧不巧的是，巧克力的赞助商是之前纪轻轻与路遥拍过广告的那家。

这是一个什么概念呢？

大概就是在《我们恋爱吧》这个节目播出之后，一段节目结束后，纪轻轻与路遥二人那两句"甜吗"以及"不如你甜"的台词，会出现在电视上。

陆励行沉住了气，若无其事地将这顿对着路遥与纪轻轻两个人亲密无间的广告的午餐给吃完了。

随后回酒店，陆励行让纪轻轻在酒店房间里休息，自己则去了节目组的工作间，特意找王导，人却不在，一打听，是出外景了。

陆励行也不急，就在那儿坐着等人。

约莫半个小时后，王导姗姗来迟，一脸歉意："抱歉有事来迟了，陆总，听说您找我？有事吗？"

陆励行请王导坐下："我来和王导谈节目广告冠名的事。"

他将一沓文件放在王导面前，往后一靠，说："在这档节目里，我和轻轻是情侣，节目的广告却是轻轻和路遥代言的巧克力，王导，您认为这样合适吗？"

王导微愣："这……是不太合适。"

"王导如果有难处，可以尽管和我说，我对王导这档节目还是很有信心的。"

王导心领神会地笑了。

两个人在会议室里聊了将近一个小时，陆励行才回酒店房间。

纪轻轻听到声响，从房间内出来："你干什么去了？"

陆励行边脱外套，边若无其事地说道："陈书亦和王导谈了一笔广告赞助，我去了解了一下。"

"广告赞助？不是已经确定了吗？"纪轻轻接过他脱下的西装，疑惑地问道。

陆励行点头，眉眼间有些无奈："我也没想到陈书亦竟然打着我的旗号逼王导毁约，不过还好，已经解决了。"

"毁约？毁的哪个广告？"

陆励行自然地说道："好像是你和路遥拍的那个广告，具体经过我还不太清楚。"

话音刚落，洗手间的门开了。

陈书亦从洗手间里出来，一言难尽地看着陆励行："兄弟如手足，女人如衣服，你现在是宁可断手足，也决不能裸奔，是这个意思吧？"

沙发上，陆励行与陈书亦相对而坐，谁也没说话。

纪轻轻在房间里，大概知道他们要谈事情，贴心地将房门关上了，免得打扰到他俩。

摄像头也被关了。

陈书亦有些心灰意冷的意思："这件事我不想听你解释，陆励行，这么多年，我怎么就没发现你这人……"

话没说完他就说不下去了。

陈书亦一言难尽地叹了口气："你考虑过我的感受吗？没有，你想的只有你自己，做兄弟这么多年，我就是来给你收拾烂摊子的？你知道要让一档综艺节目毁约我们要付出多大的代价吗？就因为你的一点儿……私心！"

陈书亦痛斥:"小心眼儿!陆励行,你真是个小心眼儿!拿公司的利益满足你不可告人的私欲!"

他摇了摇头,无比唏嘘:"没意思,真的没意思。"

听完陈书亦的抱怨,陆励行若无其事地将一沓资料放到陈书亦面前:"既然你不想听我解释,那我就不说了,广告赞助的事就辛苦你了。"

陈书亦看着那沓资料,随手翻了翻,抬头看了一眼陆励行,惊讶到难以置信:"你还真打算让我背锅?其实我背锅也没问题,可是你还是个商人,那是公司的利益,你……"

陆励行不置可否:"公司的一切损失算在我个人头上,而且我认为这档综艺节目有很大的投资空间,具体事宜就麻烦你了。"

陈书亦指着陆励行:"陆励行,你以为有本事就能为所欲为吗?你——"

"我可以!"

"……"陈书亦耸肩,"行吧,反正这是你的公司,你开心就好,不过我可警告你,董事会那群老先生可不是吃素的,你可得担心他们发难——"

陆励行打断他的话:"你来我这儿干什么?"

"蓁蓁今晚下厨,让我过来邀请你和轻轻过去吃晚饭。"说到这儿,陈书亦微笑着看向陆励行,"不过,当我没说过这件事,你别想吃到我家蓁蓁做的饭!"

说完,陈书亦起身,顺手拿起那沓资料,愤恨地看了陆励行一眼,大步流星地走了。

门刚关上,纪轻轻便从房间里探出头来:"陈总走了?他刚才不是说邀请我们去吃晚饭吗?"

"他刚才和我说不用去了。"

"怎么了?"

"他说,没买到菜。"

"可是刚才林蓁姐还在微信里问我,喜欢口味重点儿的还是清淡点儿的。"

陆励行脑子转得飞快:"陈书亦估计是想过二人世界,咱们就别打扰他们了。"

纪轻轻瞬间悟了:"我明白了。"

敢情这陈书亦来邀请他们吃饭,就是嘴上意思意思而已。

然而半个小时后,门铃声再次响起,陆励行开门一看,还是陈书亦。

陈书亦站在门外压低了声音说:"蓁蓁坚持让我来请你们去吃晚饭,待会儿和我串个口供,就说是你觉得不好意思去才拒绝我的。"

陆励行看着他,面无表情地说道:"不行。"

"为什么?"

"因为刚才我和轻轻说,是你想和林蓁共度二人世界,所以才不想我们去吃饭。"陆励行一本正经地说道,"更何况是你自己说的,不想让我们尝到林蓁做的饭菜,我为什么要替你背锅?"

"……"这是人说的话?

最终结果是,下午6点,纪轻轻与陆励行准时出现在陈书亦的酒店房间门前。

林蓁息影多年,没有太多的兴趣爱好,偶尔心血来潮下个厨,练就了一手好厨艺,纪轻轻帮着下厨,两个人晚上一共做了七八道家常菜,色香味俱全,让人食欲大增。

最后一道油焖茄子上桌后,林蓁笑着介绍:"这道芋头青菜汤还有这道白灼虾是轻轻做的,别愣着,动筷啊,凉了就不好吃了。"

陆励行看着纪轻轻做的那两道菜,有些拿不动筷。

毕竟上次在影视城虽然是他做饭,但纪轻轻在一侧帮忙,那顿饭可以说是二人合伙做出来的,那个味道,陆励行这辈子都不愿意回味。

"怎么了?是不相信我的手艺还是不相信轻轻的手艺?"

纪轻轻给陆励行舀了一碗芋头青菜汤放在他手边。

陆励行尝试着喝了一小口,清新可口,软糯香甜,味道挺不错的,意外地看了一眼纪轻轻。

"别小看我,我可是从小练到大的,不信你尝尝。"纪轻轻给他夹过去,陆励行嚼了两口,点头:"确实不错。"

林蓁坐在陈书亦身边,笑道:"我可从来没想过陆励行还有找到女朋友的一天。"

陈书亦附和道:"可不是?当初在国外留学的时候我们还派了个男同学'刺探军情',一转眼,他连未婚妻都有了。"

说起这事,林蓁又笑起来:"励行,你还记不记得那个教授?"

陆励行淡淡地说道:"不记得。"

"什么教授?"纪轻轻兴致勃勃地问。

"陆励行在国外留学的时候特别受欢迎,当时一个教我们的教授的女儿对陆励行有点儿意思,穷追猛打,缠人得很,那教授就问陆励行,愿不愿意和他女儿在一起,考试可以给励行开后门,结果被陆励行直接举报到校长那儿。"

"后来呢？"纪轻轻紧张地问道。

林蓁笑："后来我们就换了个教授。"

"不过教授的女儿去年好像已经结婚了，我记得她追了陆励行整整10年。"陈书亦看着陆励行，"整整10年，比我还痴情。"

林蓁笑了："魅力不可挡啊。"

陈书亦顺势搂住林蓁，眼底是满满的爱意与柔情："你也一样，魅力不可挡。"

林蓁瞥了他一眼，随后抿嘴一笑，两个人旁若无人地接了个吻。

纪轻轻僵硬地挪开目光，看了陆励行一眼。

陆励行的余光对上纪轻轻的目光，紧接着解释道："我对国外的女孩没有兴趣。"

纪轻轻盯着他，见他表情严肃认真，不像是在敷衍，这才将目光挪开。

"好了别聊了，赶紧先吃饭，菜都快凉了。"难舍难分的吻终于结束，林蓁笑着招呼几个人。

几个人动筷。

吃过饭后，陈书亦认命地收拾桌上的残羹剩饭，当然，他的工作也仅限于将餐具扔进厨房而已。

纪轻轻与林蓁交流了一番护肤心得之后，与陆励行一起告辞离开。

"林蓁姐和陈总他们在一起很多年了吗？"

"没有，陈书亦追了林蓁七年，林蓁才同意和他在一起。"

纪轻轻惊讶："七年？这么久？"

陆励行估摸了一下时间，"可能还不止。怎么了？"

"我就随便问问。"纪轻轻说完又感叹道，"追了七年，陈总还真是有毅力。"

"如果与喜欢的人都能有好的结局，花费再多的时间也值得。"

纪轻轻瞥他："两个月就把我追到手，你赚翻了。"

陆励行无奈失笑："是，我赚翻了。"

二人刚出电梯，一名工作人员疾步赶来，说明了情况后，将他们请去了节目组的休息室。

王导向他们解释道："是这样的，咱们的节目有这么一个环节，需要对两个人进行一个分开的采访，就问几个问题，很快的，10分钟的时间。放心，这部分内容不会在直播时播出，我们会剪辑后放到节目的正式视频中去。"

　　这个环节王导之前就说过，是所有嘉宾都会参与的一个提问环节，但假装情侣的那几个人与他们真实情侣的这几个人，被问的问题是不一样的。

　　纪轻轻没多想，一口应了下来。

　　"行，没问题。"

　　两个人分别进入不同的房间接受采访。

　　采访纪轻轻的是节目组的一个编导，二十来岁的模样，拿着题板坐在纪轻轻面前，两名摄影师在一侧拍摄。

　　"纪小姐，昨天陆先生在节目中当众承认您是他的未婚妻，大家才知道您和陆先生的关系，可以说此前你们的保密工作做得相当到位。那么关于您未婚夫的一些小爱好和小习惯，您一定清楚，我们这边为您准备了10道题，不知道您有没有信心回答。"

　　"没问题。"

　　"那好，下面请回答我们的第一道题：请问您的未婚夫陆励行先生最喜欢的颜色是什么？"

　　纪轻轻想了想，陆励行的卧室以白色调为主，衬衫、西装以及领带也都以白色和黑色为主。

　　"白色和……黑色。"

　　题板上的纸被编导撕了一页，下一页的内容是："您未婚夫陆励行先生最喜欢的一项运动是什么？"

　　这个简单，陆励行之前和她说过，纪轻轻记得很清楚："帆船。"

　　"您第一次和您未婚夫见面是在哪里？"

　　"医院。"

　　"说出陆励行先生的五个优点。"

　　纪轻轻想了想："优点……帅！"

　　编导笑道："这确实是个毋庸置疑的优点。"

　　纪轻轻接着说："有责任心、稳重、体贴、能干。"

　　"说出陆励行先生的五个缺点。"

　　纪轻轻摇头："没有缺点。"

　　陆励行那么优秀的男人，怎么会有缺点？不存在的。

　　编导笑了笑："那么进入下一题：纪小姐是被陆先生身上的哪一点吸引的呢？"

　　"先是帅气，后是稳重，然后是责任心和体贴。"

"陆先生为您做过的最浪漫的事是什么？"

"有很多，比如送 99 朵玫瑰接我下班、到影视城陪我拍戏、和我一起参加节目。"

"那陆励行先生做过的令您印象最深刻的事情是什么？"

"印象最深刻的事……"纪轻轻认真地想了想，"他发自内心地为我做的每一件事我都记得。"

"在之前的节目中，陆先生已经宣布了婚期，纪小姐有什么感觉？期待吗？"

纪轻轻笑了笑："感觉……有点儿紧张，毕竟是人生中的第一次，不过我会努力当好一名妻子的。"

"最后一个问题。"编导看着纪轻轻，将题板放下，"纪小姐心里有没有什么事是不能告诉陆先生的？"

纪轻轻微愣。

编导看纪轻轻表情，笑道："看来还真是有。"

纪轻轻脸上的笑容收敛，她唯一不能告诉陆励行的就是她身份的事。

她不是"纪轻轻"，不长"纪轻轻"这样，他甚至不知道她叫什么，长什么样，多少岁了，有过怎样的经历，就用着"纪轻轻"的身份，和他结婚，甚至共度一生。

可是这种事情，就算她说，也没人会信。

"纪小姐有想过将这件深埋在心里的事坦白吗？"

纪轻轻一抬头，扫到了正对着自己的镜头，满屋子的工作人员正看着她，提醒她现在的处境以及身份。

她倏然回过神来，义正词严地说道："不行！这件事绝对不能说！"

"看来是很重要的大事？"

纪轻轻点头："当然，我的体重是绝不会让第二个人知道的！"

提问的编导微微一愣："原来是体重，我猜纪小姐应该有 90 斤左右吧？"

"这个秘密我谁都不会说。"

门开了，脚步声传来，纪轻轻背对着门没能看见进来的是谁，直到编导说了句"就到这里"之后，纪轻轻这才回身看了一眼，陆励行站在不远处的镜头外，直勾勾地望着她。

那眼神有些奇怪，有着让纪轻轻看不懂的情绪，她在与陆励行对视时，陆励行甚至还会躲开她的目光。

纪轻轻笑着走到他面前："王导问了你什么问题？和我的一样吗？"

430

陆励行看着纪轻轻脸上的笑，神色一凛，话止于唇齿。

见陆励行脸色古怪，纪轻轻问道："怎么了？"

陆励行摇头，笑道："他们问了你一些什么问题？"

"就是你喜欢什么颜色，你的优点和你的缺点，我们第一次见面，以及你做过的最令我感动的最浪漫的事，还有，不能让你知道的事。"

陆励行眸色微深，手心微紧，连他自己都不曾意识到："不能让我知道的事？什么事？"

纪轻轻丢弃心底那抹失落，故弄玄虚地笑道："我的体重！你呢，你被问了些什么问题？"

"和你一样。"

"那你是怎么回答的？"

陆励行沉默片刻，说："如实回答。"

采访完纪轻轻的编导去往另一个房间，准备将题板以及纪轻轻回答的内容交给王导，王导却看着一块题板，有些纠结。

"王导，这是纪小姐的题板。"

"放下吧。"

编导看了一眼王导面前陆励行的题板，问了句："怎么了？"

"我在想，怎么剪陆先生这题板。"

编导顺着王导的目光望过去。

"纪轻轻做过的最令你记忆深刻的事。"

"出现在我的生命里。"

"心里有没有什么不能告诉纪轻轻的事？"

"最后一个问题，怎么没写答案？"

王导叹了口气："他没有回答。"

第十二章
一掷千金

晚间,陆励行收到陈书亦的微信时,正准备换上运动装备去酒店健身房健身。

对于每天固定健身一小时的陆励行来说,三天没运动,他感觉自己骨头都生锈了,浑身不自在。

他拿起手机一看,陈书亦就发来一句话:"是不是兄弟?"

见惯了陈书亦伎俩的陆励行随手回了他一句:"有事就说。"

聊天框上方显示对方正在输入。

陆励行敲了敲浴室的门,纪轻轻将门拉开,探出个头来:"怎么了?"

"我去健身,一小时后回来。"

纪轻轻拉开门,看了一眼陆励行的装扮,眼睛一亮:"带我一起!"

陆励行正弓身换运动鞋,闻言瞄了她一眼:"你不是刚洗完澡?好好休息。"

"洗澡怎么了?正好毛孔疏通之后去运动运动排汗,而且你不是说要帮我练马甲线和腹肌的吗?"她拍了拍自己柔软的小肚子。

"死亡警告!请帮助您的妻子纪轻轻完成马甲线任务,每日健身一小时,可得10点生命值。"

陆励行微愣,目光在她的小腹上流连,以怀疑的目光看着她:"你确定你有这个毅力坚持下去?"

"当然!"纪轻轻大言不惭,信誓旦旦,"你放心,我绝对不会给你拖后腿，只要能练出马甲线，你让我干什么都可以！"

陆励行拧眉："半途而废的话……"

"不可能！除非是你不愿意带我。"

她话说得太满，陆励行点头信了："行，记住自己说的话，去换衣服。"

得到陆励行的回应，纪轻轻忙溜进了房，留下一句："等我！"

陆励行在门口等她。

酒店里有两个健身房，一个面向酒店所有客人，另一个则是面向酒店VIP客人，VIP健身房里空无一人，四周有节目组的四个摄像机。

纪轻轻双手交叉，活动手腕，脚尖点地活动着脚踝，时不时地转转脖子，等她热身结束，陆励行早就上了跑步机。

纪轻轻上了陆励行旁边的跑步机，开了慢走模式让膝盖适应，10分钟后这才小跑起来。

虽然没怎么去过健身房，但跑步这么基础的运动纪轻轻还能应付得过来，跑了小半个小时后她停了下来，看了一眼陆励行，发现他跟个没事人似的，气息均匀绵长，不像她，从跑步机上下来时大汗淋漓，瘫坐在一侧直喘气。

陆励行看了她一眼，也从跑步机上下来，一手将瘫坐在地上的纪轻轻拉起来。

"起来走一走，别马上坐着，拉伸一下。"

"别动我，我累死了，让我坐一会儿，就一会儿，我马上就起来。"纪轻轻猛摇头，眼看着又要坐下去。

陆励行无奈，双手托在她腋下，将人强硬地从地上拉了起来。

纪轻轻冷不防地起身，脚下虚浮无力，往后踉跄两步，差点儿跌倒，幸亏陆励行底盘稳，稳稳地扶住了她。她整个后背贴在陆励行身上，就着这个靠在陆励行怀里的姿势抬头看着他。

"我好累。"

"进了健身房就不要说累，不累你来健身房干什么？"

这话说得好有道理。

纪轻轻深觉是在自讨苦吃。

陆励行半拖半抱着她在健身房里走了两圈，直到她感受到肌肉酸痛好些了，呼吸平稳了之后才放过她。

健身房里的器械多种多样，纪轻轻环视一圈，大部分是自己没用过的，多半不知道用法以及用途，她一转身就瞧见陆励行轻车熟路地坐上了推胸训练器，轻而易举地将杠铃往前推。

他手臂用力时，鼓鼓囊囊的肌肉将薄薄的一层衣物撑起，表情严肃认真，吐息很有规律，看着陆励行这么轻松的模样，纪轻轻也找了个训练器，双手握上把手，手臂紧绷着往前推，尴尬的是，杠铃纹丝不动。

纪轻轻下意识地看了陆励行一眼，见他没将注意力放在自己这边，深吸一口气，手臂暗自使出吃奶的劲儿去推，这杠铃还是一点儿面子都不给。

陆励行的目光扫了过来，纪轻轻笑了笑，若无其事地继续推杠铃。

怎么陆励行推起来就那么轻松，她推起来就像推一座山似的，杠铃动也不动？

就算她力气小，它也不可能纹丝不动吧？

纪轻轻憋着一股劲儿，非得把这杠铃给推动不可！

陆励行看了一小会儿，看纪轻轻那憋得脸色通红的模样，嘴角的笑意已经快掩饰不住了，推开杠铃起身，走到纪轻轻身侧，将训练器上的开关开了，纪轻轻冷不丁地将杠铃推动了些。

努力这么久终于有了动静，她欣喜地抬头看向陆励行。

"开关都没开，怎么推得动？"

纪轻轻的欣喜猛地消失，失落的表情落在陆励行眼底。

"想练什么？"

纪轻轻想了想："马甲线。"

"起来。"

纪轻轻起身，跟着陆励行到了瑜伽垫前。

"在上面趴下。"

纪轻轻趴在瑜伽垫上。

"俯卧，手肘与双脚撑地，坚持1分钟。"

动作很简单，可这动作保持起来实在是要命，纪轻轻开始还挺轻松的，渐渐浑身上下紧绷感越来越重，特别是腹部，脑子"轰"的一声冒出一层热汗，撑地的手肘也开始颤抖，要撑不住了。

她颤抖着问："1分钟到了吧？"

"还没。"

纪轻轻抖得摇摇欲坠，连连摇头："不行不行，我撑不住了。"

话音刚落，她啪的一声就趴下了。

陆励行蹲下，无奈地看着她："你身材很好，没有很多赘肉，如果想练马甲线，做这些基础的动作就行，坚持仰卧起坐也会有效果，健身房的器械训练比这累多了，你要试试吗？"

纪轻轻摇头。

"那就再撑起来，坚持1分钟。"

纪轻轻深思熟虑了一番后说道："你刚才说我身材好，我也觉得，要不我就——"

"才1分钟你就要放弃？"

纪轻轻感觉自己被嘲笑了，咬牙改口："我再坚持坚持。"

说完她继续咬牙做平板支撑。

纪轻轻抬头看蹲在身侧的陆励行："你不去运动吗？不用在这儿盯着我。"

"没关系，你继续。"

他这是要监督她的意思啊。

纪轻轻低头看着瑜伽垫，头上的细汗越来越密，想哭。

其实她身材挺好的，真的挺好的，一双腿又直又细，腰围小没有赘肉，小腹平坦，就是没有马甲线而已。

人生来都不是完美的，为什么她非得去追求什么马甲线呢？有遗憾不也挺美好的吗？

纪轻轻抬头，眼底带着乞求的神色："我……"

"1分钟到了，休息10秒，再坚持1分钟。"说完，陆励行又加了一句，"放心，既然你想练出马甲线我会替你监督，以后就算没时间来健身房，这些动作在家就能做。"

纪轻轻趴在瑜伽垫上，心如死灰。

"我不想练了。"

陆励行微眯的双眼透着一股"你敢放弃就试试看"的眼神："嗯？"

纪轻轻想起自己来健身房前吹过的牛，含泪改口："我是说，我不想练平板支撑了，有没有其他的动作，平板支撑我手肘痛。"

"那练仰卧起坐吧。"

纪轻轻翻身坐起，平躺下去。

舒服。

"腿屈起来。"

纪轻轻将双腿屈起，陆励行坐在她腿前，抵住她屈起的双腿。

"先做30个。"

"……"

纪轻轻双手往后抱住后脑,做起仰卧起坐来。

开始她还挺有劲儿的,可渐渐地腰腹简直像是要烧起来似的,又酸又痛,在坚持到第 28 个时,躺了下去,气喘吁吁,双眼无神地看着天花板。是床太软还是甜点不好吃,她干吗要来健身房受这个苦?

陆励行眉心越皱越紧:"体力这么差?"

纪轻轻幽幽地说道:"基本没怎么运动过的人能做这么多不错了。"

"那以后你常来。"

"……"

"继续。"

"老公,"纪轻轻一个仰卧起坐坐起来,看着陆励行,"我第一天先适应适应,运动量就到这儿,咱们下次再加些运动量,行不行?"

"运动量?"陆励行估摸了一下时间,"你来健身房慢走了 10 分钟,慢跑了 10 分钟,又慢走了 10 分钟休息,平板支撑 2 分钟,仰卧起坐 28 个——"

"29 个。"纪轻轻纠正他。

"我算你 30 个,运动时间不足一小时,你觉得这运动量大吗?"

"……"这么听起来她是有点儿矫情,"那你能不能给我制订个计划?"

好歹让她有个盼头。

"平板支撑 3 组,1 组 3 次,1 次 1 分钟,仰卧起坐 3 组,一次 30 个,最后慢跑 30 分钟,可以吗?"

纪轻轻想了想:"平板支撑 3 组,1 组 3 次就是 9 分钟,我能不能——"

"不能。"

"那仰卧起坐 1 组 3 次,一次 30 个,我可不可以——"

"不可以。"

"行吧行吧开始吧。"

纪轻轻苦着脸认命地趴下,在陆励行的监督下被平板支撑折磨得死去活来。

"我真的坚持不住了!"

"再坚持 10 秒。"

"老公,我不想练了……"

"不是想要马甲线?休息 10 秒……撑起来。"

"我……老公,呜呜呜……你放过我吧。"

"行，休息 10 秒。"

…………

"好了，休息够了，撑起来。"

"……"我没休息够！

"老公，我再休息 1 分钟，最后 1 分钟，我手酸。"

"不行，起来。"

"老公……"

最后纪轻轻哭丧着脸，一把鼻涕一把泪地将平板支撑做完了。让她休息 5 分钟后，陆励行压住了她的小腿："30 个仰卧起坐。"

纪轻轻一个仰卧，躺下后没起来。

"老公……"

老公铁面无私："不许撒娇，起来。"

"啊？"纪轻轻脸涨得通红，猛地起身，"谁撒娇了！"

"那也不许耍赖。"

"谁耍赖了！起就起！"

她边说边又做了两个仰卧起坐。

她不拿出点儿真本事他还真以为她干什么都不行！

纪轻轻憋着一股劲儿，暗自和陆励行较劲，一口气做了 30 个仰卧起坐，腹部火烧火燎一般难受，累得躺在地上直喘气。

"休息 3 分钟，再做 30 个。"

纪轻轻无语凝噎："我好累啊。"

陆励行低声道："听话，再坚持一会儿，不然刚才的运动都白做了。起来。"

他的温声细语纪轻轻实在没那个精力去品味，见陆励行不肯放过她，只得咬牙起身，继续将接下来的两组仰卧起坐都做完。

平板支撑和仰卧起坐断断续续地做了有二十来分钟，纪轻轻气喘吁吁地躺在瑜伽垫上，灵魂都快出窍了。

"休息 10 分钟后去慢跑，不想跑的话就继续休息吧。"

纪轻轻有气无力地应了一声，坐在一侧看着他继续去器械区锻炼，那些她推都推不动的器械在陆励行手里仿佛玩具一般，他偶尔也会停下来休息两分钟，但随后深吸口气，继续锻炼。

没过多久，陆励行前胸后背的衣服都被汗浸湿了一大块，额前的汗水也顺着脸颊滑落。

纪轻轻看了他一会儿，休息好之后默默地上了跑步机，慢跑起来。

半小时后陆励行运动结束，用毛巾擦了擦脸上与脖子上的汗，走到纪轻轻身侧，将她的跑步机改成慢走模式。

纪轻轻气喘吁吁地慢走，5分钟后双腿发软地从跑步机上下来。

陆励行说得一点儿也没错，她这身体太弱了，这慢跑比走快不了多少，就累得她差点儿断了气。

纪轻轻整个人靠在陆励行身上走了两圈，走完一屁股坐在地上捏着腿放松肌肉。

"累死我了。"

"再休息会儿咱们就回去。"

纪轻轻看着他："可是我不想动。"

"所以呢？"

"你背我。"纪轻轻心底哼哼唧唧地想：刚才你虐我那么久，让我享受一下福利怎么了？

陆励行笑了："我身上出了这么多汗，你不嫌弃？"

纪轻轻摆手："不嫌弃不嫌弃，我也出汗了，一起臭。"

陆励行对纪轻轻这种耍无赖的行为很是无奈，转过身去，蹲在她跟前："上来吧。"

纪轻轻眯眼一笑，趴了上去。

不知道是不是她的错觉，今天陆励行的肩背仿佛比平时要宽阔些，她趴着也更舒服些，舒服得想睡觉。

"下次还来健身房吗？"

"来！"这么舒服，她为什么不来？

"任务完成，生命值加10，当前生命值为18小时。"

陆励行一路背着纪轻轻回了酒店房间，一路上遇到不少人，收获了或多或少的好奇目光，但两个人都没在意。

回到房间，纪轻轻被陆励行一把塞进浴室，沙发上陆励行的手机振动起来。

刚才他们去健身似乎忘带手机了。

陆励行走过去拿起手机一看，微信未读消息有58条，未接来电12个，全部来自陈书亦。

陆励行直接回了个电话过去。

"什么事？"

陈书亦都快疯了:"你干什么去了?我给你打了那么多电话发了那么多信息,去你房间找你你也不在,问了节目组才知道你去了健身房……"

"有事快说。"

陈书亦的话戛然而止,他收敛了焦灼的情绪,压低了声音:"是这样的,你知道我和蓁蓁结婚的时候刚好破产,什么都没有,求婚就一枚二十来万块的钻石戒指,前两天我关注了一个拍卖会,有一颗蓝钻是蓁蓁一直关注的,我想拍下来送给她,但是那拍卖会只邀请特定的人,我打听到你接到了邀请函,所以想请你帮我个忙,把它拍下来。"

"稍等。"陆励行回房,用电脑打开私人邮箱,里面果然有一封邀请函,是一个月前的。

电子邀请函里写明了拍卖地址,甚至还附了现场的网络直播链接以迁就无法亲自到场的客人。

"确实有这么一个拍卖会。"陆励行看了一眼拍卖会开始的时间,"今天晚上8点开始?"

陈书亦急得抓狂:"已经八点半了大哥,你快帮我看看那号称'全世界最后三颗'之一的蓝钻还在不在。"

陆励行输入拍卖会邀请函上的链接,跳转到一个单独的网页,5秒后高清视频出现在眼前。

正在拍卖的是一幅据说已经被烧毁了的名画,出价者络绎不绝,最终这幅名画以2800万元的高价被人拍下。

"怎么样?拍完了吗?"

说来也巧,视频里出现的下一件拍卖品就是陈书亦想要的那颗蓝钻,大颗的蓝宝石镶嵌在戒托上,颜色幽暗,只静静地放在展台上,便让人挪不开眼。

竞拍者络绎不绝地出价,这颗蓝钻显然很受欢迎。

"没有,这枚蓝钻起拍价50万元,你能接受的最高价格是多少?"

"别管多少钱,你给我拿下就是。"

"行。"

直播网页上有方便竞价的按钮,陆励行以每次增加20万元的价格参与竞拍,竞拍至230万元时,已经没几个人竞拍了,只剩下一人在拍卖师敲下拍卖槌前,喊出了240万元的价格。

"240万元,还要跟吗?"

陈书亦沉默片刻,咬牙说:"跟!"

最终，蓝钻戒指以 260 万元的价格被陈书亦拿下。
"260 万元，恭喜你。"
陈书亦心梗都快发作了，硬撑着笑了笑："谢谢。"
挂了电话，陆励行正准备关了电脑，却被下一件拍卖品吸引了目光。
那是一枚由一颗白色钻石与一颗鲜蓝色钻石共同组成的戒指，在展台的灯光下流光溢彩。

翌日一大清早，纪轻轻被客厅里传来的一阵低语声吵醒，翻来覆去十来分钟，声音终于停下，关门声传来，纪轻轻彻底没了睡意。
她起身，开门。
客厅茶几上放着一个看上去颇为高档精致的正方体黑色礼盒，礼盒开着，那礼盒太过显眼，让人想忽略都难。
纪轻轻走过去一瞧，礼盒中间放着一个巴掌大小的首饰盒，整个首饰盒有一半嵌在礼盒里。
她就算没买过也见过，这是存放戒指的首饰盒。
客厅里没人，陆励行也不知道去哪儿了。
好奇心驱使着纪轻轻将那首饰盒打开，一枚镶嵌有大拇指指甲盖大小钻石的蓝色钻戒静静地躺在戒指盒中间，蓝色钻石像大海一般湛蓝深邃，一些细钻包围着它，璀璨夺目，让人移不开眼。
纪轻轻不由得感叹：好漂亮。
虽然从未了解过这类宝石钻戒，但她即使不知道价格，也知道这枚戒指价值不菲。
这还是她人生中第一次这么近距离地观赏一枚宝石戒指。
不过这枚戒指应该是陆励行买的，他买这个干什么？
纪轻轻猛地一愣，一个激灵，瞬间醒了。
一个怎么也抑制不住的荒唐念头在她脑海里徘徊：难道……
啪！
她猛地将戒指盒合上，放回原位，一阵面红耳赤。
门外传来说话的声音，纪轻轻感觉胸膛里的心脏怦怦怦直跳，忙不迭地逃也似的进了房，钻进被窝里。
就在纪轻轻进房的刹那，房门开了，陆励行进门扫视了一圈，最后放轻脚步，推开纪轻轻的房门看了一眼，见纪轻轻还在床上的被窝里，将门悄悄关上，没弄出什么动静，这才回过身与身后西装革履、手上同样捧着一个黑色礼盒的外国男人低声交谈起来。

那黑色礼盒与茶几上的一模一样。

咔嚓。纪轻轻听到细微的关门声,沉沉地吐了口气,藏在被子里的脸闷得通红。

她差点儿就被陆励行给发现了。

想到这儿,纪轻轻嘴角露出一抹笑,不是她自恋,客厅里那枚蓝色钻戒一看就知道是陆励行买的,他为什么买,也是不言而喻。

陆励行母亲早逝,关系亲密的女性亲戚几乎没有,那枚戒指如果不是送给她的,那就是送给裴姨的。

可是纪轻轻觉得,戒指送给她的概率,比送给裴姨的概率要大得多。

她稍稍往深处想想,陆励行无缘无故地买个蓝色钻戒送她干什么?

一来他们没结婚,二来最近又没有什么纪念日,陆励行如果不是想给她一个惊喜,就是在准备结婚戒指。

可现在准备结婚戒指未免也太早了。

莫非,陆励行想要向她求婚?

求婚?

心里一琢磨这两个字,纪轻轻胸腔里的一颗心仿佛就要跳出来了,她强行忍住想在床上打滚的冲动,深吸几口气,整个人激动又紧张地蜷缩成一团。

陆励行会怎么求婚呢?他会不会像电视上演的那样浪漫,有鲜花有气球,或者是漫天的烟花?

纪轻轻闭上眼睛,脑子里只要稍微想一想那个场景,胸腔里那颗小心脏就快承受不住这份激动了,跳得贼快。

不行,她要淡定,不能这么激动。

这一看就是陆励行为自己准备的惊喜,他肯定是想瞒着她的,现在自己提前知道了,那也得装作一副不知道的样子,到时候还要装作一副惊喜交加的模样,伪装出第一次见蓝色钻戒的表情,要表现得特别惊喜和开心,不能让陆励行尴尬。

这么贴心地为陆励行着想,纪轻轻都快被自己感动了。

她逼着自己再睡了半个小时,这才起床。

而此时客厅里只有陆励行一人,茶几上的黑色礼盒已经不见了。

纪轻轻若无其事地说道:"早上好。"

"早上好。"

纪轻轻撇嘴,他装得还真好。

餐桌上的粥还热着,纪轻轻小口小口地喝着,时不时试探两句。

"刚才我听到有人说话,谁来过了?"

陆励行微顿,目光从书本上挪开,落在纪轻轻身上,思忖片刻后回道:"节目组的人。"

节目组的人会在这儿说英语?

纪轻轻心底闷笑,懒得揭穿他:"那今天咱们去哪儿?"

"下午陈书亦有事,让咱们别走。"

"有事?他有什么事?"

"估计是个惊喜,到时候你就知道了。"

纪轻轻点点头,吹了吹冒着热气的粥。

我就静静地看着你装。

下午5点,陈书亦邀请他俩在海边共进晚餐。

这几天天气颇好,艳阳高照,傍晚天边那橘色落日映得天空云蒸霞蔚,灿烂绚丽。

海边的场地一看就被人布置过,长桌上摆放着鲜花与红酒,海浪还未抵达的地方架有鲜花做成的拱门,一侧生着篝火,被海风吹得噼啪作响。

节目组的摄影师以及工作人员在四周围了一圈。

迎着晚霞,纪轻轻长发被风吹得往后扬起,看着天边的落日,由衷地感叹道:"好美啊。"

一块石子挡路,纪轻轻只顾看天边差点儿被绊倒,陆励行握着她的手心,用力扶住了她。

"当心脚下。"

纪轻轻微微一笑:"谢谢。"

陆励行将她带到长桌边上,绅士地拉开座椅,让纪轻轻坐下。

"陈总和林蓁姐呢?他们怎么没来?"

陆励行看了一眼手机:"快了。"

纪轻轻点头,目光无聊地四处扫过,鲜花拱门实在太过显眼,让纪轻轻忍不住打量了好几眼。

这地方布置得简直就像个求婚现场,是个人都猜得出来,可陈书亦与林蓁两个人不是已经成为夫妻那么多年了吗?

她正思索着,陈书亦那边已经将用丝带蒙住了双眼的林蓁带了出来,一边牵着她小心翼翼地往这边带，一边朝四周的人示意不要出声。

"你到底带我去哪儿？神神秘秘的……"

"别急，待会儿你就知道了。"

陈书亦将林蓁带到花拱门前站住，让林蓁闭上双眼，解开了蒙在林蓁眼睛上的丝带。

陆励行与纪轻轻起身，站在两个人不远处，摄影师的摄像机镜头更是对准了陈书亦二人。

"闭上眼睛。"

林蓁闭上双眼。

"蓁蓁，五年前你嫁给我时，我刚好破产，答应给你车子、房子都没有兑现。当时我拿着那枚戒指求婚前，想过不要耽误你这一生，不让你陪我吃苦，可是你直接从我口袋里把戒指掏出来戴上，我精心准备的求婚仪式就这样被你破坏了。虽然我们已经结婚了，但我还欠你一个求婚仪式，今天我想给你补上。"

说完，陈书亦顿了顿，将那个装有蓝钻石戒指的戒指盒拿了出来，在林蓁面前单膝下跪，打开盒子。

"蓁蓁，谢谢你当初愿意跟着一穷二白的我，谢谢你陪我吃糠咽菜，陪我东奔西走，陪我吃遍了苦头，你愿意给我一个照顾你后半生的机会吗？"

林蓁睁开眼，那枚蓝色钻戒出现在她眼前，她怔怔地看着那枚蓝色钻戒，又看了一眼陈书亦，目光在那花拱门上流连。

"你……"林蓁喉间哽咽，说不出话来。

"蓁蓁，你愿意再信任我一次吗？这一次，我一定不会让你吃一丁点儿的苦，流一滴眼泪。"

天边那一抹夕阳娇艳得不像话。

陈书亦那情真意切的话被风吹进在场所有人的耳朵里。

林蓁看着他笑了，惊喜过后朝他伸出手："还不给我戴上？"

陈书亦满目的笑意，将蓝色钻戒从戒指盒中取出，戴在了林蓁的无名指上。

四周一阵鼓掌声传来，陈书亦起身，俯身吻在林蓁唇上，两个人旁若无人地在余晖下肆无忌惮地相拥相吻。

人群中的纪轻轻在看到陈书亦拿出那个戒指盒时就蒙了，可心底还存着一丝侥幸，但当她看到那枚蓝色钻戒时，侥幸破灭了。

原来那枚蓝色钻戒是陈书亦给林蓁姐买的，她差点儿就闹了个笑话。

她就知道，陆励行这么古板的男人怎么会做出求婚这么浪漫的事来。

是她自以为是地想多了，想得太多。

一侧的陆励行注意到她的表情，问了句："怎么了？"

纪轻轻转瞬将黯然的神色隐藏起来，笑道："没事，我就是为林蓁姐高兴。"

陆励行若有所思地点头。

纪轻轻说完，免不了羡慕地感叹："林蓁姐太幸福了，陈总真是绝世好男人。"

陆励行挑眉，看了一眼陈书亦。

"羡慕？"

"哪个女人不想要一场浪漫的求婚？"纪轻轻白了他一眼。

"你见多识广，"纪轻轻低声在陆励行耳边问道，"那枚戒指你知道多少钱吗？"

没人送，她自己去买一枚戴！

"260万元。"

"什么？！"纪轻轻惊呼一声，吸引了大多数人的目光，而后歉意地朝四周笑了笑，更凑近了陆励行，"你怎么知道的？"

"我买的。"

"你买的？"

陆励行解释："昨晚有个拍卖会，陈书亦托我帮忙拍下的。"

"两百……六十万？"纪轻轻知道这枚戒指贵，擅自猜测或许要几十万元，顶天也就上百万元，260万元，她想都不敢想！

她原本还想自己买一枚戒指戴戴，结果这一枚戒指就能让她倾家荡产，这谁戴得起啊？

纪轻轻无语凝噎："陈总这么有钱的吗？"

陈书亦有钱？

陆励行不太能理解："260万元，还行。"

纪轻轻不想和他说话。

接下来她一定努力拍戏赚钱，自己花钱买钻戒！

陆励行她是不指望了，这根"木头"是不可能会玩浪漫的，这辈子都不可能，她就只能凑合着和他过过了。

"死亡警告！请亲手给您的未婚妻纪轻轻一场浪漫到让她哭出来的求婚仪式！任务失败则婚礼变葬礼！"

陆励行正将戒指盒从口袋里拿出来的手一顿,他又默默地放了回去。

天边那一抹橘色夕阳终于沉入海平面,海滩上的一簇簇火被海风吹得噼啪作响。

纪轻轻几个人坐在长桌边上,已经吃完了饭,桌上摆了些水果,几个人有一搭没一搭地聊着,但显而易见的是,今晚的主角是林蓁。

这一顿饭的工夫,林蓁和陈书亦之间的甜蜜互动已经到了旁若无人的地步,不管陆励行与纪轻轻在桌边,也不顾四周围着的工作人员以及摄像机,那腻烦劲儿看得纪轻轻都牙酸。

"老公,这些都是你什么时候布置的,我怎么不知道?"

"让你知道了还算惊喜?"

二人交换一个吻。

"这枚戒指这么贵,你也狠得下心买!"

"你喜欢的东西,再贵也值得。"

二人又啪叽一个吻。

"老公,我想吃那个……"

"啊——"

纪轻轻默默地将目光转移到面前的果盘上,又看了一眼沉默是金的陆励行,没有参照物还好,这下有了参照物,陆励行像根木头。

他会不会谈恋爱?会不会?!

他看到眼前这一幕竟然没半点儿触动。

纪轻轻内心嘶吼咆哮,脸上却依然风平浪静地保持着微笑。

她是个有工作的女人,不能整天为了这点儿情情爱爱伤脑筋。

陆励行爱送就送,不送拉倒,她又不是没钱没能力,努力赚钱,自己给自己买,自己做自己的女王!

"老公,谢谢你的蓝钻戒指,我特别喜欢。"林蓁那边又开始了新一轮的黏糊对话。

陈书亦真好。

她凑近陆励行,低声道:"老公,你给林蓁买这个蓝钻戒指,是在哪个拍卖会?"

这话有点儿意思。陆励行低声道:"是我替陈书亦买的,怎么了?"

这不是差不多吗?

"好奇,你昨天拍的,今天就到了……"

陆励行压低了声音说:"早上才送来,效率太低。"

纪轻轻:"……"看来这是个自己不太能够到的拍卖会。

秀够了恩爱的两个人似乎才注意到他们将纪轻轻与陆励行晾了许久,脸上没有歉意的表情,而是对他们笑笑:"怎么都只是看着?吃啊。"

纪轻轻看着桌上的水果盘,尴尬而不失礼貌地笑了笑。

"现在几点了?"陈书亦看了一眼天色,"太晚了就先散了吧?"

林蓁看了一眼时间:"7点45分。"

"这么晚了?竟然快8点了。"陈书亦连忙道:"励行,你看,现在都快8点了,你赶紧带着轻轻回去休息,我和蓁蓁也先回去了。"

纪轻轻眉心皱得能夹死苍蝇。

8点算晚?他们这才聊了几分钟?

他们的餐盘不是才被撤下去,水果都一口还没吃吗?

陆励行似乎也不怎么在意这一点,起身:"那我们就先走了。"

说着他招呼纪轻轻起身,两对情侣各自离开餐桌,回房休息去了。

他们一回到酒店,被冷气一吹,身上有一股黏黏的感觉,纪轻轻特别不舒服,嘟囔一句:"我先去洗澡。"说完她便拿了衣服进了浴室。

门一关,陆励行坐在沙发上沉思,最后拿出手机搜索"浪漫的求婚方式"。

"已为您找到相关结果约16400000个。"

陆励行一条一条地往下看,眉心越皱越紧。

"情侣必看!几种浪漫的求婚方式让你抱得美人归!"

"一名男子率众多好友开着法拉利豪车,到女友所在公司向其求婚。"

陆励行皱眉关了网页,又点进一个标着"求婚策划在线安排"的网页,这才发现这是个策划公司的广告,此时陆励行想关网页已经来不及了,这个页面的聊天框弹了出来,并发送过来几条消息。

"哥,需要求婚策划吗?预算多少我帮您,绝对让您的伴侣感动到哭出来!"

"哭出来"三个字吸引了陆励行的目光。

紧接着,聊天框接连弹出几条信息。

"预算有限?"

"预算1000元请点我。"

"预算1万元请点我。"

"预算10万元请点我。"

"预算20万元请点我。"

陆励行摇头，这预算太低，不行。

他关掉网页，继续往下看。

鲜花、气球的方案太俗套，都不行。

退出程序后，他打了个电话给陈书亦。

电话回铃音响了许久，陈书亦那边才接通，声音听起来有些气急败坏的意思："这么晚了，找我什么事？"

"想请你帮个忙。"

"什么忙？急吗？不急的话明天再说。"

"急。"

陈书亦压低了声音："什么事？"

"我想向轻轻求婚，但是没什么好点子，你想法多，今晚帮帮我。"

"今晚？这么急？"

"嗯。"

"陆总，我知道我是你的员工，但是麻烦你体谅一下我们员工的心情好吗？这么晚了，而且不久之前我刚和蓁蓁求婚，气氛正好，不是什么人命关天的事，这一晚上就不要打扰我，行吗？明天！明天我一定给你想出个惊天动地、让纪轻轻感动得哭出来的求婚仪式！"

陆励行沉默："如果我说，这确实人命关天，今晚你……"

陈书亦那头传来林蓁的声音："书亦，什么事啊？"

"没事没事，小事。"陈书亦说完又贴近话筒，低声道："明天我再和你聊，今天先不说了，挂了。"

手机里传来嘟嘟声。

陆励行叹了口气，在为数不多的手机联系人里翻了翻，可翻来翻去，也没几个人合适，最后只得将目光锁定在"爷爷"这一手机号码上。

电话打过去，很快就被接通了。

"爷爷，您休息了吗？"

陆老先生中气十足的声音传来："还没有。今天晚上怎么想起和我打电话了？"

陆励行看了一眼浴室的方向，起身步入卧室，并压低了声音："是这样的，有件事，我想向您请教。"

"什么事？"

他将房门关上并上了锁，做事一向雷厉风行的陆励行此刻握着电话，喉咙却宛如被什么东西堵住了般，一句话也难以说出口。

447

陆老先生也不急:"不急,有什么难解决的事,在脑子里好好捋捋再说,爷爷是过来人,你和爷爷好好说说,我可以给你一点儿建议。"

"是这样的,"陆励行喉咙发紧,"今天晚上,陈书亦向林蓁求婚了。"

"他们不是结婚好多年了吗?怎么还求婚?"

"陈书亦说,他们结婚的时候,他没好好求过婚,所以这次委托我在拍卖会上拍下了一枚戒指,今晚在海边安排了一次求婚……"

陆老先生不愧是过来人,听出了些许意思。

"你想向轻轻求婚?"

"可以,爷爷支持你,对待女人,要有耐心和浪漫,你放心大胆地去做。"

陆励行沉默片刻,最终也只是说了三个字:"我知道。"

"那你还有什么问题想问爷爷吗?"

"可是,我不知道该怎么去策划一场浪漫的求婚仪式。"

陆老先生开怀地笑了:"这哪里需要刻意策划?有些事情,想到了就去做,仪式和方法不重要,重要的是,你是不是带着一颗真心。"

陆励行没有说话。

"爷爷知道,你想给轻轻一个惊喜、盛大又浪漫的求婚仪式,这可以,但是无论是盛大还是平淡,你要记住,要用心。"

陆励行静静地站在那儿,半晌后才低低地应了一句:"我知道了,爷爷,谢谢您。"

"不用谢。"

"那您早点儿休息。"

"嗯。"

说完,陆励行将电话挂断。

用心?

系统忽然出声:"对,就是用心!求婚仪式无关盛大,只要用心,没有什么事是不成功的!"

陆励行将口袋里准备多时的戒指盒拿出来,握在手心,站在窗前看着绵延的海岸,海风吹来,他突然转身离开房间。

等纪轻轻从浴室里出来,房间里已找不见陆励行的人影了,她找了一通后拿起手机给陆励行打电话,但是没人接。

他估计是有什么事吧?

在陆励行的行踪上,纪轻轻还没盯得那么紧,吹干头发后正准备将窗帘拉上，无意间却看到海滩一侧似乎有人。

他们住的这地方楼下就是海滩，但下楼往右走不到一百米，就是一片凸出海面与沙滩的礁石，那儿有些许灯光和人声，一看就是节目组的人，也不知道在干什么。

或许是其他情侣在那儿散步？

纪轻轻没有多想，将窗帘拉上。

等到墙上时钟的指针从八点半转向九点，纪轻轻终于坐不住了，给节目组的人打了个电话询问陆励行的去向。

但是节目组的人居然也称不知道陆励行去了哪里。

这就奇怪了。

大晚上的，陆励行去哪了？

等来等去等到九点半，纪轻轻换上衣服准备出门看看，刚换上鞋，房门开了。

陆励行从门外走进来，显然也没想到会在玄关遇着纪轻轻，愣了片刻。

"你去哪儿了？"纪轻轻惊呼一声，"我打电话给节目组，节目组也不知道你去哪了，大晚上的，你……"

纪轻轻的目光落在陆励行的手上，话戛然而止。

"你的手怎么了？"注意到陆励行的手，纪轻轻这才注意到陆励行这个模样有些狼狈。

他的西装裤膝盖处有明显的褶皱，裤脚甚至沾了不少的淤泥，衬衫衣袖挽到了手肘以上，可衬衫边缘被水打湿的痕迹颇为明显，最重要的是，两只手臂都有被粗石划破的痕迹，最为严重的是手心，从食指根部到手腕外侧，一道长长的口子横贯整个掌心，伤口被海水泡得太久，边缘的皮肉往外翻，都发白了。

这得多疼啊。

陆励行却毫不在意。

"你干什么去了？"纪轻轻抓着他的手，又急又气地瞪了他一眼，"我去问问酒店附近有没有医院。"

说完她转身准备去拿手机。

陆励行就势抓住她的手："我没事，我去找……找盒子。"

"大晚上的找什么盒子啊？你等等，我找一下手机，咱们先去医院！再不济，先消毒上药！"

"就是装东西的盒子。"陆励行深吸了一口气，说，"我没事，我就想……带你去个地方。"

"什么地方？"

陆励行用没受伤的手握住她的手，怀着一颗忐忑不安的心说："你跟我来。"

不由分说，陆励行拉着纪轻轻出门。

纪轻轻一直惦记着他那受伤的手，在电梯的灯光下，伤口越发清晰，也越发骇人，皮肉往外翻卷，发白看不出血色，伤口上还沾着泥沙，不及时清理，恐怕会发炎感染。

"什么重要的事先放放行吗？你的手去包扎一下用不了多长时间……"

然而陆励行置若罔闻，出了电梯，一言不发地牵着她往沙滩的礁石处走去。

海风很大，纪轻轻穿了件外套还觉得冷，可陆励行只穿了一件薄薄的白色衬衫，袖口还挽到了手肘，纪轻轻握着他的手，觉得他的手铁似的冰凉，连带自己手上的温度也被汲取。

脚下泥沙变软，纪轻轻深一脚浅一脚地跟着陆励行往海边走，那礁石边的海滩上似乎有什么东西，但是月色太暗，没有灯光，她完全看不清楚。

陆励行停下脚步，站在海滩上，双唇紧抿，转身沉默地看着她。

两个人离得很近，即使没有光亮，纪轻轻也能隐约看见他脸上的神色较之平常有异样，似乎是紧张，又似乎是犹豫。

但这两种情绪都是纪轻轻从未在他身上见过的。

"你带我来这儿，到底想干什么？"

陆励行深吸一口气，注视着纪轻轻的眼睛，随后缓缓地单膝跪了下去。

纪轻轻惊得瞪大了眼睛，吓得下意识地倒退了一步，可她的手被陆励行紧握着，冰冷的手心逐渐发热，隐约发烫。

纪轻轻呼吸不大顺畅，怔怔地看着陆励行，胸膛里的心跳声密集如擂鼓，怦怦作响，半晌才反应过来。

"你……"

他在求婚吗？

白天围观了陈书亦与林蓁的求婚仪式，这个情景她再猜不出来她就是个傻子。

一想到这点，纪轻轻深吸了一口气，有激动与手足无措的情绪掺杂在里面。

这是一种很奇怪的情绪。

早上见到那枚蓝色钻戒时，她一心期待着陆励行将这枚戒指用戒指盒装着，在她面前打开，然后戴在自己中指上的场景，尽管她已经无意之中看到了戒指，也依然心存期待。

然后陈书亦求婚，她眼睁睁地看着戒指被戴到了林蓁的手上，那一刻她激动的情绪像是被一盆凉水浇下，期待一点儿不剩。

现在她心中突然冒出了一点儿火星，陆励行这一跪，火星燃烧成了一簇小火苗。

陆励行说："闭上眼睛。"

纪轻轻将眼睛闭上，感受到陆励行松开了先前紧握住自己不放的手。

一阵刺啦的声音传来，她闻到了烟花火药的味道，即使闭着眼睛，也感受到了亮光的存在。

她双手紧握，感受到那光越来越亮，四周传来的火药的味道越发浓郁，她想睁开眼，却又遵循着陆励行的话继续闭着眼。

"好了，睁开吧。"

纪轻轻缓缓睁开双眼，看到面前的场景，扑哧一声笑出声来。

这个求婚仪式，像学校里那些学生做的似的，笨拙又生涩。

她四周插满了一种类似她从前玩过的仙女棒的烟花，远远看去，是个爱心的形状，她正站在这"爱心"的中间。

她被海风吹得凉凉的一颗心，似乎也因为这几簇烟火而变得暖和起来。

陆励行单膝跪下，将一对白色的贝壳递到她手中。

"我知道这很老套，不太浪漫，但这些都是我亲手准备的，我只想尽我所能，给你我所拥有的、能给你的一切。我向你承诺，无论是现在还是以后，我都会给你我所拥有的一切，照顾你，保护你，爱你。"

纪轻轻将贝壳打开，一对由一颗白色钻石与另一颗鲜蓝色钻石组成的"翅膀"落在素色的戒圈上，在烟火的映照下，这枚戒指在贝壳里流转着璀璨的光。

"如果你愿意的话，嫁给我。"

纪轻轻对上陆励行的目光，那手足无措的情绪再次席卷而来，她应该说"我愿意"，却呆愣在原地，傻傻地看着陆励行。

陆励行久久不见她回答，垂下的那只受伤的手不由得紧握，后槽牙紧咬，下巴至耳根的线条紧绷，眼神流露出些许的紧张与忐忑。

犹豫代表着并不情愿。

纪轻轻不说话代表着犹豫，她不愿意？

也是，这才仅仅过去两个多月而已，她难免会犹豫不决。

"我愿意。"

陆励行微怔，眼底紧张与忐忑的情绪刹那间消弭，眉心舒展，眼中迸发出激动与迫切的光。

"你说什么？"

纪轻轻抿嘴笑："我说，我愿意。"

陆励行却刨根问底："你愿意什么？"

纪轻轻笑道："我答应你的求婚，愿意嫁给你，做你陆励行的妻子。"

"你再说一次。"

纪轻轻大声道："我说，我愿意嫁给你，做你陆励行的妻子！"

陆励行平直的嘴角勾出愉悦的弧度。他满足了，高兴了，心里空荡荡的那一块像是被填满了，晚上冰凉的海风吹来，他的浑身却是热的。

他将贝壳里的戒指拿出来，戴在纪轻轻的中指上，低头，无比绅士地吻在她的手背上。

啪——

灯亮了。

纪轻轻身侧是海滩的礁石，密集而细碎的灯光一层又一层，从她脚下蔓延到整个度假酒店的私人海滩。

发光的是无数的小灯泡，而这些五彩的小灯泡由一根电线连接着，一根，两根，三根，四根，五根，六根……一层一层铺满海滩，整片死气沉沉的海滩，被这五彩的灯光照亮。

纪轻轻看着延绵的海岸线，眼圈微红，鼻腔发酸，却深吸一口气，紧咬着下唇抑制自己。

她不能哭，一定不能哭！这么高兴，这么浪漫的时候，她怎么能哭呢？

"我不知道你喜欢什么，但是在晚上，我希望能让你看到更多的光。"

陆励行起身，单手搂着纪轻轻，俯身吻了上去。

冰凉的唇瓣凑到一起，突然就如干柴烈火一般，燃了，热了，然后情不自禁地深入了，像是互相汲取温暖，但更像互相给予温暖，难舍难分。

良久，一个缠缠绵绵的吻终于结束。

纪轻轻气喘吁吁地看着他，笑意抵达眼角眉梢，正想说话，鼓掌声传来。

两个人同时向鼓掌声的方向望去，原来陈书亦与林蓁不知道什么时候站在海岸上的躺椅边,正笑望着他们。

"老婆,看到了吗?你根本就不用担心他,他现在可是一点儿都不逊色于我。"

纪轻轻听出了陈书亦这话里的意思,登时脸颊有些红,在外人面前,不太好意思了。

"这酒店有伤药吗?"

"有!酒店员工特地拿过来的,喏!"林蓁笑着朝一侧的躺椅抬了抬下巴。

躺椅上放着些东西,还有个人站在那儿。

嗯……不止一个人,那一排排整齐的椰树前后,藏了不少人。

纪轻轻脸越发红了。

她催促着陆励行:"你赶紧去处理伤口!"

说着,她接过他手里的贝壳,推着他走。

前面等着的估计是酒店的工作人员,将陆励行领去了酒店处理伤口。

林蓁朝她走过来:"恭喜恭喜,我可是从来没见陆励行这么精心准备过,还是为了一个女孩。"

纪轻轻低头笑了笑,随后往酒店的方向走:"我也不知道……太突然了。"

"不突然,陆励行他一定是早有准备,不过你这枚戒指……怎么这么眼熟?"

纪轻轻将那戒指拿到林蓁面前:"林蓁姐,你知道这枚戒指?"

林蓁仔细地看了一眼,顿时心里明白了。

"当然,如果我没猜错的话,你这枚戒指和我这枚戒指来自同一场拍卖会。"说到这儿,林蓁恍然大悟地说道,"昨晚的时候我就在猜,这两枚戒指被谁给拍走了,原来一个被书亦拍走了,还有一个被陆励行给拍走了。"

"这枚戒指……很有渊源吗?"

"渊源都是自古流传,是真是假也无法证实,主要是这戒指啊,"她盯着纪轻轻,"它贵。"

"贵?"纪轻轻并不以为意,林蓁那枚戒指260万元,她这枚还能贵到哪儿去?

"我这枚戒指260万元人民币,可是昨晚你这枚戒指可是被拍到了210万元……"

纪轻轻眨眼,由于早就被林蓁戒指的价格冲击了一番,做好了心理准备,现在听到自己的戒指这个价格,还有些无动于衷,淡然得很。

林蓁继续笑道:"美元。"

纪轻轻一愣:"什么美元?"

"你那枚戒指,210万美元。"

"210万……美元?"

纪轻轻心里琢磨着,换算成人民币是……

纪轻轻:"……"

"哎,纪小姐小心脚下!我这边马上就把电线给收了,您慢点儿走!"

酒店的小型医务室内,一名医护人员正给陆励行受伤的手掌以及手臂消毒上药。

"宿主,任务是亲手给您的未婚妻纪轻轻一场浪漫到让她哭出来的求婚仪式!其中有3个关键词:第一,亲手;第二,浪漫的求婚仪式;第三,哭出来。"

"你这第一、第二都完成了,第三……"

"这样就很好。"陆励行想起纪轻轻脸上的笑,"她这么高兴,为什么要哭?"

"任务没完成,你可是要——"小A顿了顿,"任务完成,生命值加99,当前生命值为102小时。"

陆励行正疑惑着,医务室的门被推开,纪轻轻风风火火地闯了进来。

她眼角悬泪,带着哭腔:"老公,你怎么……怎么给我买这么贵的戒指!我真的,太感动了呜呜呜……"

"生命值加1,当前生命值为103小时。"

纪轻轻哭了,哭得那叫一个真情实感。

210万美元的戒指戴在手上,她现在连碰都不敢碰一下,唯恐那翅膀状的钻石是纸糊的,一碰就碎。

她还忍不住唠叨:"你买这么贵的干吗?随便买个我随便戴戴就行……"

陆励行盯着纪轻轻眼角那一道泪痕,受伤的手在医护人员手里上药包扎,另外一只手冷不丁地抬起,以指腹帮她抹掉。

纪轻轻一愣,飞快地抬头看了一眼一侧的医护人员,所幸那人专业素质高,一心一意地为陆励行受伤的手服务,完全没在意两个人的互动。

纪轻轻这才反应过来她竟然在有外人在场的情况下哭了,抬手狠狠地抹了把眼泪，似嗔似笑地瞪了陆励行一眼。

"买都买了，又不能退，你戴着正合适，别取了。"

"那不行，这么贵的戒指我得好好收起来，万一哪天戴出去遇到抢劫的怎么办？"说完，她将陆励行送她的那个"盒子"拿出来，将戒指脱下放在里面。

"放心，你戴上这枚戒指去的地方，歹徒近不了你的身。"

一侧的医护人员用医用纱布将陆励行的手掌包扎好："陆先生，好了。这两天伤口不要沾水，之后换药请让专业人士来换。"

"多谢。"

"不客气。"那医护人员笑笑，离开医务室。

"伤口不能碰水，那你这几天可得好好注意，特别是洗澡的时候。"纪轻轻对着他上下打量了好几眼，突然想到了什么，紧张地问道，"手腕上不是还有伤吗？腿上有吗？"

陆励行起身："没事了，先回去吧。"

他上前想要牵纪轻轻的手，纪轻轻却咧嘴一笑，转身一躲，两只手小心翼翼地捧着贝壳，率先往外走。

陆励行牵了个空，看着纪轻轻的背影，无奈地摇头失笑。

回房后，纪轻轻将那贝壳以及戒指宝贝地藏到保险箱里。

"就是一枚戒指，那么宝贝？"

"这可是你花了210万美元买的戒指，贵着呢，当然得锁好！"给保险箱上锁后纪轻轻起身，"你都不和我说一声。"

"说了还算什么惊喜？"

纪轻轻挑眉，嘴角是掩不住的笑意。

"过来帮我一下。"

"怎么了？"

陆励行仰头："我要洗澡，帮我把衬衫解开，"他将被纱布包着的手放在纪轻轻面前，颇为理直气壮地说道，"手不方便。"

回来了，她熟悉的陆励行又回来了。

纪轻轻深知，这个时候绝不能和陆励行理论。

纪轻轻认命地给他解衬衫纽扣，从上往下，解到腹部时，半敞的衬衫里肌肉若隐若现，一块一块的。纪轻轻现在是有贼心也有贼胆，借着给他解开腹部衬衫纽扣的机会，装作不经意的模样，在那隆起的腹肌上摸了摸，硬的，再使劲儿戳一戳，很有弹性。

但她不敢太磨蹭，免得陆励行又挖苦她，匆匆地将衬衫剩下的纽扣解开。

"好了，你去洗吧，记得别沾水。"

陆励行仍站着不动。

纪轻轻站在他面前看着他："还有事？"

陆励行低头看了一眼。

纪轻轻脸一红，看见他西装裤上系着的自己买给他的那条皮带："你不是还要我帮你脱裤子吧？你……这么大个人了，一只手就不能脱裤子？我告诉你，别太过分啊。"

她话虽这么说，可那语气哪里有严词拒绝的意思？

"我是想让你帮我把鞋带解开，死结，我一只手解不开。"陆励行笑她，"想哪儿去了你？"

这熟悉的感觉真的又回来了！

纪轻轻瞪他，真是惯的！

"自己把鞋给蹬掉，脱个鞋还要解鞋带，你手都这样了还讲究！"

说完她推着陆励行出门去浴室。

片刻后，浴室传来水声，纪轻轻这才捂着自己红透的双颊进了房。

这一晚上，所有人睡得都不错，唯独王导以及节目组工作人员忙得不可开交。

两场精心准备的求婚，到时候在节目里放出来，就是一个又一个的爆点。

最后一晚上了，节目拍摄将于明早结束，王导与酒店人员交涉，看这些天拍摄的所有片子，还要忙一些杂七杂八的事。

"今晚尽量都盘点好，节目明天就结束了，大家辛苦一点儿。"

"好的王导。"

王导站在窗前长长地松了口气：这期节目录得不错！

翌日一早，纪轻轻迷迷糊糊地睁开双眼，往枕边望了过去，陆励行还在，没起，睡得很沉。

以为时间还早，纪轻轻从床头拿过手机，按下home键看了一眼时间。

八点半。

纪轻轻一个激灵清醒了。

八点半？这么晚了？

她推了陆励行一下,不料陆励行没有一点儿反应。

平时陆励行起床时间不会超过8点,纪轻轻心中生疑,凑近一看,这才发现陆励行脸上泛着不自然的红,伸手摸了摸,他脸上、身上都滚烫滚烫的。

他发烧了。

"陆励行!醒醒!"纪轻轻想起昨晚陆励行就穿着一件衬衫在外面不知道吹了多久的海风,加上下海摸贝壳,以及手掌上被划破的伤口,发烧还真不奇怪。

想到这儿,纪轻轻有些自责,昨晚自己应该考虑到陆励行可能会发烧这事的,现在倒好,没一点儿准备。

陆励行睡得昏昏沉沉的,似乎听见有人在喊他,迷迷糊糊地睁开眼,一开口,嗓子被火灼烧过似的疼。

他手肘半撑起,大概知道自己身体的状况——估计是发烧了。

恍惚间一只手探了过来,贴在他脑门儿上。

刚起床的纪轻轻手不算太凉,但也不算热,贴在陆励行额头上,冰块似的,让陆励行很是舒服。

"好烫。"纪轻轻眉头紧锁,"不行,你肯定是发烧了,我送你去医院!"

陆励行却一把抓住纪轻轻的手继续贴在自己脑门儿上降温,深吸一口气,等半晌后脑袋里没了那种眩晕的感觉,才对她说:"房间里有急救箱,里面有体温计和退烧药,你帮我拿出来。"

纪轻轻连忙去找,客厅里翻箱倒柜的声音听得陆励行都笑了,清了清嗓咙,费力地将声音拔高朝外喊道:"在我那个房间的柜子里。"

纪轻轻闻言连忙去陆励行房间将急救箱拿了过来,先是将体温计找出来递给他,又将那一瓶瓶的药拿出来,焦灼的目光在那些药瓶上扫视。

"这个!这个是退烧的……"纪轻轻将退烧药递给他,见他两手空空,"哦对!水……我去给你倒杯水!"

说着她又去客厅,给他倒了杯温热的水。

陆励行正用着体温计,端着纪轻轻递过来的那杯水,笑了:"感冒发烧而已,没什么大事,你别这么紧张。"

纪轻轻以怀疑的目光看着他:"你浑身烫成这样,真的不要去医院吗?也许是伤口发炎感染了呢?"

陆励行从药瓶里倒出几粒药来,就着温水服下,面对纪轻轻的唠叨,无奈地妥协:"行,待会儿就去医院。"

纪轻轻这才放心。

陆励行强撑着发软的身体起床洗漱，换好衣服后，接到一个电话，是公司的。

他二话不说便接通了电话，窝在客厅沙发上聊了一小会儿后应了一声，将电话挂断，起身步入房间内，将电脑打开。

纪轻轻在房间里收拾妥当之后出来，在客厅里没见着人，走进陆励行房间一瞧，他正端坐在书桌前看电脑。

"你在干什么？"

"公司有份紧急文件需要我处理，我必须得……"话还没说完，他低头闷声咳嗽两声，气喘吁吁。

"公司的事重要还是你的身体重要？"纪轻轻憋着股气，看陆励行这脸色和身体状况，很是担心，"公司的事等去过医院了再处理不行吗？"

陆老先生说得果然没错。

陆励行一忙起工作来，连命都不要了。

"是挺要紧的文件，"陆励行抬头看了她一眼，勉强地笑道，"有些复杂，估计得一个小时，你饿了的话先让酒店送些早餐上来。"

纪轻轻目光灼灼地望着他不说话。

陆励行无奈地说道："我的身体自己清楚，我就是昨晚海风吹得太久感冒发烧了而已，没什么大事，方便的话你给我倒杯热水。"

纪轻轻只得去给他倒热水。

陆励行对自己的身体很清楚，他经常健身，身体状况良好，除了那次车祸，从小到大见医生的次数屈指可数，感冒发烧这种小事熬一熬也就过去了，不值得去医院浪费时间。

深吸了一口气，他打起精神，强行将注意力放在电脑屏幕上。

但也许是这次感冒发烧太过严重，各种症状来势汹汹，这种前所未有的不适感令他四肢无力，头昏眼花，精力根本无法集中。

低头闭眼休息片刻后，陆励行重重地往后一靠，闭目养神。

纪轻轻端着一杯热水进房，见他这个样子，气不打一处来，身体都病成这样了他还逞强？

她将水杯往桌上一放，双手往上提着陆励行的胳膊："起来！现在必须得去医院，你得看医生，打针或者输液吃药，你身体这么烫，待会儿别烧成个傻子。"

当然，她没提起来，陆励行坐在那儿纹丝不动。

458

陆励行脑子昏昏沉沉的，知道这份文件是处理不了了，叹了口气，抬眼，抓住纪轻轻的手臂，将她拉近到跟前。

纪轻轻向前一个趔趄，没稳住，跌到陆励行怀里。

两个人面对面，纪轻轻双手撑住他的肩膀，双腿半屈着，差一点儿就坐在陆励行腿上了。

这是个不太舒服的姿势。

陆励行手再用力，将纪轻轻抱坐在自己膝头，埋头在她肩窝里，气息喷在她白皙的脖颈上，烫得惊人。

她听见陆励行在她耳边闷声说："你就是我的药。"

陆励行这病来势汹汹，硬撑了半个小时终究还是倒在了纪轻轻怀里。

一阵鸡飞狗跳之后，陆励行被送往最近的医院进行治疗，检查结果如纪轻轻猜测的一般，是伤口感染引起的高烧，医生说得吓人，说再晚送来一步，人只怕就烧成傻子了。

纪轻轻不为所动，甚至还松了口气，并表达了对医生的绝对信任。

下午2点，陆励行终于被推进病房输液，护士交代完注意事项后离开。

王导是跟着纪轻轻一块来的，陆励行毕竟是在自己的节目组病倒的，他这个导演总不能不过来看看。

"纪小姐，真是抱歉，陆总病倒这事，我有不可推卸的责任。"

纪轻轻疑惑地问："王导，这事和您有什么关系？"

"昨晚陆总突然联系我，说让我帮他准备些东西，就是烟花、仙女棒和小灯泡之类的，后来他又问我哪里有巴掌大的贝壳，我随口说海滩那礁石底下有，陆总二话不说就挽袖子下海，我拦都没拦住。"

王导叹了口气："找贝壳完全用不着他亲自下海，酒店就有现成的，可陆总不听劝，非得亲自去那礁石下面摸，手是什么时候受的伤我还真不知道，否则我肯定是要劝劝陆总的，不可能让陆总在海里泡那么久，海水那么脏，伤口怎么可能不感染？"

"还有海滩上那些小灯泡，从酒店里借出来的时候，电线乱糟糟的，堆起来像小山一样，陆总也不让我们动手，自己理清楚放在海滩上，吹了那么久的凉风，泡了那么久的海水，手还受伤了，就是铁打的身体也受不了。"

纪轻轻看着病床上的陆励行，怔了片刻，然后想起昨晚发生的一切，笑道："王导，这怎么能怪您，励行所做的一切都是出自主观意愿，与您无关。对了，我记得今天节目结束是吧？节目组事情多，励行的情况已经稳定下来了,您就不用在这儿陪了,先忙去吧。"

"那我先走了,陆总醒了给我打个电话。"

"行,没问题。"

王导随后离开。

空荡的病房内只余两个人。

纪轻轻在陆励行身边坐下,看着他那只被层层叠叠地包得像猪蹄似的手掌,恍惚间突然笑了:"大猪蹄子。你说你逞什么能,现在好了,病倒了吧?还整天想着工作,如果不是我送你过来,你就成傻子了。

"不过你放心,我呢,不是个不负责任的人,就算你成了傻子,我也会照顾你一辈子的,毕竟你是因为我才变成傻子的。"

床上的人没动静。

纪轻轻叹了口气:"都睡在一起这么长时间了,老夫老妻的,下次就别再干这些事了,傻不傻?"

房间内的仪器嗡嗡地响着,一阵手机铃声响起,纪轻轻连忙起身,走至窗边接电话。

电话是陆老先生打过来的,接通后老先生就问:"你和励行什么时候回来?"

纪轻轻看着病床上昏迷不醒的陆励行,低声解释道:"爷爷,对不起,酒店这边环境好,我和励行决定再住两天。"

陆老先生笑着一口答应:"行!多住两天,正好散散心。"

两个人又闲聊了两句,纪轻轻这才将电话挂断。

这事还是先瞒着陆老先生的好。

随后她回到床边,手指握住陆励行从纱布中露出的半截手指,怔怔地望着陆励行半晌后低声道:"你要赶紧好起来……"

她的声音哽咽着,戛然而止。

陆励行醒来的时候,正值夕阳西下,空荡的房间内光线昏暗。他大脑昏昏沉沉的,在醒来的那一瞬间,不适的眩晕感席卷而来。

病来如山倒,陆励行许久没有过身体如此虚弱的时候。

他缓缓闭上眼睛休息片刻,适应身体各处传来的不适感后,又睁开。

自己现在是在医院?

除却上次车祸,这恐怕是陆励行唯一一次以病人的身份住进医院。

受伤的手被人握着,纪轻轻趴在他床边睡着了,他缓缓地将手指从纪轻轻手心里抽离，将覆在她脸上的几缕头发别到耳后，干裂发白的唇角勾了勾。

见纪轻轻身上没穿几件衣服，陆励行想起身下床拿一侧沙发上的薄毯，可几个小时没进食，发烧感冒夺走了他太多的力气，现在浑身酸软使不上太大的劲儿，试图起身却不小心制造了些动静，惊醒了一侧浅眠的纪轻轻。

刚醒来没个轻重，纪轻轻手一抬，碰到了陆励行手心的伤口。

"嘶——轻点儿。"陆励行声音低哑，喉咙干得发涩。

纪轻轻惊疑不定地看着他，伸手覆在他的额头上，又将手放在自己的脑门儿上比对温度，见他还在发烧，问道："哪里不舒服吗？"

"帮我倒杯水。"

纪轻轻按了床头的呼叫按钮，再转身去给陆励行倒水，刚回头就瞧见陆励行自己撑着坐了起来，靠在床头，脸色有些苍白。

陆励行一只手在输液，一只手被包扎了，纪轻轻端着水杯送到他嘴边，小心地喂给陆励行喝。

水刚喝完，医生进来了，检查了陆励行的身体状况，给出在退烧、没有大碍的结论。

纪轻轻松了口气。

"现在几点？我睡了多久？"

"7点，睡了好几个小时了。"

"你没将我的事告诉爷爷吧？"

"没有。"纪轻轻嘀咕道，"爷爷倒是打了个电话过来问我们今晚回不回家，我说我们俩在酒店再待两天，他老人家同意了。"

陆励行点头："那就好。"

纪轻轻知道陆励行不愿意让陆老先生操心和担心，而且这也不是什么不得了的大病，能瞒就瞒。

"公司的事——"

"你还提公司的事？"纪轻轻眉心紧蹙，满脸写着担心与不悦，"医生说了，再晚送来一会儿，你就烧成傻子了，你知道吗？整天工作工作，连命都不要了。"

说完她又严肃地说道："我不管你公司的事有多重要，住院期间你不许接触电脑和手机，公司的那些事交给其他人去办。"

面对纪轻轻"欺软"的行径，陆励行一笑："你现在说的话倒像爷爷。行，那你至少得让我和公司的人交代一下。"

纪轻轻这才将手机递给他，并嘱咐他通话不许超过 10 分钟。

陆励行简明扼要地交代了公司的事，在纪轻轻掐着时间提醒他之前，将手机交给纪轻轻。

这才像样嘛。

纪轻轻满意地点头。

"帮我再倒杯水。"

纪轻轻起身给他倒水，亲手喂给他。

陆励行这人平时还好，自律，特立独行，可一住院就特别能折腾人。

但看在陆励行差点儿烧成傻子的分上，纪轻轻就忍了。

陆励行一只手受伤了，另一只手输液不能动，干什么都不方便，上哪儿更不方便，端茶倒水喂饭都是小事，头痛脑热，四肢酸痛，一生病，他身上就没舒服的地方。

纪轻轻捋起袖子给他左按按右捶捶，吊瓶里的药输完，陆励行一只手得了空闲，又想着下床。

"睡了几个小时，累。"

纪轻轻无奈，只好让他下床。

可这祖宗刚一下地就说头晕、腿软、站不直，纪轻轻忙上前扶他。

她与陆励行身高差了将近一个头，一手绕过后背抱着陆励行的腰，一手扶着他的手，不知道的人还以为她这是在撑着个半身不遂的病人复健。

这儿是 VIP 病房楼层，人少，安静，纪轻轻扶着陆励行在走廊里晃荡，走廊尽头有个超大的露台。

陆励行身体倾斜，大半个身子虚虚地挂在纪轻轻身上，凑到她头顶的发间，闻到了一股清新香甜的味道。

当然，他的力道也没全放在她身上，就紧挨着，皱眉说腰疼。

纪轻轻一直放在他腰上的手轻轻揉捏起来："好些了吗？"

那手软软的，揉捏的力道刚刚好，特别舒服。

"好些了。"

纪轻轻继续给他揉腰。

走廊另一头传来一阵动静，半晌后脚步声传来，两个人回头一瞧，是陈书亦与林蓁来了。

陆励行是他俩和纪轻轻一起送来医院的，陆励行情况稳定后两个人又回去酒店，现在又折返。

纪轻轻挺不好意思的，主要是一来一回路程远，太麻烦。

"这是……"林蓁与陈书亦对视一眼,提出疑问,"伤口引起的感染导致发烧,结果下半身瘫痪以致半身不遂?"

两个人一唱一和:"看来病得挺严重的。"

"……"纪轻轻解释道,"医生说他在退烧,没什么大碍,等烧退了就能出院了。"

"那你们这是……晚上这么冷的天,不好好休息,在这儿溜达什么呢?"

"他睡了好几个小时,我扶他下来走走。"

"你扶得动?我来吧。"陈书亦自告奋勇,挤开纪轻轻,接手陆励行。

陈书亦是个男人,咋咋呼呼的,粗鲁地伸手抬起陆励行的手,以一个男人的姿态"扶着"陆励行。

"小心点儿,他身体还没恢复,别碰着他手了。"纪轻轻在一边担心地唠叨,唯恐陈书亦没个轻重,她又抓着陈书亦的手绕过陆励行的后背,放在陆励行右侧的腰上,嘱咐几句,"他腰疼,你帮他按一按。"

陈书亦以一言难尽的眼神看着陆励行,放在他腰上的手捏了捏:"这力道可以吗?"

二人亲密无间,近在咫尺。

陆励行面无表情地看着陈书亦:"可以。"

林蓁笑着对纪轻轻说道:"轻轻,你也照顾励行这么久了,回房休息会儿,这儿就交给书亦,我有话想和你说。"

"好。"

两个人笑着回房。

病房门关上的瞬间,"半身不遂"的病人复健成功,冷漠无情地将帮他复健成功的陈书亦推开,浑身上下都写着"离我远点儿"。

病房里,林蓁笑着从包里拿出一本剧本递给纪轻轻。

纪轻轻茫然地接过,翻开扉页,随意地瞟了一眼剧情简介,是部都市爱情剧。

"林蓁姐,这是……"

林蓁无名指上戴着陈书亦送给她的戒指,指腹无意识地摩挲着上面的蓝色钻石:"是部都市爱情剧,双女主,之前导演找我,我向他引荐了你,你可以回去看看剧本,如果对这部剧感兴趣的话,我再带你去试镜。"

林蓁息影多年,现在要复出?

像是看出了纪轻轻的疑惑,林蓁接着笑道:"我想替书亦分担一下。

他什么都给我了，我不能继续在家里无所事事，我还年轻，又不是不能工作。"

林蓁这话说得有理，纪轻轻认同地点了点头，低头看了一眼剧本，视线聚焦在剧本上写着的开机时间——7月份。

"7月？"

"我知道你的婚期是在7月，但是你不用担心这事，导演说了，如果成功签约的话，你的戏可以调整，不会耽误你结婚。你知道的，都市爱情剧比古装剧好拍，也不用去什么影视城，周期短，制作成本也低。"

纪轻轻想了想，缓缓将封面合上："林蓁姐，谢谢你的好意，剧本我回去仔细看看，如果合适的话，我再联系你。"

她7月结婚，事情一定很多，赶上开机，剧组再怎么迁就调整也不可能毫无影响。

婚礼只有一次，她实在不想太过仓促，这事还是再等等吧。

林蓁也不强迫她："行，你仔细看看，之后一定得给我一个答复。"

纪轻轻笑着应承道："一定。"

病房门被推开。

陆励行面无表情地走进来，腰不疼了，腿不软了，头不晕了，走得稳稳当当，丝毫看不出10分钟前还是个要人扶、浑身都疼的病人。

他身后跟着得意扬扬的陈书亦："没有什么病是我治不好的！"

纪轻轻一头雾水。

灯光四射的酒吧向来是整个城市夜晚最热闹的地方。

陆励廷独自坐在角落的卡座里，拒绝了几个上前搭讪的人，面前宽大的桌面上，横竖摆了四五个空酒瓶，手边还有一瓶被喝了大半的威士忌。

他不是个适合买醉的人，酒桌上推杯换盏，吐过几次后也就喝不醉了。

酒吧服务员从门口领了四个男人往这边走来，安排在了陆励廷卡座的旁边，陆励廷瞟了一眼，即使灯光昏暗，依然能看出这几个人的桀骜与嚣张。

这几个人有些吵。

陆励廷看了一眼时间，不早了，正准备走人时，听到了他们之间的对话，又坐了下去。

"我说虞洋，最近没见你出来，干什么去了？"

虞洋坐在卡座中间，被其他三人捧着，极短促地笑了一声："还能干什么？被老头子拘在公司，没意思透了。"

"你看新闻没？"

"什么新闻？"

"纪轻轻啊！"一个人拔高音量，唯恐天下不乱，"我记得你不是曾经和纪轻轻有过一段往事？人怎么样？"

听到"纪轻轻"这个名字，虞洋愣了片刻，想起之前在纪家见到的纪轻轻与陆励行二人，那是他人生中第一次在外人面前当孙子，这不愉快的经历让他皱眉扯了扯挂在脖子上的领带。

"肯定不错，不然陆励行怎么看得上她？"另一个男人啧啧称奇，"不过纪轻轻还真是厉害，竟然能攀上陆励行，现在陆氏官网上还挂着公告，这显然是把陆励行给抓得牢牢的，手段了得啊！"

"虞哥，我挺好奇的，当初你是砸了多少钱？"

"50来万元吧。"

"陆励行估计是砸了几千万元，你用50万元就搞定，虞哥，你可赚了几千万元！"

虞洋嗤笑："那个时候纪轻轻还没进演艺圈，就是一个穷丫头，好像是家里有人病了，拿不出医药费在医院等死，50万元医药费差不多了。你们说，花区区50万不值吗？"

"值！"

"值！当然值！"

虞洋往后一靠，突然想起了什么，笑道："还有件事，你们肯定想不到。"

"什么事？"

"知道纪轻轻和我在一起之前，是和谁在一起的吗？"

"谁？"

"陆励廷。"

三人静了一静。

"谁？！"

"陆励廷？陆励行的弟弟？"

虞洋半眯着眼睛笑："当初没能认出来，现在想想，就是陆励廷，这个废物只能眼睁睁地看着我从他手里将纪轻轻夺走。"

"虞哥牛哇！"

几个人笑成一团。

陆励廷在旁边的卡座里静静地听着，端起酒杯将杯中的酒慢慢喝完，将酒杯放下，起身，来到虞洋的卡座前。

光线太昏暗，几个人喝得忘乎所以，见有个人戳在这儿，以为是服务生，谁都没搭理他。陆励廷抬脚从矮桌上跨过去，揪起虞洋的衣领将他压在沙发里，挥起拳头照着虞洋脸上砸去。

虞洋闷哼一声，还没看清面前的人是谁，拳头的劲风扑面而来，难忍的剧痛之后，他尝到了铁锈的味道。

另外几个人愣了片刻，哪里能想到在这个地方还有人不要命来惹他们？

等他们回过神来，虞洋已经被压着打了好几拳，他们没听见惨叫声，就听见拳头着肉的声音。

"住手！你是谁啊你？知道我们是谁吗？"

其中一个男人抓起桌上的酒瓶，往陆励廷后脑砸去。

砰的一声，酒瓶碎了，陆励廷打人的动作一滞，鲜血缓缓地从脑后流下，染红了白色衬衫。

就是这片刻的时间，虞洋身边的两个人一人一拳将陆励廷打倒在地。

"虞哥，没事吧？"

虞洋被砸得半晌没回过神，嘴角破了，鼻梁断了，颧骨青了，牙齿也掉了，一脸的血，狠喘了几口气，目光狠戾地看着陆励廷："找死！"

四打一，战局很快扩大，几个愣头青打得难舍难分，然而双拳难敌八手，陆励廷吃了不少亏。

这边的动静终于惊动了酒吧的人，然而两方都不是好惹的主儿，将双方拉开后，酒吧老板出面劝说，说是和气生财。

虞洋被打成这样，哪里愿意和气生财？

灯光一亮，看着面前一脸血污、眼神如狼似虎的男人，虞洋愣了。

陆励廷？

他这才发现自己说的那番话被陆励廷给听去了。

陆励廷虽然不如陆励行那般让人忌惮，但始终是陆家人，而且刚才他说的那番话，也扯上了陆励行，此时免不了心虚，可不出这口恶气，他实在不甘心。

"陆励廷，原来是你。"他冷笑道，"怎么，听到我说的话，恼羞成怒了？自己是废物没本事，看不住女朋友，把火撒在我头上？"

陆励廷一言不发地望着他，冷漠的五官如同覆上了一层冰霜，后脑不知道伤成什么样，血浸湿了整个后背的衣服，那双眼睛阴郁深沉，带着森然与冷戾，仍然一眨不眨地紧盯着虞洋，目光像一把刀，直戳虞洋心窝。

虞洋被陆励廷盯得心里直发毛，想走，但在自己发小面前，面子上又挂不住，只得继续说道："我告诉你，纪轻轻还得谢谢我，当年如果不是我，她那老爸早就死在医院了！"

"虞哥，咱们要不要报警——"

虞洋瞪了他的狐朋狗友一眼，这事最好是大事化小小事化了，万一让陆励行知道了，事可就闹大了。

于是他强装大度，冲着陆励廷放了句狠话："看在你前女友曾经求我别踩死你的分上，今天这事就算了，你给我记着，以后出门小心点儿，否则，要你好看！"

虚张声势后，虞洋大摇大摆地走了。

这事算完了。

直到虞洋几个人走得没影了，陆励廷还站在原地，失魂落魄地凝视着某个方向，目光没有焦距。

酒吧老板提出送他去医院，陆励廷拒绝了，一言不发地离开酒吧。

喝了酒，不能开车，他在路边拦出租车，一辆出租车终于停下，陆励廷上车，司机通过后视镜见到了陆励廷狼狈的样子，大呼晦气。

"去哪儿？"

陆励廷喃喃："去医院。"

司机一踩油门，半小时后车停在医院急诊楼前。

陆励廷随手抓了几张百元大钞给司机，下车后去了急诊室，清洗伤口，上药包扎，医生问一句他简短地答一句，除此之外，全程保持安静。

伤口处理好后，医生看了一眼拍的片子，说："你头部伤得不轻，这样吧，你住院观察一下，拿着单子去交费。"

陆励廷拿着单子去交费，随后护士给他安排病房住下。

晚上10点，病房楼层很安静，脚步声清晰可闻。

"你的病房在这边，麻烦跟我来。"护士台前的一个小护士给他引路，朝护士台右侧走去。

陆励廷刚走两步，护士台左侧走廊传来急促的脚步声。

"护士，我先生他一会儿说头晕头痛，一会儿说手掌的伤口疼，还有四肢无力的迹象，一晚上了也没好点儿，您帮我看看行吗？"

"纪小姐，您别急，我马上去看看。"

听到声音，陆励廷身形一僵，不敢回头。

467

纪轻轻正准备与护士回病房，目光无意间扫到陆励廷身上，那身被血染红的衬衫很是显眼，让人不注意都难。

但也仅仅是一眼，纪轻轻便收回目光，与护士一同回了病房。

陆励廷回头，看着纪轻轻慌忙的背影，抬手揉了揉眼睛。

陆励行在医院住了两天，高烧其实在住院第二天就已经退了，不过碍于陆励行一直认为自己手心的伤口受到感染必须再住院观察两天，又住了一晚。

第三天，在纪轻轻怀疑的目光之下，陆励行决定出院。

陆励行出院这天风和日丽，天高气爽，前往别墅的道路两旁的香樟树散发出淡淡的芳香。

一星期没回家，整个别墅空荡荡的，如今一回来，车刚驶入别墅前院，裴姨便从别墅内迎了出来，其他人将陆励行与纪轻轻的行李箱送回房间。

陆老先生瞧见了陆励行手上的伤口，问是怎么回事，陆励行云淡风轻地说是下海时被暗礁划的。

纪轻轻则低头不说话，追根究底，他受伤是因为她。

对此，陆老先生也没有说什么，而是说了另外一件事。

陆励廷回来了。

陆励廷常年不着家，这次回来，还真出乎所有人的意料。

话音刚落，陆励廷从楼上下来，他如今这个样子令纪轻轻大吃一惊。

纪轻轻记忆中的陆励廷总是摆着一张臭脸，就没给过她好脸色，总怀疑她居心不良有所企图，气人得很。

现在他却是一副病恹恹打不起精神的模样，头上缠着纱布，脸上被打出来的瘀青清晰可见，整个人看上去瘦了一圈，浑身散发着颓丧的气息，看不见一星半点儿的朝气与傲慢。

他和沈薇薇分手，对他打击这么大？

纪轻轻若有所思，看来陆励廷对沈薇薇爱得还挺深。

陆励廷看向纪轻轻，随后眼神闪躲，目光飞快地落在陆励行身上，低声喊了句："大哥。"

陆励行见着他这副模样，同样眉心微拧："这是怎么了？"

陆老先生瞪了陆励廷一眼："说是和人打架了。我老了，身体和精神都不如从前，管不了那么多，励行，你和他谈谈。"

陆励行点头："好的。"说完他看向陆励廷："你跟我上来。"

陆励廷眼皮微垂，不看人，保持沉默，跟着陆励行上楼去了书房。

468

直到两个人的背影消失在楼梯尽头,纪轻轻这才回过神,坐在陆老先生身边小声问道:"爷爷,这是怎么了?"

陆老先生叹了口气,恨铁不成钢:"他不肯说,和小时候一样固执!你也别担心他,有我在,这小子翻不了天!"

纪轻轻笑笑,没有说话。

老先生显然不想在这件事上多说,转移话题,笑道:"来,和爷爷说说,这几天和励行玩得怎么样?"

裴姨在一侧搭腔:"那肯定是开心的,少夫人脸上的笑就没停过。"

纪轻轻茫然地看着裴姨。

裴姨神秘地笑笑:"你和少爷上节目那几天,我和老先生可是每天准时守着直播间看的。"

"守着看?"纪轻轻大惊失色。

也就是说,节目上她和陆励行的一举一动,陆老先生都看见了?

虽然知道节目是以直播的形式展示给观众的,任何人都看得到,但她从来没想过这些会被陆老先生和裴姨看见。

纪轻轻一想到节目中自己说过的那些矫揉造作的话、陆励行那些骚操作、二人的亲密举动,脸红到了耳朵尖,仿佛被公开处刑。

"老先生,您以前总担心少爷照顾不好少夫人,现在可以放心了吧?别看少爷表面上话不多,实际上心细会疼人,办事又妥帖,夫妻俩有自己的相处之道,您啊,就别担心了。"

陆老先生笑笑,点了点头:"放心了。我当初就在想,陆励行那小子怎么突然和我打电话确定婚期,原来是在打那个主意,我听说,励行还给你买了个戒指求婚了?"

纪轻轻僵硬地点了点头。

"您还总说少爷学不会您的浪漫,我看哪,少爷这是青出于蓝而胜于蓝!"

陆老先生不同意了:"什么叫青出于蓝而胜于蓝,他玩浪漫还能玩过我?想当年他奶奶可是被我哄得离不开我!"

纪轻轻只觉得一股热流直冲到了脑门儿,陆老先生这话仿佛意有所指。

这地方实在是待不下去了,纪轻轻倏然起身:"爷爷、裴姨,我……我那行李箱的东西还没收拾好,我先上去收拾东西了,待会儿再下来陪你们聊天。"

说完,她不等陆老先生说话,脚步匆匆地往楼上去了。

尴尬,这真的太尴尬了。

纪轻轻捂着自己通红发热的脸，难以想象自己之后该怎么面对陆老先生和裴姨，毕竟谁又能想到，她表面上和陆励行相敬如宾，背地里"老公""老公"地喊个不停。

她叹了口气，只觉得生活艰难。

途经书房时，纪轻轻脚步停滞片刻。

虽然他陆励廷这家伙确实很浑蛋，但好歹是陆励行的弟弟，血浓于水，往后抬头不见低头见的，她总甩脸子不利于家庭团结。

虽说被沈薇薇甩了是没面子，可这也不算什么坏事，陆励廷能想明白看清楚之后重新做人，不说宽厚待他，纪轻轻觉得，往后她能和他井水不犯河水。

希望陆励行能和他说清楚，陆励廷这脑子能开窍，以后少来烦她就行。

然而仅一门之隔的书房内，已经沉默了10分钟的两个人谁也没有率先开口。

陆励廷一进门就垂着头，万念俱灰，陆励行则是打算今天和他仔细谈谈，好好谈谈，严厉的目光在触及他满脸的伤时柔和不少，心也软了些，陆励廷好歹是自己亲弟弟，骂醒他后自己少不得帮衬着些。

两个人各怀心事，谁也不开口打破沉默。

半响后，陆励廷才抬起头来，微张着嘴，吐出了第一句话："我和沈薇薇分手了。"

这事陆励行早就知道，心底也猜测他变成这个模样是因为分手，闻言，眉心紧拧，双眼微眯，透着浓浓的不悦："分个手就让你成了这个样子？"

"薇薇她……"陆励廷艰难地承认自己曾经看错了人，苦涩地说道，"她骗了我很多，她早就知道我是陆氏的人。和她分手后，我找了圈内的人，调查了薇薇这些年在演艺圈的所作所为，你和爷爷是对的，为了资源，她和公司几个高层暗中透露过和我的关系，她和纪轻轻那件事，也是她打着我的旗号向高层施压，将纪轻轻的代言以及所有的剧本角色都揽到自己身上。还有……沈薇薇从前的经纪人孟寻也承认，是沈薇薇找上的孟寻，说只要孟寻愿意带自己，以后可以给孟寻天娱娱乐总监的位置。"

陆励廷自嘲地笑了："是我眼瞎，识人不清，还差点儿因为沈薇薇，毁了轻轻一辈子。"

陆励行眼神森冷："我早就提醒过你，沈薇薇不是简单的人，你从前信誓旦旦地说相信她，现在却没勇气承担信任她的后果？"

陆励廷反驳："我不是因为这事！"

"那你是因为什么事把自己弄得人不像人鬼不像鬼？"

陆励廷手紧握成拳，梗着脖子高声道："前天晚上，我去酒吧喝酒，遇到了虞洋，听到了一些话。"

"虞洋？"陆励行对虞洋印象不深，只问道，"什么话？"

"虞洋说，当初轻轻之所以和我分手，是因为……轻轻的爸爸得了重病，需要钱治病，所以才会选择和我分手，与虞洋在一起。"

陆励行眉心皱得越发深了。

"我不知道，"陆励廷眼神茫然，眼底透着无措，甚至有些慌乱，"我当时真的不知道轻轻她爸爸得了重病，还以为她是为了虞洋的钱才和我分手。我当初说了很多伤害轻轻的话，可是我真的不是故意的，如果知道……知道她爸爸得了重病，我一定不会坐视不管，可是我不明白，她为什么不告诉我，但凡她愿意和我说，我可以拿钱给她爸爸治病的。"

陆励行后槽牙紧咬，眼神逐渐变冷。

陆励廷却像没察觉到一般，仍自顾自地说道："后来我想清楚了，当初我创业艰难，所有的钱都投入到了公司里，却一而再、再而三地失败，轻轻她不愿意拖累我，成为我的累赘，所以才狠心和我说分手。"

最后他总结陈词，声音哽咽，眼底渐渐聚集起雾气："是我浑蛋，是我对不起轻轻，如果当初不是我隐瞒身份，她也不会被逼到那个地步，我却一直在针对她、伤害她，这一切都是我的错！"

陆励行眼神冷厉，直视着陆励廷，以目光压迫着他，冷声道："这一切当然是你的错，所以你现在说这些是想干什么？弥补你曾经犯下的大错，还是向轻轻道歉悔过？"

陆励廷微愣，下意识地避开陆励行的目光，喃喃道："我……"

"纪轻轻现在是我的妻子、你的大嫂，不管你从前怎么对不住她，你道歉可以，悔过也可以，但是我不得不提醒你，这世上没有后悔药可吃，你大嫂已经答应了我的求婚，婚礼也定在 7 月，在这之前……以及之后，和我的未婚妻保持什么样的距离，你心里应该清楚，我不想提醒你！"

陆励廷痛苦地回答："我知道……"

他很清楚自己当年错过了什么，也清楚如今纪轻轻看向他的目光，宛如看陌生人，甚至是厌恶的。

时隔多年，时间到底磨灭了他和轻轻之间所有的感情。

他们回不去了，一切都回不去了。

"既然你知道，那这件事我就不再和你多说了，你自己好好想清楚！"

说完，陆励行便起身离开书房。

他刚才还准备和陆励廷好好谈谈。

陆励行心中冷笑：有什么好谈的！陆励廷这么大的人了，还不能面对自己曾经犯下的错，为自己的过错买单，简直无可救药！

纪轻轻虽然在房间里，但没关门，一直关注着书房里的动静，唯恐房间里的两个人一言不合打起来。

陆励行手还没好，高烧刚退，才从医院回来，身体状况还没恢复，真打起来了，恐怕得两败俱伤。但就算两个人没打起来，他和陆励廷那个刺头谈话，估计也得被气得够呛。

他本来身体就不好，再气出病来怎么办？

而且陆励廷一脸的伤，估计是在外面和人打架了，她就不明白了，这陆励行和陆励廷是亲兄弟，怎么性情截然相反？

陆励廷冲动易怒，性子也不知道像谁。

电话铃声响起，是秦越打来的。

纪轻轻原以为秦越给自己打电话是为了林蓁之前和她提过的电视剧的事，没想到不是。

"轻轻，网上关于你的流言你看过了吗？"

"流言？"纪轻轻微愣。这两天她忙着照顾陆励行去了，哪还有时间上网？

秦越简单叙述了网上的事，听完后，纪轻轻挂了电话，打开微博。

果不其然，热搜高高挂起。

这场风波源于《我们恋爱吧》这档节目。

直播时，沈薇薇与辜少虞在商场逛街时偶遇了陆励廷，在陆励廷让沈薇薇放弃节目和自己走的坚持下，沈薇薇毅然选择了分手。

这一段直播虽然很快便被摄影师掐断了，但陆励廷那张脸依然在直播镜头前出现了5秒的时间。

沈薇薇与辜少虞不自然的表情观众当然注意到了，评论区内爆发了一场规模不小的讨论，当时就有网友凭借超高的眼力，认出了陆励廷是沈薇薇的男友，并将记者拍到的沈薇薇与陆励廷二人亲密举止的照片发了出来。

比对之后，网友们确定二人是情侣关系无疑。

其实这本来也没什么，关键在于，沈薇薇有男朋友，还上了个与外人假装情侣的节目，往好了说，沈薇薇为了事业抛弃爱情，往不好了说，那就是沈薇薇为了往上爬不择手段。

经过一系列的阴谋论以及不负责任的猜测之后，流言渐渐演变成了纪轻轻是陆励廷的初恋情人，早年分手后陆励廷与沈薇薇在一起，然而纪轻轻虽然和陆励行成了男女朋友，却一直对陆励廷念念不忘，在入住陆家后，与陆励廷朝夕相对之下，二人旧情复燃，陆励廷也因此甩了沈薇薇。

另有不少网友谴责纪轻轻插足陆励廷与沈薇薇之间的感情，颠倒黑白，沈薇薇倒成了天大的苦主。

纪轻轻当时正忙着在医院照顾陆励行，似乎听秦越说了这么一句，但没在意。

陆励行一副病得要瘫了的样子，自然也没那个精力去关注这事。

陆励廷正在医院颓废着，与世隔绝，自怨自艾。

唯独沈薇薇，在辜少虞的资源的帮助下，隔天就出现在国内某著名时装秀场上，穿着高级定制的礼服长裙，在会场和所有模特亲密合影，关系好得宛如亲兄弟姐妹。

记者自然不会放过对身在暴风眼中的沈薇薇的采访。

针对此事，记者问了几个问题："沈小姐，请问您对最近网上出现的有关您和陆励廷的流言是怎么看待的呢？"

沈薇薇似乎没想到自己会被问到这个问题，愣了半晌后，神色黯淡，露出一个苦笑来："我和他早就分手了。这件事我不想再谈。"

她回答中的"早就"两个字用得很是巧妙，毕竟谁也不知道沈薇薇说的这个"早就"到底有多早。

沈薇薇是在节目前和陆励廷分手的，还是在节目中被陆励廷撞见才分手的，谁知道呢。

可看沈薇薇这个态度和表情，不少人还是猜测二人是在节目前分手的。

"网上传言你和陆励廷分手，是因为纪轻轻的插足，陆励廷对纪轻轻念念不忘，是这样吗？"

"这件事我不想再谈，我祝他们以后幸福。就这样吧。"

沈薇薇神色憔悴，回答这个问题后便黯然离场。

"他们"这两个字也用得极其好。

这话到底是祝福陆励廷和纪轻轻两个人在一起后幸福，还是祝福陆励廷和纪轻轻两个人各自幸福，谁知道呢？

辜少虞替她找团队发了通稿与律师函，追究源头，并声明有关沈薇薇与陆励廷以及纪轻轻等人的关系的猜测，都是子虚乌有。

沈薇薇向来与营销号是互惠互利的关系，突然有一天竟然要将营销号告上法庭，惹怒了其他营销号，对于此事越发关注，几个人的爆料帖层出不穷，更有不少所谓的朋友同学以及知情人透露这四人之间的关系。

纪轻轻看了这件事的前因后果之后，笑了。

这么多的蛛丝马迹，且年代久远，这些营销号是怎么查出来的？

而且沈薇薇这么坦然地睁着眼睛说瞎话，这是怎么做到的？

如果说这件事没有沈薇薇在后面推波助澜，她是打死也不信的。

不过既然沈薇薇能推波助澜，也就是说，沈薇薇和辜少虞在一起了？还是说，是辜少虞那个……

纪轻轻指尖下意识地敲击在手机屏幕上，正思索着，没发觉身后陆励行来了。

"在看什么？"

陆励行从背后靠近，纪轻轻听见近在咫尺的声响，吓了一跳。

"你怎么来了？"纪轻轻猛地转身，看了一眼门外，"你和陆励廷谈完了？这么快？"

提及陆励廷，陆励行脸色难看，只简短地嗯了一声。

"在看什么，一惊一乍的？"

纪轻轻说："还能有什么，演艺圈里的那些事呗。"

她将手机解锁后递给陆励行，在沙发上寻了个舒服的姿势："老公，网上有人说我插足你弟弟和沈薇薇之间的感情。"

陆励行分神看了她一眼，沉默地将整件事的来龙去脉看完，问道："你和陆励廷……"

他的话还没说完，纪轻轻连忙解释道："你弟弟才回家几次，我就算不在陆家，去影视城拍戏你也经常和我视频，我有那个时间和他暗度陈仓、眉来眼去吗？"

"我不是这个意思，我是想问你，你之前和陆励廷分手，为什么？"他眼眸沉沉地望着纪轻轻。

纪轻轻愣怔，不明白陆励行提这些陈年往事是什么意思，敷衍道："都过去这么多年了，我哪里还记得。"

"真不记得了？"

纪轻轻点头："不记得了，而且又不是什么要紧的事，记那么清楚干吗？"

门外的陆励廷听到纪轻轻这些话，眼神黯淡，面容憔悴落寞。

"先别提这件事了。"纪轻轻起身抽出他手里的手机，说，"我现在可是人在家中坐，祸从天上落，这明明就不关我的事，最后被骂的却是我一个人,这锅我可不背。"

陆励行拿出自己的手机,纪轻轻见了连忙阻止他:"别,你一个集团总裁,别掺和这事,和这些人计较多掉价!我来!"

说着她便转发了那条沈薇薇的采访视频。

"谢谢祝福。虽然你和陆励廷分手才五天,但我依然希望你能尽早走出失恋的阴霾,早日找到自己的真命天子。"

能说清楚的话沈薇薇不说清楚,偏偏要阴阳怪气、意有所指,好好说话不行吗?

随即网上出现一个疑似属于陆励廷的微博账号发了一条微博:"和沈薇薇分手是在五天前,性格不合,不关其他人的事。"

经过网友的重重验证,发布这条微博的人被证实是陆励廷本人。

这也证实了纪轻轻那话的真实性。

陆励廷和沈薇薇五天前才分手,可那已经是沈薇薇上节目的第三天。

也就是说,沈薇薇在有男朋友的情况下,不顾男朋友的感受,为了曝光度,执意参加了恋爱节目,和别的男人组成假情侣,甚至同吃同住地生活五天,说不定还得发生亲密的肢体动作。

哪个男人能忍受自己的女朋友和别的男人举止亲密?

陆励廷这条微博一发,所有人将矛头对准了沈薇薇。

第十三章
危 机

  网上的讨论一拨接着一拨,身处旋涡中心的沈薇薇在后台化妆间内化妆,准备出席一场发布会。
  被她找回来的经纪人孟寻正在喋喋不休:"薇薇,你为什么要在记者面前说那种话?我不是告诉过你,你现在一言一行都要谨慎小心,你说那话一时半会儿没问题,可以让你暂时处于上风,可是这种话很容易就会被人拆穿,你看那陆励廷,不就一条微博就把舆论再次引到了你身上吗?"
  沈薇薇坐在化妆镜前涂口红,透过化妆镜看孟寻:"别生气,待会儿还要上镜,生气就不好看了。"
  孟寻强迫自己冷静下来,在化妆间里走来走去,深思熟虑片刻后道:"现在网上全是关于你的负面新闻,这样不行,咱们得想想办法……"
  话还没说完,沈薇薇勾唇一笑,镜中的她风情万种,妖娆美艳:"为什么要想办法?"
  "为了你现在的名声!"
  沈薇薇微微一笑,合上大红色口红的盖子,转身看着孟寻笑道:"我现在名声怎么了吗?难道你不认为我现在比从前不温不火的时候好很多?"
  孟寻在演艺圈多年,知道各种火起来的套路,听沈薇薇这么说,皱眉问道:"你是想……"
  沈薇薇低低嗤笑,"孟寻姐,黑红也是红啊,比起毫无水花的过去,我更喜欢现在。"

这确实不失为一条捷径。

"可是以后……"

"放心好了，只要辜少虞相信我，站在我这边，我的资源就不会断。至于名声，等我彻底大火之后消失一段时间，再借个由头复出洗白就好了，这是一件很简单的事。"

孟寻认真考虑片刻后笑道："我原本以为你不能接受污点，既然你能接受，那么我知道该怎么做了。"

沈薇薇愉悦地笑道，"少虞已经答应我，会帮我和天娱周旋，过两天就让我和天娱解约，到时候他会成立一个工作室，只签我一个人。"

孟寻也笑了，刚才那点儿忧郁与担忧消弭无踪："我明白了。"

在网上舆论四起的这些天，纪轻轻一直在陆家陪陆老先生。

节目结束且没有新的工作安排，她也乐得清闲。

当然，如果陆励廷和从前一样不在陆家的话，她会更开心。

和裴姨一起做完SPA（水疗）后，纪轻轻打着哈欠准备回房睡觉，3楼走廊里，陆励廷恰好从房间里出来，二人迎面相遇。

这几天为了避嫌，纪轻轻总是避免和陆励廷单独相处，现在四下无人，正是误会发生的大好时机，她惹不起但躲得起，能避则避吧。

"等等！"

纪轻轻刚转身，陆励廷就叫住了她，快步上前，挡在了纪轻轻面前。

"轻轻……"

纪轻轻脚下一滞，疑惑地看着他。

"有事？"

陆励廷紧张得很，从他那双松了又握，握了又松的手就看得出，他那双眼睛都不敢往纪轻轻身上看。

见他久不说话，纪轻轻烦了："没事我先走了。"

她和陆励廷本来就关系复杂，如今往事被人翻了出来，虽然他们俩坦坦荡荡，可到底是有过那么一段感情，在陆家，纪轻轻尽量避免和他单独相处，否则，要是恰好被陆励行看见，误会了怎么办？

陆励廷叫住她，鼓足勇气说："我有事想和你说。"

"如果是之前你在微博上澄清的那件事，那就不用说了，谢谢你帮我澄清。"

纪轻轻知道陆励廷在微博上发的那条澄清微博，他能发那种微博与沈薇薇断得一干二净，显然是看清了沈薇薇的目的，这很好，不用再被蒙在鼓里像个傻子似的被耍得团团转。

"我不是想说那件事。"

"那你想说什么？"

陆励廷眼神拘谨地看着纪轻轻，颇有种小心翼翼的意味。

有句话怎么说来着？

不做亏心事，半夜不怕鬼敲门，如果不是心虚和愧疚，在面对纪轻轻时，他哪里会是这个样子？

"我前两天遇到了虞洋。"

纪轻轻挑眉，虞洋？

这名字有些熟悉，可她一时半会儿竟然有些想不起来。

"他说，你之所以选择和我分手，和他在一起，是因为你爸爸重病，需要50万元，他替你出了，对吗？"

经过陆励廷的提醒，她这才想了起来。

虞洋不就是"纪轻轻"蹬了陆励廷之后跟的那个人吗？那就是个不折不扣的人渣。

不过她哪里知道当初"纪轻轻"分手还有这一遭？

这是真的假的？

陆励廷这么说，她估摸着是真的。

她顺着陆励廷的话说："所以呢？你想问什么？"

纪轻轻这轻描淡写的表情显然出乎陆励廷的意料，他虽然原本就猜测纪轻轻早就不将这件事放在心上了，可看到纪轻轻这么无所谓的表情，心里仍然觉得难受。

他死死地盯着纪轻轻，眼底弥漫着难过，甚至带着质问的口吻，艰难地问道："当初为什么不告诉我？"

纪轻轻沉默。

"你如果告诉我，我一定会帮你解决的！"

"你这是后悔了？"

"我说我后悔……"

纪轻轻清晰地听到了哽咽声。

她叹了口气，幽幽地说道："做人呢，得朝前看，过去了就过去了，你现在说后悔也于事无补，不如当一次教训，以后不要再骗人了，好吗？"

"对不起……"陆励廷声音有些嘶哑，纪轻轻这一句话显然是戳到了他

478

的心窝里,他眼眶都红了一圈。

对于现在的陆励廷,最遗憾的莫过于"我本可以"。

他曾经本可以和纪轻轻长相厮守,却因为自己的隐瞒、执拗与倔强,断送了原本抓在手里的幸福。

"如果当初我不骗你,愿意告诉你我的一切,或许,我们就不会有那么多误会……可你当初为什么不和我说呢?

"轻轻,我知道你怪我,怪我当初对你恶语相向、不理解你,但是你真的觉得我们两个走到现在这个地步,只是我一个人的错吗?我承认,我骗你、隐瞒你是我不对,可你如果能向我坦白一切,信赖我,我们是不可能走到今天的!"

当初"纪轻轻"或许是真的嫌贫爱富,或许是不愿意再拖累陆励廷,但无论是哪种可能,都不会再有人告诉他了。

"过去的事都过去了,现在再提挺没意思的,你如果是个男人,以后就不要再提这件事,否则,会对我造成困扰的。"她顿了顿,"而且我嫁给了你哥,成为你嫂子后,像今天这样的情况,我不想再发生,你要学会避嫌。"

"避嫌"两个字深深地刺痛了陆励廷的心,他想起她在陆励行身边开怀大笑的幸福模样,心里就仿佛有根刺,越扎越深,疼得无法呼吸。

他猛地上前,一把抓住抬脚就走的纪轻轻的手,逼迫她看着自己,眼底的执拗与疯狂骇人得很。

纪轻轻的心咯噔一下,这距离太过危险,被人看到,她跳进黄河也洗不清了,连忙挣扎:"陆励廷你疯了吗?我可是你大嫂!你放开我!"

"大嫂?"陆励廷咬牙切齿地笑,"你就那么想当我大嫂?"

这不是废话吗?纪轻轻白了他一眼。

陆励行多好,比他好上百倍千倍万倍不止,她不嫁给陆励行,嫁给他这个混账玩意儿?

"我当然想当你大嫂,我做梦都想!"纪轻轻语气强硬,不曾有丝毫的犹豫,"我爱你大哥!我要嫁给他!这辈子我都不会离开他!"

她的每一个字都化成伤人的利剑,伤得人千疮百孔。

那个曾经会赖在他身侧憧憬他们以后生活的女孩子,如今向往的是和另外一个男人一起度过的后半生。

陆励廷眼底逐渐黯淡,紧握着纪轻轻手的力道一点儿一点儿地松开。

走廊不远处有人咳嗽了一声,纪轻轻一惊,连忙甩开陆励廷的手。

完了完了,害怕什么来什么,她和陆励廷拉拉扯扯的样子也不知道有没有被陆励行看见。

纪轻轻来到走廊拐角,陆励行果然在那儿。

纪轻轻笑着扑过去,抱住陆励行的手臂,硬拉着他离开这儿。

这两个人要是打起来还了得?

陆励行的手伤刚好,复发了怎么办?

"老公,我困了,我们睡觉去吧。"

陆励行低头挑眉望着她:"才9点……"

"我好困!"

陆励行没有多说,只在转身的瞬间向陆励廷投去一个警告的眼神。

陆励廷颓然地站在那儿,直到陆励行与纪轻轻的背影消失在走廊里,他依然怔怔地站在原地。

他低头看了一眼刚才抓住纪轻轻的手,余温犹在,但他知道自己不会再有机会了。

当天晚上,一沾枕头就能睡着的纪轻轻罕见地失眠了,脑子里来来回回的都是陆励廷的话。

"你如果能向我坦白一切、信赖我……"

坦白?

纪轻轻想起自己的秘密。

她想告诉他,将要和他结婚的这个人其实不叫纪轻轻,想告诉他自己有过怎样的经历。

不过这种事她说了陆励行也不会信吧?

她用脚指头想想都知道,陆励行是名校硕士研究生毕业,信奉科学,会相信这么荒唐的事吗?这种事搁自己身上自己也不会信,更何况是陆励行,说出来估计会被当成神经病吧?

算了,这件事还是以后再说。

她翻身闭上眼,强迫自己不再去想这件事。

然而就在纪轻轻翻身的瞬间,枕边的陆励行睁开双眼。

"宿主有没有想过坦白这件事?"

陆励行没有和系统交流。

"其实陆励廷说得没错,情侣之间最重要的就是坦诚,而且你们都快结婚了,你应该学会毫无保留地信任她。"

陆励行睁着眼睛看着头顶:"就算我说了,她也不会相信。"

"你都没尝试过,怎么能断定她不会相信?"

陆励行闭上眼。这么匪夷所思的事,纪轻轻怎么会相信?

"或者说,你难道想骗她一辈子?"

陆励行眉心紧蹙。

"坦白原本是一项必须执行的任务,但是现在我把这个决定权交给你自己,你坦白,加生命值,你不坦白,也不会威胁到生命,你自己决定吧。"

陆励行翻身,二人背对背入眠。

直到深夜,闭眼试图睡觉的两个人终于忍不住了,同时翻身,面对面。

"有件事我想和你说。"

"有件事我想和你说。"

两个人异口同声。

纪轻轻:"什么事?"

陆励行:"什么事?"

"你先说!"

"你先说!"

二人默契地保持沉默。

片刻后还是纪轻轻低声道:"你也是因为有事想和我说,所以睡不着?"

"嗯。"

"你的事……重要吗?"

"挺重要的。"

两个人面对面地沉默了。

纪轻轻在心里将想告诉陆励行的话过了一遍,张开嘴,话到嘴边,却又咽了下去。

她说了说不定这一晚上都别想睡了,死也要先睡饱再死!

"那我们先睡觉,有什么话,明天说?"

"好,明天说。"

二人相视一笑,默契地翻身平躺,闭上眼睛。

10分钟后,平缓的呼吸声传来,纪轻轻的一只手和一只脚搭上了陆励行,陆励行伸手,将熟睡中的纪轻轻揽到了自己怀里。

翌日一早,纪轻轻被一阵手机铃声吵醒,半睡半醒间她半睁着眼,一只手从被窝里伸出来往床头柜的方向探去,终于摸到了手机。

电话是林蓁打来的。

纪轻轻打了个哈欠，迷迷糊糊地将电话放在耳边，嘟囔着喂了一声。

电话那头的林蓁知道她还没醒，长话短说，问自己之前给她的剧本她看完了没有。

那部都市爱情剧的剧本纪轻轻看完了，讲的是两个姐妹的故事，故事曲折且感人，最重要的是没有当下最为老套的恶俗情节。如果是在平时，纪轻轻一口就答应下来，或许还会去导演那儿力争这个角色，可现在她要和陆励行结婚了，那段时间估计忙不过来，档期相撞，她也只能忍痛拒绝。

"抱歉啊林蓁姐，剧本很好，可是我的时间真的排不开。"

她还打算婚礼过后和陆励行去度蜜月，归期不定，这样一来，剧组那边档期肯定是调不过来的。

纪轻轻百般推辞，林蓁也只能无奈地挂了电话。

挂断电话后，纪轻轻看着空荡荡的枕边怔了3秒，脑海里想起昨晚她决定向陆励行坦白的秘密，一个激灵，睡意一下子就没了。

她起床，在书房与餐厅里找了一圈，最后在健身房里找到了大汗淋漓的陆励行。

陆励行每天都会去健身房锻炼一个小时的事纪轻轻知道，可今天陆励行这锻炼的强度，真是有些出乎纪轻轻的意料，他这一副不要命似的把自己往死里练的架势是怎么回事？

陆励行是看见了门口的纪轻轻才会停下来的，气喘吁吁地拿毛巾擦额头上的汗，又拿起一边的矿泉水仰头灌了一大口，这才回头问她："怎么了？有事？"

纪轻轻张嘴，酝酿了一早上的话又被她咽了下去。

她实在是说不出口！

"没事，就是裴姨让我来叫你下去吃早餐。"

陆励行点头，嘴上说着马上，脚却站在了跑步机上。

纪轻轻轻轻地哦了一声，转身下楼。

跑步机的速度越来越快，硕大的汗珠从他额头上滑落，啪嗒一声，砸在跑步机的跑带上，很快没了踪影。

"啪——"跑步机被关上了。

陆励行气喘吁吁地站在跑步机上，弓身双手撑着操作台稍作休息，有汗水从眼皮上滑落，激得他下意识地眨眼，平静下来之后，他的汗水如同雨后春笋般冒了出来，打湿了全身。

他一晚没睡，脑海里一直盘算着今天要说的话，说完之后纪轻轻可能有的表情与态度，以及面对纪轻轻不同态度的不同补救方法。

他不想骗她，更不想伤害她。

可不想伤害她，他就必须得骗她。

陆励行向来自诩行事果断，可在这件事上，他考虑了整整一个晚上，依然无法做出决断。

他可以一直骗她，纪轻轻以后也不会知道他曾经欺骗过她，只要他不说，只要他守口如瓶，纪轻轻什么都不会知道，永远都不会知道。

今天陆老先生的精神格外好，吃过早饭后，听了会儿曲，兴致来了，将陆励行叫去书房下棋。

围棋是陆励行从小就会的，陆老先生教他，定心神，练耐心。

平时陆老先生也会和陆励行厮杀一局，但结局向来是陆励行输个一子半子的，陆老先生知道，这是青出于蓝而胜于蓝，陆励行让着自己，否则自己哪有那么好的运气，次次都恰好赢个一子半子的。

不过陆励行今天有些奇怪，以陆老先生的眼光来看，他至少走错了三步，所以满盘皆输。

陆励行看着眼前的棋局，艰难地笑道："爷爷，您赢了。"

说着，他就要去收拾棋局。

陆老先生阻止了他，问道："今天是怎么回事？"

"没事。"

"没事能连输三盘？"

陆励行保持静默。

"这儿没有外人，到底有什么事，不妨和爷爷说说，爷爷是过来人，或许能给你点儿建议。"

陆励行动手收拾棋局，将黑白棋分别收入棋盒。

"爷爷，您骗过奶奶吗？"

"骗？"

陆励行点头："比如有什么事瞒着她，欺骗她。"

陆老先生摇头失笑："当然有，那也是我这辈子最遗憾的事。"

"最遗憾的事？"

"我之前总告诉你，我和你奶奶是父母之命媒妁之言，在结婚之前没见过对方一面，其实并不是，你奶奶她，是我想方设法骗过来的。"老先生叹了口气，"你奶奶原本是个富庶人家的女儿，家道中落，我上门提亲，告诉她父亲，我愿意解决他们家的燃眉之急，但是必须让他的女儿嫁给我。

"我一直很后悔，很想告诉她，我很早很早就喜欢她了，可是我没有。她在刚嫁给我的那段时间不敢和我说话，以致前三天我们一句话都没有说过，到后来，她每天都过得战战兢兢，总以为我不喜欢她，还想着从我嘴里套出喜欢的女孩的类型，要给我找小老婆。"陆老先生无奈地笑，笑容却又渐渐消散，沉声道，"没当着她的面向她求婚，没有告诉过她我对她一见钟情，是我这辈子最后悔的事。"

陆励行对奶奶的一切都是从爷爷嘴里了解的，没见过奶奶，也不明白："既然您对奶奶一见钟情，为什么当初不告诉她？"

"因为自尊。"陆老先生笑道，"你可能无法理解，但现在的我恨透了那个时候我所拥有的自尊，那毫无用处，除了让你自以为是地认为自己是个顶天立地的男人，但男人不需要在自己的女人面前强撑着这点儿自尊。励行，如果你真心爱一个人，不要试图瞒着她任何事，否则，这可能会成为你一生的遗憾。"

"在欺骗她和伤害她之间，您会怎么选？"陆励行问。

陆老先生语气沉着有力："你要清楚一件事——欺骗她，就是在伤害她！"

陆励行瞳孔微缩，将最后一枚白子放入棋盒内，低声道："爷爷，我知道怎么做了。"

说完他起身，离开书房。

关门声传来，陆老先生拿出一枚黑子，放在棋盘上。

这辈子风风雨雨，历经坎坷，该经历的他经历了，不该经历的，他也经历过了，除了这件事，他再也没有遗憾。

如果能回到过去，他一定会在见着她的第一面时就向她告白，而不是故作冷漠，让她战战兢兢。

陆老先生从抽屉里拿出一条精美木盒装着的陈旧手帕，浑浊的眼珠看着对面虚无的地方，微微笑道："你知不知道，从见你第一面开始，我就喜欢你，特别喜欢你。"

窗外有风吹进，吹得他手上的手帕扬起。

客厅里，纪轻轻正和裴姨看婚纱。

据裴姨说，这些都是陆老先生交代的，如果她不满意，可以另外找设计师重新定制。

就结婚时穿一次的婚纱的价格超出了纪轻轻的想象，价格在前，她看那些款式，只觉得哪一件都是好的，直接挑花了眼。

"这件不错，这件也好看，裴姨你看！这件！这件超美！"

陆励行于远处盯着她的笑看了一会儿，忐忑不安。

"少爷，快过来帮少夫人挑挑婚纱。"

陆励行微愣，抬脚走到她们面前，对纪轻轻说："我有话想和你说。"

这显然就是想单独聊聊。

裴姨识趣地笑道："哎呀不好！我想起花园里还有花没浇，少爷、少夫人，你们谈，我先去浇花了。"

说完裴姨以长辈慈祥的目光看了二人一眼，笑呵呵地起身走了。

陆励行叹了口气："跟我来。"

两个人去了书房这种更为私密的地方。

门一关，纪轻轻心里惴惴不安，总觉得今天的陆励行正经得不太正常。

"你想和我说什么？"

陆励行沉沉地看着她，说："刚才我和爷爷聊过了，我认为有些事我不能瞒着你。四个月前，我发生了一场车祸，在病床上躺了一个月，生命垂危之际，是爷爷找到你，让你嫁给我，也正是从那时候开始，我的病情开始好转。"

纪轻轻有些紧张："我……我要说的事，也是三四个月之前的事，当时我不是和沈薇薇打官司吗？要赔好多钱，我又拿不出，不过当时正好你快死了，然后……"

她突然间有些说不下去了，越想越觉得自己会被当成神经病，临阵脱逃，支支吾吾地说道："还是你先说吧。"

陆励行点头，深吸一口气："好。接下来我说的这一切，可能会颠覆你这么多年的认知，但是请你相信我，我说的一切都是真的。"

陆励行认真的神情让纪轻轻不由自主地严肃起来，认真仔细地听着他接下来的话。

"当时你出现在我病床前，我脑子里出现一个叫小A的系统，它说，只要和你有任何身体上的接触，我就能活下去，我原本以为是我有了精神类疾病，但后来系统发布的任务告诉我，并不是。"

"小A？然后呢？"

"它会给我发布与你相关的任务，让我活下去，比如，喊你'老婆'，让你喊我'老公'，这些都能让我增加一小时的生命值。"

纪轻轻有片刻的愣神。

小A不就是她刚来到这个世界时，告诉她陆励行快死了，嫁给陆励行就能得到陆励行的巨额遗产的那个系统吗？

她以为自己和陆励行成功结婚后，小A的任务就完成了，所以出现一次后就此失踪。

原来它不是失踪了，而是到了陆励行身上。

她突然之间就明白了，全明白了。

她就说，小说里的陆励行明明在车祸之后就死了，怎么她一来就活了，原来是自己救了他，改变了小说的剧情。

这么说来，之前陆励行那么反常的举动，都是被系统逼的？

"哈哈……"她笑了笑，笑后又觉得不太合适，讪讪地闭嘴，感慨道，"我就说，你总无缘无故地让我喊你'老公'，我还以为这是你的一个小癖好，原来是这样，你要是早说这事，我肯定每天都喊你好多次，不会不愿意的。"

想起和陆励行在一起的这三个月，纪轻轻笑容逐渐消失，低着头，在陆励行看不到的地方苦笑着低声问道："那我可以问你几个问题吗？"

"可以。"

"你之前陪我去影视城拍戏，是因为系统任务？"

陆励行点头："是。"

纪轻轻做出一副恍然大悟的表情，低着头极短促地笑了一声，又问："上节目也是因为系统任务？"

"是。"

纪轻轻嘴角的弧度一点儿一点儿地消失，最终失去笑意，而后又抿嘴轻笑，她抬头想了想，视线落在自己手上的戒指上，小心翼翼、怀揣着最后一点儿希望询问："那节目上的求婚……也是因为系统任务吗？"

"是。"

纪轻轻怔怔地看着他，似乎有片刻的失神，随后回神，冲着陆励行笑，表情坦然，语气正常，看不出任何不妥。

"原来是这样，你早说呀！你早点儿对我坦白的话，我一定全力配合你，我也不是那种狠毒的女人，见死不救的事我肯定不会去做，你还特意陪我去影视城，陪我上节目，那么多天，多耽误你时间。还有这枚戒指，"纪轻轻手忙脚乱地将蓝钻戒指取下，手有些抖，视线有些模糊，可她深吸一口气忍住了，"这么贵的戒指，没必要，真的没必要！你当时就是拿个易拉罐的拉环做戒指，我也会答应——

纪轻轻及时刹住话,冲着他尴尬地笑笑。

尴尬,这也太尴尬了。

这种感觉就好像自己在卖力地演戏,而别人一直在看自己的笑话。

也是,她就说陆励行那种人怎么会对自己一见钟情?

什么一见钟情,不过是自己自作多情。

"我的意思是说,如果你早说了这事的话,我一定会答应你的求婚,让你完成任务的。"纪轻轻极为诚恳地看着他,重复道,"真的!以后如果小A再发布什么任务,你也可以和我说,不管我在哪儿,我都会全力配合你。"

她拿着那枚蓝钻戒指,若无其事地递到陆励行面前:"这么贵的戒指,我还是不能收,这往后如果你遇到自己真心喜欢的女人,她会伤心的。"

陆励行看着那枚蓝钻戒指,没有接:"我送给了你,它就是你的。"

"我怎么能收你这么贵的戒指?不能收不能收……真的不能收!"

看着纪轻轻那张皇失措的表情,他突然后悔让她知道真相。

如果纪轻轻不知道真相,就能一直那么高兴下去,他也会用余生去弥补她这三个月以来受到的所有欺骗。

"其实——"

"你说完了我还没说呢!"纪轻轻猛地打断陆励行的话,"我告诉你,其实我也不是纪轻轻,你或许会觉得我在胡言乱语,但是我说的也都是真的。我是从另外一个世界来的。来到这儿的第一天就有个系统告诉我你很有钱,而且快死了,只要我嫁给你,我就能得到你的遗产。当时我不是可能和沈薇薇打官司吗?走投无路,就只好答应了老先生的要求嫁给你,巧合的是,我遇到的那个系统和你的系统叫同一个名字,都是叫小A。"

说到这儿,纪轻轻愤愤不平地说:"它也太坏了!续命就续命,竟然还为难你,让你做那么多事。你放心,以后它如果威胁你,你就告诉我,我帮你!

"你看,既然咱们互相坦白了,那今天就先这样吧。那个……还有件事,之前林蓁姐说有个双女主的剧希望我能参演,我答应了。"说着,她低头看了一眼手表上的时间,下巴颤抖,声音有些哽咽,"我约了林蓁姐下午1点去剧组,可能……可能有几天不能回来。"

说到这儿,纪轻轻又想起系统的事,连忙道:"不过你放心,有任务直接给我打电话,我会马上赶过来的!"

陆励行依旧目光灼灼地望着她,脸色到了很难看的地步。

昨晚他想过纪轻轻所有可能的反应,或者失望,或者崩溃,抑或给他一巴掌之后扬长而去,不管是其中哪种结果,他都能面对与承担,可是纪轻轻用若无其事的笑，用不在乎的口吻安慰他，是他没想到也最无法接受的。

他能感受到她守护自己尊严时的小心翼翼与虚张声势。

陆励行忍无可忍，攥住纪轻轻的手，将她抵在墙上，居高临下地看着纪轻轻因不安而颤抖的睫毛，在眼睑处投下一抹浓重的阴影。

"我承认，第一次见你时，我对你并没有任何好感，我也承认，去影视城是系统逼迫的，上节目也是因为系统任务，求婚更是系统要求的，可我做那些不仅仅是因为要完成系统任务！不管从前的我是什么样子，现在的我是喜欢你的。"

纪轻轻拧着眉，避开陆励行的目光："要不……你再好好想想？其实认真算起来，我和你才相处了三个月的时间，短短的三个月，我觉得你对我可能就是种习惯而已，不是真的喜欢。"

"我确定，我喜欢你，现在的我喜欢你！"

听到陆励行铿锵有力的话，纪轻轻心里有点儿难过，有点儿苦涩，却唯独没有开心的情绪。

她知道自己不该生气，她接近陆励行的目的一开始也不纯洁，怎么能要求陆励行一开始就怀着一颗干干净净的真心呢？

现在他能告诉自己真相，不是已经很好了吗？

自己还在强求什么？

她竭力抑制住自己鼻翼的酸涩，咬唇，挤出一抹笑容来，让自己看上去不那么狼狈，说："你能不能给我一点儿时间？我现在真的很急……"

她的话音刚落，手机铃声响起。

纪轻轻像是抓到了救命稻草一般接通电话，听了两句后应了两声，随后对陆励行说："我时间来不及了，得马上去剧组，这件事等我回来再说，好吗？"

陆励行目光灼灼地望着她，却不愿意回应。

他知道这是纪轻轻的托词，可他除了说"现在的我喜欢你"，再也说不出其他的话来。

见陆励行拒绝的态度，纪轻轻深吸一口气，从他手臂下绕了出去。

她稳住声音，不让自己的声音听上去难听，也不让自己的表情看上去难看："你如果有事的话，给我打电话，我会马上过来的。"

说完，她不敢在这儿逗留一刻，什么也没拿，就拿了手机，拉开书房的门快步离去。

在楼下遇到陆老先生，纪轻轻一愣，侧身低头，掩饰自己的情绪，一

488

如往常般说自己要去片场,陆老先生或许看出了点儿什么,或许没看出什么,但他什么都没说,只是让司机备车,送她过去。

纪轻轻笑着道谢,上车。

"少夫人,咱们去哪儿?"

久久没听到回应,司机通过后视镜往后看。

纪轻轻双眼通红,浑身颤抖,泪如雨下,为了抑制自己的哭声,狠狠地咬住了手掌。

窗外的天空中掠过一片乌云,书房中的光线猛地昏暗下来。

陆励行猛地惊醒,下楼追了出去,却只能眼睁睁地看着纪轻轻上车离开。

陆老先生是过来人,看出了点儿端倪,询问道:"到底发生了什么事?"

陆励行垂手站在原地,哑声道:"是我不好。"

陆老先生抬手重重地搭在他肩上:"你们年轻人的事我管不了,但我得告诉你,作为一个男人,做错了事,就要认错,该承担的必须得承担。"

"我记住了。"

陆励行遥遥地望着车辆离开的方向,静默不语。

是他决定向纪轻轻坦白的,那么无论纪轻轻有怎样的反应,都是他该承担的后果。

可看着情绪失控的纪轻轻,他却由衷地感到了后悔。

在车上哭得稀里哗啦的纪轻轻没去剧组,而是让司机将她送到了自己的公寓楼下,满口胡诌向司机解释说自己被辣椒辣到了眼睛来掩饰自己的失态。

虽说不是失恋,但也算在恋爱中受到了伤害,纪轻轻认为现在的自己有买醉的资格。

在超市里选了一堆的酒,眯着红肿的眼睛,她没好意思抬头。但她最近名气太盛,还是被收银小姑娘给认了出来,想要签名,还想要合影,纪轻轻签名之后婉拒了合影,并希望小姑娘不要声张。

收银小姑娘连连点头保证。

纪轻轻用手机付款时突然想起了陆励行非要让她收下的那张信用卡,以及在商场一掷千金给她买的衣服。

当时陆励行嘱咐自己用他的卡去付送给陆老先生的佛珠的尾款,她却自作聪明,没用陆励行的卡,用了自己的,还美其名曰是自己买给老先生的礼物。

她记得陆励行听到自己没花他的钱时语气激烈,接着就赶来商场给她买衣服。
　　所以陆励行来商场给她买衣服的原因是她没用陆励行的卡买佛珠?
　　那么那次陆励行的任务是让自己花钱?
　　纪轻轻自嘲地笑笑。
　　当时她对着那一堆平时想都不敢想的衣服高兴了许久,现在想想,当时的自己还真是自作多情。
　　那又不是陆励行特意给她买的,她高兴什么?
　　说不定当时陆励行还认为自己不知好歹,破坏了他的计划。
　　付款后纪轻轻提着酒回了公寓。
　　公寓大门一关,纪轻轻像是瞬间被抽去了所有精力,垮了下来,随意地蹬掉脚上的鞋,面无表情地扫了一眼漆黑的公寓,没开灯,自觉地将自己代入颓废少女的角色,将手里的酒往客厅茶几上一摆,坐在沙发上。
　　她就说陆励行为什么每天晚上非得和她同床共枕,敢情是系统要求的。
　　他不睡就得死?
　　这么想想她还挺重要的?
　　纪轻轻用牙咬开了一瓶酒,仰头咕咚咕咚地往嘴里灌。
　　他还当着全公司人的面给她送玫瑰花,不用想,肯定又是系统的任务。
　　她第一次收到的玫瑰花,竟然还是陆励行心不甘情不愿送的。
　　还有他去影视城、上节目、公布关系、求婚……
　　两个人之前的种种走马灯一般在她脑海中一一闪现。
　　纪轻轻认真地想了想,磨牙。
　　忍一时风平浪静,退一步越想越气。
　　她就说,像陆励行那种行事成熟稳重的男人,怎么还会像二十岁出头年轻气盛的小伙子一样,做出求婚那么浪漫的事情来。
　　不过,自己也不是什么好人。
　　她答应陆老先生嫁给陆励行,不也是另有所图吗?
　　她和陆励行半斤八两,有什么好难受的。
　　是啊,她没必要和陆励行计较,现在陆励行爱她就行了。
　　纪轻轻深呼吸,竭力安慰自己。
　　门外传来电子锁的声音,轻微的咔嗒声在这漆黑宽敞的房间里格外清晰。
　　隔着黑暗的客厅,借着走廊的灯光,纪轻轻看到一个模糊的身影,是个男人，轮廓又高又挺拔，像是……

"啪——"

灯开了。

头顶的光亮太过刺眼，激得纪轻轻下意识地闭上眼睛。

清澈的男声响起："姐，你回来了？"

纪轻轻半眯着眼，看见了一脸惊喜的纪成蹊，他身后跟着一个穿着姜黄色长裙，抱着书，戴着大框眼镜，面无表情的女孩，眉眼和纪轻轻有几分像。

纪成蹊一脸不爽地将自己手上两大袋子的东西放在地上："说是只去买瓶水，结果差点儿没把超市搬回家，纪成钰，下次你出去别叫我。"

原来他们是双胞胎姐弟。

纪轻轻低头，继续喝。

纪成蹊疑惑地看着她："姐，你干吗呢？灯也不开。"

纪成蹊将自己从超市买来的水果放到餐桌上，四处扫了一眼："姐夫呢？之前他帮我解决贷款的事情，我还没谢过他呢。"

纪轻轻瞪了他一眼："我还没结婚，你叫哪门子的'姐夫'？"

"这不就是7月份的事吗？"说完，他似乎从纪轻轻的话中嗅到了一丝不同寻常的意味，"你和姐夫吵架了？"

纪轻轻嘴硬，打死不承认："没有。"

"那就是有了。"纪成钰坐在她身边冷静地分析，"这个时间喝酒买醉，无非为了两件事——事业和爱情。你最近在演艺圈风头无两，不可能是为了事业，那么只能是因为爱情。我听纪成蹊说，陆励行爱你爱得死去活来，整天黏着你不放，今天你却一个人在公寓喝酒买醉……"

她凑近纪轻轻，仔细观察纪轻轻脸上的蛛丝马迹，眉心一紧："双眼通红还有些肿，显然是哭过了，女人哭，要么被深爱的人伤害了，要么深爱的人提分手了，你和陆励行婚期将近，分手不太可能，"纪成钰最后下了定论，"所以，陆励行做什么了？"

纪轻轻惊得双唇微张："你主修心理学的？"

纪成钰将怀里抱着的书给她看，推了推眼镜，面无表情地说道："我学物理的。"

"我认为你如果专修心理学，会很成功。"

"谢谢，我会考虑双学位的事。"

纪成蹊听完纪成钰的分析，回过神，坐到纪轻轻身侧，急切地问道：

"姐，姐夫他……不是，陆励行他骗你了？"

本来纪轻轻都被酒精麻痹得差不多了，被纪成钰这么一分析，纪成蹊这么一问，又难过起来。

"撒谎是男人的天性，没有男人是不会骗人的。"纪成钰再次说道，"男人都不是好东西。"

纪成蹊看着她："纪成钰，什么叫男人都不是好东西？我不是男人吗？"

纪成钰抬眼看他："你以为你是好男人？"

"我怎么就不是好男人了？不是好男人我会陪你去超市买两袋子东西？你这是仇男！你这样是嫁不出去的，你知道吗？"

"嫁不出去很严重吗？"纪成钰冷笑，"我真搞不懂，女人为什么非要嫁个男人折磨自己，像纪轻轻你这样的女人，完全可以自立自强，不要男人也能生活得很好，一个人生活也不至于半夜在这儿买醉。"

"你懂什么？姐和姐夫是真心相爱的，这男女朋友之间，夫妻之间闹点儿矛盾不是很正常吗？"

"欺骗不能忍，有第一次就有第二次，男人那张嘴是不能相信的。"纪成钰挑眉，"更何况这些都是纪轻轻她自己和我说的。"

"纪成钰，男人招你惹你了？"纪成蹊瞪了纪成钰一眼，转而又一把夺下纪轻轻要往嘴里灌的酒："行了姐，别喝了，这酒度数低喝不醉，只会让你发胖。你说说看，姐夫怎么骗你了？"

"够了！你们俩给我闭嘴！"纪轻轻怒瞪着二人，依然嘴硬，"我和他很好，很恩爱，他很爱我，你们别瞎猜这些有的没的，我和他之间……就是有点儿小矛盾、小摩擦而已，等明天……"说到这儿，她自己都心虚，语气却依然理直气壮，"过两天就过去了，我和他都在一起这么久了，还有什么过不去的坎儿？"

纪成蹊与纪成钰两个人的眼底是明晃晃的怀疑："你确定……过两天就好了？"

"当然！他那么爱我，"纪轻轻理不直气也得壮，"他敢离开我吗？"

纪成钰不听她逞强的话，幽幽地说道："说吧，怎么回事？什么小矛盾、小摩擦？"

纪轻轻赌气，沉默片刻后说："他以前不爱我。"

"这不是废话吗？"纪成蹊说。

"可是他以前骗我说爱我。"

"那他现在爱你吗？"

"爱……吧？"

纪轻轻一想到这儿，头猛地疼了起来，行吧行吧，是她的错，是她矫情，还计较过去的事干吗呢？

"就因为这事？"纪成蹊笑了，"姐，你不会吧？"

纪轻轻瞪着他。

纪成蹊被这眼神一瞪紧张了些，清了清嗓子，说："姐，男人的嘴，骗人的鬼，姐夫和你之前交往过的那几个男人比起来很不错了，他以前不爱你那不是正常吗？一见钟情那都是哄小女孩的，其实都是见色起意。姐姐你这么漂亮，姐夫他对你有什么想法是男人该有的本能，如果没有想法，这姐夫才不能要，以前是喜欢，现在慢慢成了爱，这不是很自然的一件事吗？"

纪成钰听他说完，说道："你挺了解男人的。"

"男人最了解男人了，更何况姐夫那种男人，没靠近过几个女人，不了解女人，也不会说好听的话、做浪漫的事，指不定是说了什么被姐姐误会了。"

纪成钰深觉有理。

纪轻轻一听，差点儿哭了。

她也觉得纪成蹊说得好有道理！

可是她想起之前陆励行让她喊"老公"，给她送花，跟着她去影视城，和她一起上节目，节目上公开两个人的关系，向她求婚……

纪轻轻哽咽起来。

她本来以为陆励行有她想象中的那么爱她，其实根本就没有！

他们才相处三个月，在这短短三个月内日久生情能有多喜欢？

有时候她甚至鬼使神差地去怀疑，陆励行和她坦白也是因为系统任务，却又在心里告诉自己，陆励行不会骗她的。

他骗她是在以前，现在不会骗她了。

她纠结得头痛。

纪轻轻往后一靠，现在什么都不想去想，只想好好睡上一觉。

纪成蹊和纪成钰用唇语交流。

纪成蹊指着纪轻轻问：怎么办？

纪成钰白了他一眼。

纪成蹊做了个打电话的手势：给姐夫打电话？

纪轻轻放在一侧的手机振动起来。

纪成钰拿过手机一看，是陆励行的电话，没接，等电话自动挂断之后，这才发现未接来电有五十多个。

5分钟后电话锲而不舍地接着响。

"谁啊？"纪成蹊看了一眼手机，是陆励行的电话，连忙在纪成钰下狠手挂断之前，将手机夺了过来，接听电话的同时还不忘狠狠地瞪了纪成钰一眼。

"喂？姐夫，我是纪成蹊，你有什么事吗？"

纪成钰看着纪成蹊这狗腿的模样，一脚踹在他腿弯处，纪成蹊一个趔趄跪了，回头狠狠地瞪了她一眼。

电话那头的陆励行一愣："纪成蹊？你姐姐呢？把电话给她。"

"姐姐在我这儿，不过……她看上去不太好，但是你放心，我会照顾好她的。有件事我想问问你，你到底和我姐姐怎么了？发生什么事了？"

陆励行保持着沉默。

"谁啊？"纪轻轻困了，醉眼蒙眬地问纪成蹊，"是不是陆励行？"

纪成蹊点头。

纪轻轻起身就去抢纪成蹊手里的手机，放在自己耳边，迷迷糊糊地问道："陆励行？"

陆励行喉结上下剧烈滚动，空着的手紧握成拳："是我。"

"你……你给我打电话，是系统又有任务了吗？"

这句话如同一柄利剑，狠狠地刺进了陆励行的心脏。

骗过人的人，是很难再被他人信任的。

这个道理陆励行懂，可他还是想从纪轻轻这里再次得到她的信任。

他无比艰难地说道："没有任务，我只是想……我只是给你打个电话。"

纪轻轻困得很，靠在沙发上看着天花板，眼皮渐渐合上，昏昏欲睡："哦，那挂了。"

陆励行坐在黑暗的书房内，愣怔地听着手机里传来的嘟嘟声，久久未动。

纪轻轻很少有喝醉酒的时候，主要是没那个伤春悲秋的机会，这么醉一次，除了四肢无力，心情倒没有之前烦闷了，大脑异常清醒，颇有几分神清气爽的感觉。

纪成蹊凑上来问："姐，你和姐夫到底发生什么事了？和我们好好说

494

说，别一个人闷在心里，别闷出病来。"

纪成钰在一侧推了推眼镜："根据纪轻轻的话不难推断，真相只有一个。"

"你又知道了？"

"只有你这种情商为负数的人才推理不出来。纪轻轻说陆励行骗她，说他以前不爱她，却又假装说爱她，这大概就是她喝闷酒的原因吧。"

纪成蹊拧眉："以前不爱，现在爱不就够了吗？"

"当一个男人习惯了说谎，那么这个习惯一时半会儿是改不了的。"纪成钰冷漠地说道，"不过鉴于陆励行口碑不错，据我了解，人品也属上流，其中或许有什么误会。纪轻轻这些年虽然眼光不怎么样，但不得不承认，陆励行的确和她之前的几个男人不同，我对陆励行有信心。"

"你别一口一个'纪轻轻'的，她是你姐。"

纪成钰冷漠地看向他。

纪成蹊举手投降："行，你爱喊什么喊什么，我把姐姐送进房里休息。"

喝醉酒的人又沉又重，纪成蹊费了九牛二虎之力才将人抱去了房间。

这晚纪轻轻睡得很不好，整晚做梦，一会儿梦见陆励行凶神恶煞地说要抛弃她，还说他只是骗她，现在病好了，不要她了；一会儿梦见陆励行向她求婚的那天晚上，他满目温柔地向她表白，说会爱她一辈子；一会儿又梦见她第一次见陆励行时，陆励行躺在病床上快死的样子，看着他重病垂危，心电监护仪报警，之后却没像那天一样突然苏醒过来。

心电监护仪发出的刺耳的声音让纪轻轻有种耳膜被刺破的错觉，她猛地从睡梦中惊醒，大汗淋漓，心脏剧烈跳动，刚才梦里陆励行脸色青灰毫无生机的一幕在脑海中来回闪现。

纪轻轻手揪着被子，狠狠地喘了口气，脸上写满了后怕。

还好，这只是一场梦。

翌日一早，纪轻轻打着哈欠起床，宿醉的后遗症全来了，筋疲力尽，甚至面色青黄，难看得要命。

看着镜子里憔悴的女人，纪轻轻怎么也不肯相信那就是自己。

她看了一眼手机，却不想将手机解锁看看。

纪轻轻脑子昏昏沉沉的，涨得很，揉着酸痛的太阳穴，突然手机铃声响起，是林蓁打过来的电话。

纪轻轻愣了片刻，猜测林蓁应该是为了电视剧的事。

之前她因为婚礼将电视剧推掉了，是不想婚前婚后太过匆忙，但现在暂时离开了陆家，她不能继续这么昏昏沉沉下去，得给自己找点儿事做。

不知道干什么，那就让自己忙起来，自己忙起来了，就没那么多时间和精力胡思乱想了。

纪轻轻打起精神，接通电话："林蓁姐，你找我有事吗？"

电话里林蓁叹了口气："轻轻，我想你也知道我给你打电话是为了什么事。"

她顿了顿，在纪轻轻开口之前道："你先别急着拒绝，先听我说。是这样的，我和导演沟通了一下，他知道你婚期将近，恰好，电视剧有点儿版权纠纷需要处理，这个对剧组开机时间其实是没有影响的，但是导演说了，如果你愿意来试镜的话，导演可以将原本定于7月份的开机时间推迟到版权纠纷结束之后，在八九月开机。"

纪轻轻挑眉："八九月？"

"对，八九月你刚好有时间。不过今天早上沈薇薇来试镜了，辜少虞陪着来的，我看导演对沈薇薇的试镜情况还挺满意的，但是你也知道，我认为沈薇薇这人品不太好，不太想与她合作。轻轻，如果导演可以将开机时间推迟到八九月，你愿意来试镜吗？"

林蓁这话说得不错。

现在沈薇薇虽然在辜少虞的帮助下与天娱解约了，可从前的黑历史也被人揭了出来，现在可谓是被全网嘲笑。

虽然被全网嘲笑，但黑红也是红，她似乎一点儿也不在意自己的名声，依旧我行我素。

纪轻轻听了林蓁这番话眉心微拧，沈薇薇去试镜，还是辜少虞陪着的？

那估计就是辜少虞找的资源。

这如果是其他人也就算了，可试镜的是沈薇薇，她很乐意去搅一搅这浑水。

纪轻轻一口应承下来："好，那麻烦林蓁姐帮我和导演约个时间？"

"你答应了？"

纪轻轻笑道："我答应可没什么，主要得看导演的意思。"

"没问题，待会儿我给你打电话。"

10分钟后，林蓁给纪轻轻打来电话，问她今天有没有时间，试镜约在下午3点。

纪轻轻痛快地应了，化好妆换上衣服，坐车前往剧组。

这部剧是都市爱情剧，讲的是两个姐妹的爱情故事，姐姐和妹妹的戏份对半开，没有侧重，可以说是真正的双女主戏，拍摄场地也好找，不用去什么影视城，也不用去什么风景区，这部剧也没邀请当红的一线演员，在片酬方面也省了大半，制作成本肉眼可见地低。

不过导演经验丰富，剧组被观众称为"良心剧组"，不怎么为追求粉丝流量而一味地去请当红的演员，而是寻觅一些真正有演技的演员，在演艺圈默默无闻的演员出演该导演的剧后，一炮而红的不在少数。

是以，如果不是林蓁在替她牵线搭桥的话，想演这部剧的演员数不胜数，试镜压根儿轮不上她。

坐在车上的纪轻轻摸摸鼻子，这么算起来，她确实挺不知好歹的。

很快车到了剧组，纪轻轻坐在车里和林蓁联系，没过多久，就有剧组的人领她进去。

剧组如今还是面试配角的阶段，导演在现场亲自把关，试镜的房间外的走廊里，不少人或坐或站。纪轻轻瞧见几个熟面孔，是她上个剧中的配角，见着纪轻轻，没上前来攀谈，只凑在一起议论纷纷。

"哎，那不是纪轻轻吗？我听说她快和陆励行结婚了，她也来试镜？"

说话的那个女孩子在上部剧中与纪轻轻搭档过，但由于是配角，而且与纪轻轻对手戏不多，她们之间的交流也少。

"看样子确实是来试镜的。"

"你猜她试哪个角色？"

"应该是双女主中的妹妹吧？"

"妹妹？"那人摇头，目光极为放肆地打量着纪轻轻，随后又摇头，"我觉得她没这个可能。"

"人家可是未来的陆太太，怎么不可能？"

"我呢是来试镜女四号的，竞争有多激烈你又不是不知道，光我这个角色就有不下六个人竞争，更何况还是女一号？任导的戏演员背景再好都不管用，只能靠演技杀出重围，而且我有朋友说沈薇薇来试镜了，据说任导对她的表现还挺满意的，当时就想定下来的。"

"你是说，任导对沈薇薇很满意？那纪轻轻这是……"

"抢戏呗。"

"我觉得她抢不过。"

"抢不过？"

"任导可是个看重演技的人，眼光挑剔，既然沈薇薇的表现任导很满意，那就说明沈薇薇的演技已经得到了任导的认可，纪轻轻那演技你之前在剧组又不是没见过，不是会念台词就是会演戏。"

说话的这人戏份少，拍完戏就离开了，只见过"纪轻轻"在刚进组时的表现。

林蓁从房间内出来，四处看了一眼，最后将目光落在纪轻轻身上，笑着朝她走近。

她拍了拍纪轻轻的肩膀："来了？"

"不好意思，林蓁姐，我来晚了。"

"没事，任导就在里面，我带你进去。"

于是大庭广众之下，纪轻轻被林蓁"插队"带进了试镜房间。

房间里导演以及剧组的几名副导演正在面试一位来试镜的演员，那名演员手中抱着个沙发抱枕，时哭时笑，表情癫狂。

林蓁领着纪轻轻坐到一侧，低声道："她在表演一个刚失去孩子的母亲。"

原来如此。

纪轻轻静默地坐在那儿看了3分钟表演，坐在长桌中间戴着眼镜的半秃头男子推了推眼镜，点头道："辛苦了，结果出来后我会尽快让工作人员联系你。"

那跪坐在地上表演的女人半晌才从刚才的情绪中抽离，在工作人员的搀扶下擦干了眼泪，向导演鞠躬之后跟着工作人员离开。

在剧组工作人员喊下个面试的人进来前，林蓁趁机带着纪轻轻走到任导面前。

"任导，这就是我之前和你说过的纪轻轻。"

任导这人其实挺严肃的，但就是脑袋前面秃了一大片，莫名地让他那副严肃的表情有了几分喜感。

"纪小姐，久闻大名。"

纪轻轻笑着伸手与他的手相握。

又有一名演员进来试镜，任导和几个副导演说了一声，随后带着纪轻轻与林蓁去了房间内私聊，显然是将面试配角的任务交给了几名副导演。

一进房，任导也不拐弯抹角，开门见山地说："纪小姐，是这样的，之前我和林蓁合作过几次，她是我多年的朋友，一再向我推荐你，我从周导那儿也了解到，你演技还可以。"任导没刻意奉承说好，只实话实说，"但圈内的人也知道，林蓁应该也和你说过，我这个人向来公事公办，想进组，就算是林蓁，也得给我现场表演一下，演技不合格我是不要的。"

现场演绎，不仅考验演员的演技，还考验台词功底，不像拍摄可以后期配音，是实打实的实力考验。

现在电视剧圈形势严峻，任导要求这么严格，纪轻轻能理解。

她笑道："我理解。"

任导将一张写了剧情的纸递给纪轻轻："你就演这一段。"

纪轻轻接过纸一看，上面描写的是一对热恋中的情人，女生在一次激烈的争吵之后独自买醉的场景。

纪轻轻愣了。

这场景她熟啊，熟得不能再熟了。

"你揣摩两分钟，这瓶酒就是你的道具。"任导点了点桌面上的那瓶酒。

纪轻轻点头，将剧本上的剧情记在心里。

其实这段表演也没什么台词，主要在于女生心情的表达。

纪轻轻没学过表演，该怎么去演两眼一抹黑，但认真地回想起昨晚买醉的心情，深吸了一口气，扭开瓶盖，仰头喝了一大口"酒"。

一大口"酒"就么被含在嘴里，纪轻轻眼神放空，木然地看着面前的一亩三分地，纹丝不动。

半秒后，她似乎回过神来，慢慢咽下嘴里的酒。也许是眼皮久久未眨有些酸涩，她稍稍移开目光，眨了眨眼睛，伸手去揉左眼，右眼看着桌上的手机，下巴微微有些颤抖，像是有些委屈。

她猛地提起酒瓶又往嘴里灌，大口大口地往下咽，等放下酒瓶时，眼眶有些红。

似乎终于忍不住了，她将一直没有任何动静的手机握在手上。

已经整整一晚上没有接到电话和信息了，她看着依旧黑屏的手机，终于忍不住双手捂住眼睛，泪水从指缝中溢出。

她死死咬住下唇，不让自己发出一丁点儿的声音，肩膀颤抖，握着手机的手逐渐用力，终于深吸口气，手一抹，带走了眼泪，沉着脸看着手机，按下 home 键。

手机屏幕没亮。

纪轻轻微愣，连按两三下，屏幕依然没亮。

原来手机没电了，自动关机了。

纪轻轻猛地起身。她坐了太久，起得太快，小腿发麻，一下子没适应，踉跄了一下，龇牙咧嘴地揉着小腿，开始焦灼地在桌上四处找充电器，终于找着了，却因为焦急和紧张，几次没能插上插电头。

终于让手机充上电，她焦灼地等待着手机开机。

5秒，10秒，20秒，1分钟。

手机终于开机。

信号恢复，Wi-Fi连上的瞬间，无数条信息以及未接电话的提示疯狂地在手机屏幕上弹了出来。

纪轻轻哭着笑了，小心翼翼地将手机捧在胸口，眼底像杂糅了星光，潸然泪下。

"咔——"

掌声响起。任导毫不掩饰赞赏之意地鼓掌，刚才纪轻轻这段10分钟的表演虽然一句台词也没有，但无论是心烦喝酒后反复无常的心情，还是发现手机没电后的惊慌表现，抑或是收到恋人信息前后情绪的反差，她对情绪的把握精准，在崩溃与欣喜的界限收放自如。这么真实的表演，可能比不上一些老牌的演员，但纪轻轻年纪轻轻，能做到这种程度，确实有灵气。

"不错，演得很好！"

纪轻轻抽纸巾擦眼泪，闻言谦逊地笑道："任导过奖了。"

林蓁却毫不掩饰自己眼底的骄傲："怎么样任导，我说了，不错吧？"

"我之前在周导那儿了解过纪小姐的演技，如今更是眼见为实，纪小姐确实和流言不太符。"

"任导，流言而已，你不会真信吧？"

任导大笑了两声："流言不可信！纪小姐演技确实不错，至少在我这儿是合格的。"

"那轻轻她……"

任导点头："只要纪小姐愿意，进组的事情我可以马上去安排，合同也会尽快让人拟订。"

林蓁这才笑了起来，递给纪轻轻一个眼神。

纪轻轻心领神会，笑了。

几个人相谈甚欢，房门被敲响，一名工作人员推开门对任导说："任导，沈薇薇沈小姐来了。"

任导微愣，想了片刻后看向纪轻轻，有些许不好意思："你看我这记性，之前林蓁一直推荐你，但我见沈薇薇演技也不错，形象也挺符合这个角色的要求，就让她今天过来复试一次……"

"现在不用复试了。"林蓁说。

任导点头："确实不用了。"随后他抬头对那名工作人员说："你让老陈去和沈小姐说，就说女一号这个角色已经定下了。"

那名工作人员点头："我知道了，这就去通知陈副导演。"

门关上后，纪轻轻笑道："其实这事也怪我。我看完剧本之后其实挺想参演您的戏，但是剧组开机时间是在7月，我的婚礼也定在7月，婚前婚后挺忙的，所以一直推托。"

"这事我也听林蓁说了，恭喜恭喜。"

"谢谢您。"纪轻轻表情有瞬间的不自然，"如果有机会，到时您又有时间，一定来参加我的婚礼。"

"有这个荣幸的话，我一定去！"

几个人又聊了两句，气氛十分融洽。

房门再次被推开。

这次来的却不是剧组工作人员，而是沈薇薇。

工作人员站在沈薇薇身后，一脸为难的表情。

"任导，我前天来试镜的时候，您说我表现不错，很符合这个角色，今天还让我来复试，现在为什么又——"沈薇薇的话戛然而止，因为她看见了纪轻轻。

沈薇薇笑容僵硬一瞬，但又飞快地缓和态度，不着痕迹地微笑着问道："轻轻，你怎么在这儿？"

纪轻轻同样报以微笑："我来试镜。"

"试镜？"沈薇薇将目光从纪轻轻身上转移到任导身上，"任导，我前天试镜的时候您对我很满意，为什么现在……是我哪里做得不好吗？"

她都这么问了，任导不说句话也说不过去，起身，示意沈薇薇身后的工作人员离开，关上房门后请沈薇薇坐下，说："沈小姐，你演技确实不错，但纪小姐的演技也很有灵性，自身形象更符合剧中女主角的形象。"

任导这话说得很明确了，如果是别的演员，估计也就识趣地离开了，可沈薇薇深知这是自己最好的翻身机会，也是自己想要一炮而红可遇不可求的机会，她怎么甘心看着到手的肥肉就这么飞了？

沈薇薇深吸一口气，说："任导，您前天说让我今天过来复试，现在却连一个复试的机会都不给我直接将我淘汰？"

她说话强硬，却带着委屈的语气，目光灼灼地望着任导。

任导如果是一般的导演，听沈薇薇这么说就直接喊人来将她轰出去了。

可任导不是。

他一向尊重有真材实料的演员，况且今天也确实是他和沈薇薇约好来复试，真正论起来，是他违约在先。

他沉思片刻后，看向纪轻轻："纪小姐，沈小姐说的确实是实话，前天她来试镜，我认为沈小姐演技不错叫她来复试，刚才你试镜之后我一时冲动就决定签下你，是我欠考虑。这样吧，纪小姐如果不介意的话，和沈小姐对场戏？"

纪轻轻点了点头。

她心里清楚，既然沈薇薇已经试镜过一次，试镜也通过了，就这么被她轻而易举地夺去女一号的角色，心里肯定不服，到时候对媒体抛出点儿料来，媒体捕风捉影，不知道会写成什么样。

任导见她点头，继续笑道："当然，我也会请咱们组里其他几位副导演来一起参详。"

说完，任导起身去叫外面还在面试的三名副导演中的两位进来。

两位副导演一个姓王，一个姓赵，听任导说完事情经过后都笑笑，让纪轻轻和沈薇薇两个人对一场戏，他们综合考虑。

林蓁在一侧低声和纪轻轻说道："轻轻，沈薇薇那事确实和她说的一样，任导让她今天过来。你和她对戏，有把握吗？"

纪轻轻想了想，笑道："林蓁姐，放心吧。"

说话间任导那边已经将对戏的剧本确定了下来，是一场女主角指责女配角瞒着自己抢走了自己心上人的戏码。

这是一段杜撰出来的剧情。

"那你们谁演女主角，谁演女配角？"

纪轻轻稍稍想了想，说："我选女配角吧，沈小姐呢？"

沈薇薇想了想，点头："好，那我选女主角。"

两个人各自看了剧本台词，酝酿了情绪，准备开始表演。

沈薇薇情绪累积到了高潮，双目噙泪，难以置信地看着纪轻轻："我把你当我最好的朋友，什么都愿意给你，为什么你还要偷偷地和陈冬在一起！"

纪轻轻冷笑，桀骜地看着她，理直气壮地说道："你不是说什么都愿意给我吗？你可没说不包括心上人。"

沈薇薇咬紧下唇，深深地吸了口气："你以前不是这样的，我们是最好的朋友，你忘了吗？"

"最好的朋友就要懂得分享,这不是你说的吗?"纪轻轻鄙夷地看了她一眼,"你少在我面前装楚楚可怜的模样,这儿没外人,没人看,装什么装?不过这件事既然被你发现了,那我就直说了,一直以来什么都是你的,大学时进社团,我们同样报了名,你进了我被刷下来了;毕业后我们俩面试同一家公司,最后被录取的是你;现在我们同时喜欢上一个男人,我为什么要让给你?我不会再忍了,陈冬是我的!"

纪轻轻那份隐忍了多年的委屈在言语与表情中表达得淋漓尽致,用怨恨的眼神望着沈薇薇,有那么些许的快意,却又极快地偏过头去,咬住了下唇,表现出些许挣扎之意。

沈薇薇起身,抓住纪轻轻的手:"你如果还当我是朋友,就和陈冬分开,我可以当这件事没发生过。"

"没发生过?"纪轻轻笑了起来,以一种难以置信的眼神看着她,"你现在已经知道我喜欢陈冬了,却说让我和陈冬分开,可以当这件事没发生过?你认为以后我能看着你和他秀恩爱吗?"纪轻轻一把甩开沈薇薇的手,"你做梦!

"我最讨厌的就是你这种楚楚可怜的人,好像全世界都欠你的。我问你,陈冬喜欢你吗?他向你表白了吗?你们俩在一起了吗?你就觍着脸让我和他分开?凭什么?就凭你比我会装可怜装无辜?你身上哪一点比我强?大家都在同一个起点你凭什么对我吆五喝六的?我告诉你,我就是要和陈冬在一起,我喜欢他,我爱他,我还要嫁给他!就算我没和他在一起,我也不会让你和他在一起的!"

沈薇薇大声道:"可是他根本就不喜欢你!"

纪轻轻笑了:"他喜不喜欢我和我有关系吗?只要我喜欢他不就行了?你记着,"她眼睛阴沉地望着沈薇薇,厉声道,"我永远不会把他让给你!永远!"

在纪轻轻咄咄逼人的架势下,沈薇薇的气场显得弱了不少,她本来是很擅长演楚楚可怜的角色的,可被纪轻轻三番两次地打断后,感受到了纪轻轻的投入,渐渐不由得有些发慌,甚至影响到了她酝酿好的情绪,眼泪久久没落下。

"咔——"

任导叫停,欣赏的目光落在纪轻轻身上,不遗余力地赞扬道:"纪小姐虽然不是科班出身,但很有潜力,爆发力不错,假以时日一定是前途无量。至于沈小姐,"他目光转移到沈薇薇身上,笑道:"可以看出沈小姐在演技上下了苦功，如果能好好钻研，假以时日一定能出头，但这个角色我依旧坚持之前的判断，还是认为纪小姐更为合适，"他问两名副导演："你们觉得呢？"

"沈小姐的演技确实可圈可点，我说句实话，"刘副导演笑了起来，"确实比现在的一些流量演员好太多，不过我的意见和任导的一样，女主角还是由纪小姐来演更合适。"

"我的意见和任导的一样，主要是纪小姐刚才这一段表演的爆发力很不错，不过任导对于沈小姐的评价我也很是认同，沈小姐只要钻研演技，假以时日，一定能大获成功。"王副导演说道。

纪轻轻揉了揉腮帮子。刚才骂了个爽，一停下来竟然有些口渴，面对任导和两位副导演的赞赏，她谦逊地笑了笑："我要学的还有很多，以后还请几位导演多多指教。"

"好说。"三位导演纷纷说道。

沈薇薇站在一侧，脸都白了。

从任导喊"咔"时，她就知道自己失去这个机会了，因为从一开始到结束，她都没能进入状态，全程被纪轻轻压制，毫无施展演技的余地。

她不该选这个角色的！反倒被纪轻轻全盘压制住，让纪轻轻出尽了风头！

"沈小姐，这结果你也看到了，我和几位副导都觉得纪小姐更适合饰演剧中女主角。"

沈薇薇惨白着脸点头，勉强露出一抹微笑："我知道了。"

"其实沈小姐演技不错，以后有机会我们再合作。"

沈薇薇笑着点头，深知这不过是任导的一句客气话而已。

一部电视剧的制作周期有多长谁都知道，谁又知道下部剧是什么光景呢？

沈薇薇努力调整心态，不让自己看上去太过狼狈。

"那今天我先走了，耽误几位的时间了，再见。"

说完，沈薇薇转身就走，不肯再多留一刻。

门被推开，门外等着试镜的演员纷纷将目光投了过来，窃窃私语声不绝于耳。

这一道道目光与议论声就像一柄柄利剑一般，狠狠地将她刺穿，万箭穿心般的疼痛感与羞耻感让她抬不起头来。

沈薇薇拳头紧握，咬牙忍住泪水，仓皇逃离。

但在空无一人且即将关闭的电梯里,她还是忍不住红了眼睛。

"等等——"

电梯外有人在喊。

沈薇薇一动不动,电梯门即将关闭,却又"叮"的一声开了。

从外面走进来一个戴着黑色帽子、身材健硕的男人,沈薇薇往后退了两步。

电梯门关上。

那男人的一双眼睛止不住地通过镜子般的轿厢壁看向身后的沈薇薇,他再三确定是她之后,露出欣喜的笑容,转身问道:"请问你是沈薇薇小姐吗?"

沈薇薇微愣,露出了职业性的微笑,心里清楚自己大概是遇上粉丝了,点了点头。

"沈小姐你好,我是你的粉丝,喜欢你很久了,你能……"他上下摸索了一下,没有找到纸笔,于是将手机拿了出来,"能和我合张影吗?"

沈薇薇从电梯的镜面中看到自己眼睛的颜色,偏过头去:"不好意思,我现在……不太方便。"

男人打量了沈薇薇一眼,最后将目光盯在她通红的眼睛上,喉结滚了一滚,皱眉:"沈小姐,你怎么了?是不是有人欺负你了?"

他说这话时,火气很重。

沈薇薇抿嘴摇头。

"沈小姐,你别怕,告诉我是谁欺负你了,我一定让他好看!"沈薇薇没有料到,男人莫名地激动起来。

沈薇薇蹙眉看了他一眼,随后微微挑眉,想了片刻后说:"我……真的没事。"

这话说得断断续续的,且带着哽咽。

男人一听更急了:"薇薇,你别怕,我知道最近这段时间很多人说你不好,但是我知道你不是这样的人。你告诉我,谁欺负你了!"

沈薇薇微笑,沉默片刻后说:"其实没有谁欺负我,只是刚才在楼上试镜的时候,有部剧的女一号已经定了是我,可是现在……"

"角色被抢走了?"男人一听这话,急了,上前一步激动地问道,"被谁抢走了?谁敢抢你的角色?!"

他神色癫狂,不太像正常人。

沈薇薇摇头:"这件事已经成了定局,都过去了,再提没意思。"

"不行，你说，你一定要说！说不定我能帮上什么忙呢？你告诉我，是谁抢走的！"

沈薇薇沉默片刻，而后转头抬头拭泪。

"纪轻轻。"沈薇薇眼睛泛红，眼泪将落未落，勉强笑道，"不过这也难怪，她未婚夫是陆氏的老板陆励行，我怎么争也争不过她的，算了，下部剧努力就是。"

"纪轻轻？那是不是只要她放弃这部剧，你就能——"

叮——

他的话还没说完，电梯门开了，进来了三个人，说说笑笑，也没将电梯里的人当回事。

电梯里多了其他人，男人也不好再说话，只悄悄地看沈薇薇站在角落里抹着眼泪，牙齿紧咬，紧紧握拳，浑身发抖。

电梯到了1楼，沈薇薇朝男人报以惨淡的微笑，走出电梯。

男人独自一人站在电梯里，看着沈薇薇逐渐消失的背影，脸上狰狞的神色异常可怕。

楼上纪轻轻和任导就剧本谈了一小会儿，便不再耽误他的工作，起身告辞。

任导与林蓁送她出门，在门外一众等待试镜的演员面前笑着与纪轻轻握手告别："开机时我会再联系你，纪小姐，合作愉快。"

"合作愉快。"

工作有了着落，纪轻轻神清气爽，心底那点儿茫然荡然无存，倍感安心，忽略一众好奇探究的目光，乘电梯下楼。

到了地下停车场，纪轻轻朝着自己的车走去，就在她拉开车门的下一秒，笑容凝固在脸上。

她的副驾驶座上坐着一个戴着黑色帽子的男人，手上拿着一柄短刀，目光不善地看着她。

纪轻轻下意识地转身就跑，却被男人握住手腕，拉进了车内，关上了车门。

纪轻轻看着凶恶的男人，竭力调整好自己的心态，让自己看上去不那么紧张："你……你想干什么？"

男人阴沉着脸看着纪轻轻，说："我想干什么？是你想干什么才对！你为什么三番两次地和薇薇作对？你已经有了一个好老公了，为什么还要抢薇薇的戏？你知道不知道薇薇她这一路走来有多辛苦？！"

男人说着便激动起来,手上的短刀架在纪轻轻脖子上,眼睛通红,一副不要命的架势。

纪轻轻身体不断后仰,靠在车门上,尽量稳住这个男人:"抢戏?你怎么知道?"

"原来这一切都是真的,你真的抢了薇薇的戏!薇薇她演技那么好,你这个女人耍了什么手段排挤她?!"

纪轻轻眉心紧皱,紧盯着男人手上的短刀,告诉自己保持冷静。

她背在身后的手摸到了手机,她一边在男人看不到的地方解锁,一边与男人虚与委蛇:"既然沈薇薇演技那么好,肯定会遇到一个更合适的剧本,你担心什么?"

"就算薇薇遇到了更合适的剧本,也会被你给抢走!"男人情绪越来越激动,"薇薇她一个女孩子在演艺圈多不容易啊,没有靠山,你还这么欺负她!"

刀尖迎面而来,纪轻轻下意识地偏头急促地叫了一声,背在身后握着手机的手,准确地按到了通讯录。

啪——

清脆的声音响起。

"这是怎么了?哎哟少爷你别动,放着我来!"

陆励行弯腰准备收拾的手一顿,他直起腰来,愣愣地看着面前的一地碎片。

裴姨将面前的碎片收拾完,这才忧心忡忡地看着陆励行:"少爷,你今天是怎么了?怎么一整天都心神不宁?"

昨晚陆励行一夜没睡,脸色格外难看,也难怪裴姨多看了两眼,毕竟从前陆励行通宵加班是常有的事,但第二天精神上再累,表面依然是精神抖擞的。

陆励行疲惫地揉着眉心:"我没事,就是有些累。"

裴姨迟疑地看着他,张张嘴,有话想说。

"裴姨,您有什么话想说就说吧。"

"那我就说了,你和少夫人……是不是发生什么事了?"

陆励行沉默。

"少爷,我知道这事我不该过问,但两个人相处,有点儿小摩擦是很正常的,两个人冷静一下也可以,但不能这么一直冷下去,冷着冷着,这感情就真的冷下来了。有误会就说清楚,做错了就道歉,都是快结婚的人了,哪有什么隔夜仇？一晚上的冷静时间，够了。"

陆励行笑道："裴姨，您放心，我会和轻轻说清楚的。"

说清楚，哪有那么容易说清楚？

陆励行想到昨天和轻轻坦白时，她那手足无措的神情，昨晚打电话时她对自己毫不掩饰的怀疑，他想不到该怎么和她解释，怎么才能让她再次信任自己。

"你没哄过女人吗？"小A突然说话了。

陆励行沉默。

"女人很好哄的，你只要戳中了她的心思。我这里有个任务，做吗？"

"什么任务？"

"在两个小时内替您的妻子纪轻轻选一件婚纱。你和纪轻轻快结婚了，亲自替她选一件婚纱送给她，给她一个惊喜，她一定硬不起心肠来对你，你再说两句甜言蜜语，保证你和她恩恩爱爱又回到从前。"

"婚纱？"就在这时，手机铃声打断了他的思绪。

陆励行之前预订的三件婚纱今天已经到了。

挂断电话后陆励行起身，雷厉风行地往外走。

"裴姨，我出去有点儿事，晚上可能不回来吃饭了，您帮我和爷爷说一声，他现在在午休，我不方便打扰他。"

"行，那我等老先生醒了说一声。"

陆励行驱车前往婚纱店，但现在正是下班的高峰期，道路拥堵，堵了快一个小时，还没到目的地。

等到不耐烦了，前方拥堵的道路才终于通畅些许，他看了一眼时间，跟着车流缓缓前行。

系统小A喋喋不休。

"原本要在两个小时内完成的任务，你堵车就堵了快一个小时，离任务结束还有一个小时，宿主，麻烦你加加油行吗？"

"嗯。"

道路终于畅通无阻，陆励行的车即将通过停止线时，红灯亮了。

红灯的持续时间为1分钟。

陆励行往后一靠，看着手机上三件婚纱的图片。

他要挑选一件最适合纪轻轻的婚纱。

哪件最适合他心里早就有数，但是一件婚纱真能给她惊喜吗？

陆励行不禁有些怀疑。

"所有的感情都需要维护，出现了矛盾肯定要解释清楚，你和纪轻轻的事其实都算不上矛盾，纪轻轻她心里很清楚，现在缺的就是你们之间谁先低头，你是个男人，扛起来！不丢人。"

陆励行沉默地看着面前通过的车流，不说话。

手机突兀地响起，屏幕上的来电显示为纪轻轻。

陆励行微愣，转而心头一喜，连忙接通，正想说话时，电话那头传来一个尖锐的声音。

"你别过来！你别冲动，你就算杀了我，沈薇薇……也不可能演这部剧的！你冷静点儿！"

陆励行拿着手机的手猛地握紧，浑身肌肉紧绷，所有注意力尽数放在手机上。

"怎么不可能？！只要你愿意放弃这部剧，薇薇她就能演这部剧！对！只要没有你，薇薇她一定能红！"

"啊——"

一声刺耳的尖叫声传来。

陆励行当机立断地将手机开启免提模式放在一侧："轻轻你在哪儿？"

电话那头的纪轻轻一愣，没想到自己这一通电话打到了陆励行那儿，可当下她也顾不得太多，低声急促地说道："绿城大厦地下停车场。"

陆励行把方向盘一转，直接闯了红灯掉转方向。

"宿主，你的时间只剩下1个……不是，不到一个小时的时间。"

陆励行表情阴鸷地看着前方的道路，车辆速度已达到最高，在车流中左闪右躲，惹得不少司机纷纷鸣笛示警。

"纪轻轻她不会有危险，即使是这样，你也要过去？我得提醒你，如果你赶过去了，是没有时间再执行任务的，而且这个任务失败的后果也并不是纪轻轻喊几声'老公'就能弥补挽救的。"

陆励行仍然一言不发。

"我最后再——"

"闭嘴！"陆励行厉声斥道，"我确定！"

如果小A是个实体机器人，看陆励行那表情，估计会毫不犹豫就把它摔了。

"你能报警吗？"

"可以。"

1分钟后。

"警察已经接到消息前往案发地,所以你需不需要再考虑一下去执行任务?"

"闭嘴!"

小A安静地将嘴闭上。

陆励行紧握着方向盘,面无表情地看着前方的道路。

他飙车技术一流,即使在车辆川流不息的道路上连续超车也游刃有余,除了将目光望向前方道路,也一直留心着电话里的声音。

但电话里已经很久没有声音了。

陆励行一颗心悬到了嗓子眼儿,不敢想纪轻轻那儿到底发生了什么,也没办法去思考,他唯一能想到的就是纪轻轻有危险,需要他,他必须尽快赶到她的身边去。

而纪轻轻那边,黑帽男子用绳索捆住了纪轻轻的手脚将她扔在后座,为了防止她叫喊,还将她的嘴用胶带封住,下车打开驾驶座的车门准备开车。有名保安似乎发现了这边的异样,走过来询问:"喂,干吗的?"

纪轻轻听到声音,脚使劲儿踹在车门上,被胶带封住的嘴里发出呜呜的声音。

那名保安见情况有异,抽出橡胶棒,对着黑帽男人厉声道:"车里发生什么事了?把车门打开。"

说着他就要按对讲机。

黑帽男子见状在保安按对讲机时扑了过去,两个人滚成一团,保安手上的橡胶棒也掉在地上。保安被扑倒时擦伤了背,一时不察,瞬间只有挨打的份,黑帽男子一拳一拳地砸在保安脸上,保安剧烈挣扎起来,一把将黑帽男子扑倒在地,两个人扭打起来。

纪轻轻撑起身体透过车窗往外看,只见二人打得难解难分,她用手去开车门,却发现车门被锁死了,四处张望,想看有没有能将捆住自己手脚的绳索解开的利刃,却没有任何发现。

手机在她挣扎时被从后座踢到了前面,纪轻轻竭力用被反绑着的手去够,却够不到。

保安和黑帽男子打得难解难分,纪轻轻竭力挣扎,却没能将自己手脚上的绳索挣开。也不知道过了多久,纪轻轻精疲力竭地倒在后座上,满头大汗,看到黑帽男子满头是血地上了驾驶座,回头阴恻恻地看了她一眼。

纪轻轻心凉了半截,仰起头看车窗外,那名保安躺在不远处,没了动静。

510

"呜呜呜——"纪轻轻只能发出焦灼的呜咽声。

黑帽男子回头,正准备发动车辆,一个急刹车的声音传来。

陆励行来了。

他来到纪轻轻在电话里说的地下停车场,握着手机匆忙下车,在一排排车里寻找那个熟悉的车牌号。

他呼吸急促,心跳如擂鼓,目光很快锁定在车道不远处的保安身上。

陆励行视线偏移,与正准备开车的黑帽男子对视,很快,后座上被绑住了手脚的纪轻轻焦灼的脸出现在他的视线内。

"轻轻!"

黑帽男子狠踩油门,朝着陆励行直直地撞了过去,纪轻轻见状,强行坐起来,朝驾驶座上的黑帽男子撞去,黑帽男子身体一偏,方向盘向左打,路线偏移,车身堪堪擦过陆励行的身体。

黑帽男子回头狠狠地看了纪轻轻一眼,再次猛打方向盘,朝着出口开去。

然而还未到出口,他就听到一阵急促的警笛声。

"警察?"黑帽男子回头狠狠地瞪着纪轻轻,视线落在掉在地上的手机上,上面还显示着通话界面,"你竟然敢报警!"

说话间,三四辆警车已经从停车场入口进来了,打着红蓝的警灯,堵在前面。

黑帽男子猛踩刹车,看了一眼后视镜企图前往其他的通道,可陆励行早已开车追了过来,将他后方的道路堵死。

黑帽男子无处可逃。

黑帽男子恶狠狠地看着纪轻轻,突然推开车门下车,拉开纪轻轻所在的后座的车门,将她从车上提了下来,用一把闪着寒光的短刀横在纪轻轻的脖子上,隐蔽在车后面。

警车上的警察下车,以半合围之势将人圈在原地,高声喊道:"我们是警察!车后面的人立刻释放人质!"

黑帽男子手心全是汗,手上的短刀抵着纪轻轻的脖子,咬牙切齿地朝外大喊:"你们走!否则,我马上杀了她!"

警车上又下来七八名警察,举起了随身佩带的枪。

"有话好好说,你冷静一点儿,有什么要求可以向我们提,但是请不要伤害人质!"

就在警方和黑帽男子交涉时,陆励行悄悄地下车,从后面绕了过去,递给警察一个手势，避开了黑帽男子的视线，绕到了黑帽男子的身后，躲在一根柱子后，一步步地朝着黑帽男子的方向靠近。

"我不要什么，我只要你们放我们走！"黑帽男子握紧了自己手中的刀，尖锐的刀尖对准了纪轻轻的脖子，情绪莫名激动起来，"别和我要什么手段，也别骗我，马上放我们走，否则我马上杀了她！"

这个男人情绪不稳到了极致，纪轻轻仿佛能感受到刀刃贴近自己肌肤的时候传来的冰凉。

那种死亡临近的感觉如附骨之疽，令她毛骨悚然。

陆励行隐藏在黑帽男子身后，见状一把抓住那柄短刀的刀刃，另一只手将纪轻轻推了出去。

纪轻轻还未反应过来，猛地一个趔趄朝前扑去，几名警察抓住机会，迅速向前，将人一把接住，拥着她往安全的地方走去。

身后哀号与打斗声不断响起，纪轻轻嘴上的胶布被一名警察撕开，手上以及脚上的绳索被割断，终于重获自由。

又一阵嘈杂的声音响起，半响后，停车场内终于没了动静。

黑帽男子被陆励行以及几名警察一起制伏在地。

"宿主，你只剩下1分钟的时间。"

陆励行看着被手铐铐住的黑帽男子，起身回头，想看一眼已经获救的纪轻轻。

刚才他行动太过仓促，也不知道她受伤了没有。

他急促地呼吸，目光在人群中来回搜寻，在与纪轻轻目光对上的那一秒，眼前突然陷入黑暗，心脏传来的剧痛迫使他单膝跪了下来。

第十四章
我爱你

听觉与视觉仅存一线,模糊的噪声在他耳边来来回回,他似乎又回到了当初在病床上的时候,听着监护仪器细微的噪声。

双腿再也支撑不住身体,陆励行被迫仰面倒了下去。

疲惫的半睁的眼睛看到了一张陌生的脸。

"先生,你怎么了?"一名警察注意到他的异常,忙喊道:"快叫救护车!"

这不是她。

"轻轻……"他嘴里已经发不出声音,别人只能看到他的唇一张一翕。

"最后5秒。"

"轻轻。"他使尽最后的力气,想挣扎起来,再看她一眼。

"5。"

"先生,你能站起来吗?"

陆励行借着那名警察的手,挣扎着站了起来。

"4、3……"

纪轻轻挣开几名警察的保护,拨开人群朝着陆励行奔去。

"陆励行!"

陆励行循着声音望去。

"2……"

陆励行艰难地开口:"我在……"

系统小 A 不含情绪的机械音响起:"任务失败,您的生命值低于 0,死因,器官衰竭。"

嗡——

仅存一线的听觉也消失了,四周安静得没有一点儿声音,陆励行整个人仿佛置身于一个极端安静的世界里。

最后一线目光落在纪轻轻朝他跑来的身影上,陆励行感觉身体轻飘飘的,似乎要离开这个安静的人世间。

他好累,从没有哪一刻有现在这么累过,疲惫到身体都停止了工作,只剩累累白骨无措地望着眼前黑白的一切,动不了又说不出。

在丧失所有感官的瞬间,有人抱住了他,那一瞬间,轻飘飘的身体突然猛地降落,将他的灵魂禁锢在身体里。

疾步赶来的纪轻轻抱住了他,却因陆励行身体的重量不得不跪了下去。

陆励行将头靠在纪轻轻肩膀上,双目紧闭,脸色青白,整个人看上去了无生机。

"陆励行?你怎么了?"纪轻轻不知道发生了什么事,也不知道他是不是受伤了,伤在哪里,不敢动他,只能在他耳边轻轻地喊他。

"他的任务是在 2 小时内替你选一件婚纱,但显而易见的是,任务失败了。"一个久违的声音在纪轻轻耳边响起。

"小……小 A,任务失败?"纪轻轻声音颤抖,"小 A,你……你出来。"

没有回音。

"不会的,不可能……小 A 你出来啊!"纪轻轻双眼泪水猛地涌出,甚至能感受到陆励行身体的温度正一点儿一点儿地降下去。

她的心也一寸一寸地凉了下去。

不!这不可能!

他看起来那么健康,每天都去健身,刚才抓坏人的时候身手那么敏捷,怎么现在就倒在她怀里了?

"陆励行,陆励行你醒醒!"纪轻轻强忍住眼泪与内心的无措,"陆励行,你别丢下我,我不和你闹别扭了,我也不和你闹脾气了,求求你,你醒醒好吗?求求你醒醒,我喊你'老公'还有用吗?老公,老公你醒醒……"

有警察过来,连忙将二人分开:"纪小姐,请将陆先生放下来,我们好进行抢救!"

纪轻轻被人拉扯着起身,不得不松开紧抱着陆励行的手。

一名有急救经验的警察替他做心肺复苏，纪轻轻被人扶起来后才发现自己双腿发软，后背发凉，全身是汗。

"他会没事的，对吧？"她喃喃地问扶着自己的警察。

警察安慰她："不会有事的。"

纪轻轻安慰着自己，喃喃自语："对，不会有事的，一定不会有事的。"

"小A？你在吗？"

"我在。"

纪轻轻仿佛抓住了一根救命稻草："你有什么办法能救救他？"

"有是有。"

"什么办法？"

"只要你愿意与你的丈夫陆励行先生分享你的生命，他就能活过来。"

纪轻轻毫不犹豫地说："我愿意！"

"不过你可想好了，是分享——"

"我愿意我愿意我愿意！你快点儿！"

小A没有了回音。

给陆励行施救的警察换了一个，陆励行却依然没有动静。纪轻轻目光灼灼地盯着他，不敢眨眼，唯恐错过了什么。

刚才她和系统做过交易了，系统答应她了，陆励行就一定不会死，一定不会！

10分钟后，做心肺复苏的警察双手无力，陆励行由另外一个警察接手，这名被替换下来的警察同时叹了口气，想对纪轻轻说什么，却被另外一名警察摇头劝住了。

纪轻轻摇头，深吸一口气，告诉自己要稳住，陆励行不会有事的，刚才小A都答应她了，陆励行绝对不会有事。

陆励行眼皮下的眼珠缓缓转动，纪轻轻的心猛地一跳，揉了揉眼睛。

刚才是她看错了吗？

陆励行醒了？

陆励行眼皮微动，似是极度不安。

纪轻轻双手颤抖，慢慢走到陆励行身侧，陆励行缓缓睁开眼睛，那双疲惫而又无比庆幸的目光，于众多人的视线中，准确无误地对上了纪轻轻那双泫然欲泣的目光。

陆励行艰难地说道："我在这儿。"

纪轻轻握住他的手，将额头贴在他的手背上，感受到他身体的回温，泣不成声:"你吓死我了。"

救护车终于来了。

陆励行被送上救护车,受伤昏迷的保安也被送往医院,黑帽男子被警方抓捕归案,案件将进行进一步的调查。

纪轻轻随陆励行去医院,一路上紧握着陆励行的手不放,显然还心有余悸。

刚才差一点儿,陆励行就死在自己面前了。

感受到纪轻轻握住自己手掌的力道越来越大,陆励行反握住她的手:"我没事,别担心。"

纪轻轻低着头,一言不发。

劫后余生,二人异常安静。

"为什么我还活着?"陆励行问小A。

"因为你的妻子纪轻轻愿意和你分享生命,所以恭喜,你活下来了。"

"分享生命?"陆励行想起从前纪轻轻和他说过"如果可以的话,我愿意把我一半的生命分给你"的话,如今看来,竟是一语成谶。

"那我和她,还能活多久?"

"你们人类的生命确实很短,不过纪轻轻算长寿的,她能活到98岁。"

"98岁,也就是说,我和她还有36年的时间。"

小A默默地翻了个白眼。

"分享生命的意思是,如果哪天纪轻轻死了,你也活不了,简单点儿说,你和纪轻轻同生共死,而不是你算的打5折。"

"同生共死……"陆励行喃喃。

"便宜你了,就你这工作起来不要命的劲儿,哪能活到98岁?"

虽然陆励行身体状况良好,但仍然象征性地去了医院,跟着的警察向医生交代陆励行的病情,说是躺下去的时候呼吸没了,心跳停了,吓人得很。

医生一检查,陆励行啥事都没有,还倍儿健康,最严重的就是空手夺白刃时掌心那道刀伤以及浑身不同程度的瘀青。

虽然陆励行身体真的没事,但医生还是建议他住院观察一天。

陆励行心里清楚他是为什么心脏停跳以及没了呼吸,谢绝了医生的好意,等纪轻轻做完笔录,当天晚上便和她回了家。

这事他们俩也没准备瞒着陆老先生,掐头去尾地说了当时万分凶险的情况。

陆老先生沉默片刻后问:"匪徒抓住了?"

陆励行说:"抓住了,警察正在调查这件事,相信不久后就会有结果。"

陆老先生点了点头:"以后你和轻轻出门都小心点儿,身边带个人总没坏处。"

"您放心,我会安排妥当。"

裴姨在一侧听陆励行说这件事,紧张得心都快跳出来了,再三确定纪轻轻没有受伤后,二话不说准备了柚子水,让陆励行和纪轻轻好好洗洗泡泡,去去晦气。

迫于裴姨的威势,两个人洗得满身的柚子味才从浴室出来。

陆励行站在窗前接电话,与人低声聊着,纪轻轻看了一眼,没打扰他,自顾自地给他准备纱布和药。

聊了十来分钟后,陆励行将电话挂断,纪轻轻让他坐下,自己拿着纱布和药替他换药。

缠绕着的重重纱布被解开,覆盖在伤口上的一块医用棉布上有鲜血的痕迹。

纪轻轻沉默地将棉布扔了,用棉签蘸了点儿碘伏在伤口四周消毒并去除血痂。

没人说话。

陆励行看着纪轻轻安静的侧脸,一缕头发从她耳后滑落到脸庞上。

"警方打过来的电话。"

纪轻轻低声问道:"怎么说?"

陆励行眉心紧蹙:"那个男人有精神病史,警方说他当时很有可能是犯病了。"

"犯病?"

陆励行点头:"不过警方也从监控录像里得知,他在绑架你之前,曾和沈薇薇在电梯里有短暂的交流,随后情绪变得不稳定,警方不排除这件事和沈薇薇有关。"

"那个男人说他是沈薇薇的粉丝,因为我抢了沈薇薇的戏……"

陆励行眼底带着沉沉的阴霾:"这不是你的错,与你无关,你放心,这件事我会调查清楚,以后也不会再发生这种事。"

纪轻轻嗯了一声,低头继续给他擦拭伤口。

房间很静,静得落针可闻。

直到现在,陆励行看到纪轻轻沉默地给自己上药,完好地坐在自己面前,那颗一直紧揪着的心才放松下来。

在接到纪轻轻的电话时,他在脑子里设想过许多情景,将自己该说的话在脑子里尽数过了一遍,忐忑不安。可他真正看见纪轻轻的时候,又觉得没什么好担心的,这辈子他就这样了,纪轻轻想怎么样,他都认了。

"你还怪我吗?"

纪轻轻给他擦伤口的手一顿,低声道:"没有。"

"真的?"

纪轻轻嗯了一声。

"可是有些话我想和你说。"见纪轻轻没有反对,陆励行低头凑到她耳边,轻声道,"轻轻,世界上没人是不怕死的,承认自己怕死不是一件丢人的事。几个月前,我差点儿死于那场车祸,爷爷不肯让我离开,逼着医生无效抢救了一个月。那时我很辛苦,全身各处都有不同程度的伤,心脏几次停跳,却又被抢救回来,清醒的时候,只能靠止痛针,不能动,像个废人一样躺在床上等死,我的身体我自己清楚,活不了多久,可是我不想让爷爷伤心。

"系统出现的时候,我不相信世上会有这么荒诞的事,当时以为自己幻听或者精神失常了,可当你抱到我的时候,我浑身所有的痛苦在那一瞬间就没了,特别轻松,浑身上下都是使不完的劲儿,好像从来没受过伤一样。我必须承认,一开始我是为了活下去和你同床共枕,让你喊我'老公',送你玫瑰花,甚至追你去影视城,你之前感受到的所有违和的事情,都是我在为了活下去而执行系统发布的任务。"

说着,陆励行笑了笑:"那次送你信用卡,让你花完50万元,我都计划好了的,可你偏偏用了自己的卡买单,所以我只能去找你,在系统任务时间截止的最后一秒,我成功刷卡,那是我离死亡最近的一次。

"劫后余生的人,会更珍惜生命。

"还有送你玫瑰花、求婚……"陆励行顿了顿,继续低声道,"我承认我骗过你,利用你延续生命,但是我不承认我向你求婚仅仅因为系统任务,也不承认对外公布我们的关系仅仅是因为系统任务,这些任务里,都有我的真心,我不指望你现在能看见,但是我希望你以后能看得见。

"轻轻,我爱你,不是一见钟情,如果你觉得还不够,以后每一天我都会比昨天更爱你。

"相信我,我会用一辈子补偿你。"

啪嗒——

一滴眼泪落在陆励行指尖上,留下一点儿湿润的感觉,烫得陆励行指尖微微瑟缩。

"弄疼你了?"纪轻轻问。

"没有。"

纪轻轻低头,继续给他清洗伤口而后上药,两滴泪再次砸在他的手指上。

陆励行叹了口气,用完好的右手去擦她脸颊上的泪:"别哭,我真的没事。"

纪轻轻不肯抬头,脸颊在陆励行给她擦眼泪的手心里蹭了蹭,柔嫩的脸颊蹭到了陆励行温热的手心与手心里薄薄的一层茧,不疼,感觉痒痒麻麻的。

纪轻轻抬头,眼眶中盈满了泪水,眼底通红,声音哽咽,带着低低的音调:"你每天,都这么辛苦的吗?"

陆励行愣住了。

纪轻轻鼻尖通红,眼睛一眨不眨地望着他,眼底写满了心疼的样子映在他眼中,让他心底有一股暖流淌过。陆励行喉结滚动。

见陆励行没回答,纪轻轻又重复问了一句:"你每天都这么辛苦的吗?"

陆励行失神后微笑:"之前辛苦,现在不辛苦。"

"因为任务越来越轻松?"

"不,任务越来越难。"

"嗯?"

陆励行低声说道:"因为现在为你做这些任务,我心甘情愿。"

纪轻轻抿嘴,怔怔地看了陆励行一会儿,突然笑了起来。

"你原谅我了?"

纪轻轻哭中带笑:"没有。"她话中带着浓重的鼻音,"除非你再给我买一次衣服,要花50万元以上,送我玫瑰花,要99朵,还要陪我去影视城拍戏,还有……还有求婚,"想到陆励行手心上的那道疤,纪轻轻吸吸鼻子,改口道,"求婚就算了,我相信你是真心实意的。不过之前你心不甘情不愿地做的那些事,都要心甘情愿地再做一次,否则我是不会原谅你的。"

陆励行失笑。

纪轻轻继续给他处理未处理完的伤口。

掌心血肉外翻,伤口泛着白。

"你下次别这样了。"

"哪样？"

纪轻轻抬头看他，眼睛像被水洗过一般净透："别为了我连命都不要。"

陆励行笑道："你就是我的命，怎么能不要？"

他盯着纪轻轻的眼睛，说："我一直没问，明明任务失败了，为什么我还活着？"

纪轻轻低头去收拾纱布和药，却被陆励行摁下了，强行让她和自己对视："为什么我还活着？"

纪轻轻三缄其口，勉强笑道："我也……不知道。"

"真的不知道？"

纪轻轻迟疑地点头。

她并不想让陆励行知道自己和小A的交易，如果陆励行知道自己只能活到50岁、40岁甚至更少……

陆励行今年30岁，这么算算，他没有几年好活了。

纪轻轻对陆励行的问题避而不答，顾左右而言他。

然而陆励行当即戳破了她："可是系统告诉我，是你救了我。"

纪轻轻惊疑不定："你知道？"

"我当然知道，是你和系统做交易，将自己的生命分享给我。"

纪轻轻保持沉默。

陆励行继续问道："你知道和我分享你自己的生命是什么意思吗？"

"知道。"纪轻轻咬唇，"我从前看见过一个问题：50年的生命和每天都花不完的钱，以及无限的生命和每天穷困潦倒，你会选哪个？当时我选的前者，现在却觉得，无论是50年还是无限的生命都不重要，我只希望有你在就好了。"

她抬头看着陆励行，眼底充斥着委屈："你骗我这么久，把我整个人都骗过去了，我不能让你就这样抛下我。虽然你可能没几年好活了，但是……"

陆励行突然笑了："没几年好活是什么意思？"

纪轻轻想到这个，眼底雾气氤氲。

"你连和我分享生命是什么意思都不知道，也敢答应系统的交易？"

纪轻轻反问："你明明知道自己完不成任务是什么结果，不也一样放弃了任务？"

陆励行哑然，半晌后才笑道："这不一样。"

"为什么不一样？这有什么不一样？"

你能为我放弃生命，我为什么不能和你分享生命？

纪轻轻心一横，咬牙道："虽然……没几年了，但是你放心，我争取早点儿怀上孩子，不会让你遗憾地走。"

她都想好了，从现在开始准备，说不定陆励行还能活到孩子早恋的那天。

"怀上孩子？"陆励行眸色微黯。

"对！"纪轻轻严肃地说道，"怀上孩子！"

那副严肃的表情彻底激发了陆励行心底压抑已久的情欲。

他起身，欺身而上，逼得纪轻轻身体往后仰，手撑在床上仰头望着他。

"干什么？你的手还——"

话音未落，她就被陆励行堵住了嘴，狠狠地吻在唇上。

纪轻轻一边被迫接受陆励行的吻，一边眼睛往他手心的伤口上瞄："嗯……"手！

"别管手了，不会疼死。"陆励行目光灼灼地望着她，眼底幽深如海，那点儿压抑许久的炙热与情欲渐渐显露端倪，如滔天大浪般朝着纪轻轻席卷而去。

…………

昏黄的灯光下，气氛刚刚好。

陆励行一手紧扣着纪轻轻的手，一手护着她的后脑，将人压倒在床上。

枕头凹陷，剧烈急促的呼吸声围绕着二人。

两个人距离极近，鼻尖撞到了鼻尖。

四目相对，纪轻轻的手不由得握紧，从鼻尖到额头，再到耳尖、脖子、后背，再到四肢，出了一层薄薄的细汗，心跳怦怦怦地加速。

纪轻轻眨眨眼，脸颊灼热，透着一层绯红，一股莫名的情绪让她脚趾不安地蜷缩起来，不安地看着面前的男人。

这是情动之时身体自然而然的反应。

陆励行抑制住自己沉重的呼吸声与失控的情绪，小心翼翼地，试探般亲在纪轻轻鼻尖上。

蜻蜓点水般的一个吻，与其他任何时候的吻都不一样，酥酥麻麻的感觉从鼻尖直逼心脏，让纪轻轻的心脏漏跳了半拍，随后是更为剧烈的跳动，密集如擂鼓。

"宝宝……"陆励行低头吻了下去。

纪轻轻眉心一拧，在陆励行模糊不清的话语中听出了两个字："宝宝？"

两个人嘴唇之间的距离不过1毫米。

"之前你在影视城的时候说'宝宝'是裴姨养的那条狗的名字，可是裴姨没有养过狗，所以当时'宝宝'是在喊我？"

陆励行怔住了，甚至屏住了呼吸。

纪轻轻继续发问："你把我当条狗？"

饶是陆励行定力过人，此刻也尴尬不已。

好好的气氛，就这么被"宝宝"两个字打破了。

他缓缓起身，语言很是无力："你听我解释……"

纪轻轻认真地看着他："你说，我听你解释。"

"……"看着纪轻轻那一副洗耳恭听的表情，陆励行现在只觉得所有语言都是苍白无力的，他罪名犹在，解释不好说不定还得罪加一等，脑子里思索半晌，硬挤出两句话来，"当时系统让我一天内喊你三声'宝宝'，我一时间……"这的确是难以启齿的事。

陆励行磕磕巴巴地说了两句，纪轻轻也差不多猜到了经过。

她替陆励行解释："你当时不好意思，所以才谎称那只狗叫'宝宝'？"

陆励行点头。

想起之前陆励行反常的举止，当着剧组那么多人的面对她喊"宝宝"，纪轻轻扑哧一声笑了出来："现在你知道当初你逼着我喊你'老公'时我是什么心情了？"

陆励行不由得跟着她笑了，看着纪轻轻脸上那幸灾乐祸的表情，说道："你让我将之前心不甘情不愿地做的那些事都心甘情愿地再做一次，我同意，所以现在就从'宝宝'开始。"

纪轻轻瞪大了眼睛。

"我逼你每天喊我24声'老公'，那么以后我每天喊你24声'宝宝'还给你。"

宝宝？

四下无人时她听陆励行这样喊她都觉得面红耳赤不好意思，如果他当着别人的面喊她"宝宝"……

这场景，她光想想就觉得羞得慌。

"不用了……"她连连摇头。

陆励行失笑："为什么不行？"

"那多难为情啊。"

"没关系，"陆励行贴着她的耳朵低声道，"只喊给你一个人听。"

"宝宝……"

一股热流从耳畔流过，痒痒的，纪轻轻偏过头，想躲开他。

"宝宝、宝宝、宝宝……"

纪轻轻半张脸都藏进了枕头里，陆励行却"咄咄逼人"地喊个不停，她心跳加速，心脏简直都快跳出来了。

纪轻轻恼羞成怒，猛地回头，一只手捂住陆励行那一张一翕的嘴，不许他再说这么令她羞耻的称呼。

"闭嘴！不许再喊了！"

陆励行就在纪轻轻捂着他嘴的手心上轻咬了一口，纪轻轻低呼一声松开手，似嗔似怨地望着他。

陆励行笑了起来。

一时间两个人默契地安静下来，房间里只听得见对方清浅的呼吸声。

良久，纪轻轻说："我好害怕。"

"害怕什么？"

"我害怕你不喜欢我，只是哄着我。或许你没有自己嘴上说的那么喜欢我，把我留在身边只是当一个续命的工具，等你不需要我的时候，就会丢了我。"她的话里带着颤抖的痕迹，"谁先动心谁就输了，我怕我输了，到时候你不要我，我却离不开你……好丑。"

陆励行深深地叹了口气，转身将她拥进怀里，语气沉着有力："你放心，我不会让你输。"

纪轻轻咬紧下唇，微微发抖："嗯，我知道我没输。"

"如果哪天我离开你，那肯定是我死了，不过你也别忘了，我之前出院时，买好了咱俩的墓穴，分不开的。"

纪轻轻破涕为笑，抬头瞪了他一眼。

床头的灯光被陆励行遮了大半，一片阴影将纪轻轻笼罩其中。

"那你刚才说的算数吗？"

纪轻轻反问："什么？"

陆励行话中带笑："你说，要早点儿给我生个孩子。"

纪轻轻一怔，反应过来后白皙的脸颊染上一层绯红，声细如蚊地嗯了一声。

"早点儿是多早？"

纪轻轻紧咬下唇，极难为情，可在陆励行的逼问下又不得不回答："当然是……越早越好。"

"现在？"

纪轻轻不敢看他。

陆励行一手搂着她的腰，将人摁在了床上。纪轻轻穿着一身丝绸睡衣很是贴身，完美勾勒出她玲珑有致的身形，与他近在咫尺，他闻到了纪轻轻身上的柚子香味，淡淡的清香从发间、肩窝里、锁骨上……从她身上每一寸白皙剔透的肌肤中散发出来。

她处处散发着致命的诱惑与魅力。

可是不行，他不能再骗她。

他不能利用小A来骗她。

轻轻有资格知道实情，再自己做决定。

陆励行深吸口气，闭上眼睛冷静片刻，再次睁开时，眼底灼热的情愫退去几分。

"小A说的分享生命的意思不是你想的那样，而是从此以后我和你同生共死，明白吗？"

"同生共死？"

他继续解释道："意思是说，你哪天死了，我也不能独活。"

纪轻轻微愣："就是说，分享生命的意思，不是将一个人的生命对半分？"

"你当是商品打折？"

纪轻轻被这突如其来的解释弄蒙了。

她和陆励行都不用早死了？他们可以看着孩子长大成人结婚生子？

她和陆励行还有很长很长的时间可以一起度过？

纪轻轻激动地道："真的？"

"嗯，真的。"陆励行问道，"现在我的命在你手里，你还要早点儿和我生孩子吗？"

纪轻轻双手抵在陆励行胸前，与他四目相对，四周安静得仿佛能听到对方的心跳声。

"陆先生，你知不知道，你这算是无证驾驶，要罚款的。"

"所以呢？"

"明天把罚款交给我就行了。"

纪轻轻微眯的眼睛愉悦地弯起，眼角眉梢妩媚动人，双手抱着陆励行的脖子，吻了上去。

这个主动的吻像是一个导火索,让某些事情到了一触即发的地步。

纪轻轻一把抓住陆励行胡作非为的手,问出了一个极其愚蠢的问题:"你会吗?"

陆励行失笑,灼热的气息喷在她的脖颈处,情欲高涨。

他轻咬着纪轻轻的耳垂,声音喑哑,浑身燥热到了难以自持的地步。

"待会儿你就知道了。"

床头灯暗了。

落地窗未关,晚风将杏色窗帘吹得高高扬起,月亮从云层里悄悄探出头来,将光洒在卧房内的地板上,落了满地的银霜。

房间中央的大床上,高档昂贵的丝绵凌乱地散着,整个房间只听得见娇软与沉重的两道呼吸声。

可惜的是,在陆励行的强烈要求下,接下来的事情就此省略,但据系统小A回忆,在关机前它曾听到了四个字。

"老公……"

"嗯?"

"疼……"

翌日,纪轻轻醒来的时候,天已大亮,落地窗前的窗帘遮得严丝合缝。

她疲惫地半睁开眼,迷迷糊糊间,只见着床前有一个人影正在系衬衫纽扣,见她醒了愣了片刻,似乎低声对她说了什么,还在她脸颊上亲了一下,痒痒的。

纪轻轻困得很,皱眉蹭了蹭枕头,有些沙哑的喉咙里发出一点儿极为不耐烦的声音,翻了个身,继续睡。

床边的陆励行笑了一笑,随后轻手轻脚地离开房间。

回笼觉一睡也不知道睡了多久,纪轻轻醒来时,窗外的阳光一缕缕地透过窗帘的缝隙钻了进来,有些刺眼。

纪轻轻醒来的瞬间,浑身如被车碾过般的酸痛感如潮水般涌来,裸露的脖颈、手臂以及胸前印着无数斑驳的印记,提醒她昨晚发生了多荒唐的事。

她掀开被子,悄悄地看了一眼,自己身上简直惨不忍睹。

她猛地将被子盖上,瞌睡瞬间清醒,昨晚的记忆一股脑儿地向她袭来。

"好累……"

"痛……"

525

纪轻轻面无表情地看着头顶的天花板，潮红从脖子渐渐蔓延到了耳朵尖，用被子蒙头，随后发出一声痛苦的哀号。

喉咙有些疼，昨天晚上口不择言，她都说了些什么？

那些她平时难以启齿的话，昨晚被陆励行哄着说了个遍。

这实在太羞耻了！

纪轻轻咬牙切齿地起床，动作过大，身体一僵，下身的不适感让她倒吸了一口凉气，强行忍住，慢步走去洗手间，洗漱后坐在梳妆台前，看着自己脖子上的痕迹，无奈地用粉底耐心遮掩。

这么热的天，不遮一下痕迹她连房门都不敢出。

她用了小半瓶粉底，才堪堪将脖子和手臂上的痕迹遮盖住，检查无误后下楼。

陆老先生和陆励行正坐在沙发上谈事，她扶着楼梯扶手慢悠悠地走到客厅里对陆老先生说道："爷爷，不好意思起晚了。"

陆老先生上下打量了她一眼，"你这声音怎么回事？病了？"

纪轻轻微愣，忙笑着解释道："昨天嗓子喊坏了。"说完她又是一愣，过于心虚的纪轻轻脸又红了。

这解释好像越描越黑。

陆老先生点了点头："昨天受了惊吓，是该好好休息。这两天你就待在家休息，正好也和爷爷一起准备你们结婚的事。"

在陆老先生说话时，陆励行起身将纪轻轻扶到沙发上坐下，以目光询问她身体的状况，被纪轻轻瞪了回去。

见两个人眉来眼去，陆老先生低低地咳嗽了一声。

"轻轻，你在听我说吗？"

纪轻轻回神，连忙点头："在听。爷爷您放心，这几天我就在家陪您。"

"主要是你们俩婚礼的事，还有励行，你公司事情不多的话就早点儿回来，结婚又不是我和轻轻的事，你一个男人怎么能甩手给自己老婆？"

"不不不，"纪轻轻连忙道，"他公司的事忙，男人嘛，重要的是事业，我能理解，婚礼的事不用他，这不是还有您和裴姨帮我把关吗？足够了。"

有个成语怎么说来着，食髓知味？她是真不想夜夜洞房当新娘，太累了。

男人还是忙点儿好。

陆励行在她耳畔低声一笑，她的耳朵莫名烧得慌。

"对了，昨天那事警察已经调查清楚了，嫌疑人已经确定是个精神病患

· 526 ·

者，警察也找沈薇薇录过口供了。沈薇薇也承认那天在电梯里确实和嫌疑人提起过你，但是她也没想到嫌疑人会对你做出那样的事。"陆励行眉眼微沉，眼底闪过一抹危险的神色，"警方表示，这事和沈薇薇无关。"

纪轻轻点头。

这事当然和沈薇薇无关。

除非有明确的音频录像能证明嫌疑人绑架她是沈薇薇唆使的，否则这事和沈薇薇沾不上半点儿关系。

门外传来急促的脚步声，玄关处的裴姨笑着喊了一句："二少爷回来了。"

陆励廷从外面走进来，头上的汗还没干，气喘吁吁地走到客厅里，直勾勾地望着纪轻轻。

陆老先生眉心一皱，脸上写满了不悦："风风火火的像什么样？先去洗把脸。"

陆励廷一双眸子紧紧地盯着纪轻轻看了一会儿，却因为身侧陆励行的目光太过凌厉，而不得不将目光收回。

"我听说，昨天你被人绑架了？"

纪轻轻没想到他会问自己这事，估计是听说了其中有沈薇薇的痕迹？

于是她大方地迎上他的目光，笑道："多亏了励行救我，我没事。"

陆励廷微愣，在这大大方方的目光下竟有些退缩，视线飘忽不定，半晌才强挤出一抹微笑："没事就好……"

陆老先生问他："你那公司在成长阶段，事情多，忙吗？怎么今天又回来了？"

"其实……也没有那么忙。"

陆励行眼皮微垂，在几个人说话时拿出手机，发了一条短信。

陆励廷打早上就听到了这个新闻，新闻里将这件事说得绘声绘色："绑架的事到底是怎么回事？怎么突然就发生这种事了？"

"警察说那是个精神病患者，当时发病了，所以……"纪轻轻言简意赅地解释了一番。

陆老先生沉声道："虽然警察说这事和那个叫沈薇薇的无关，但嫌疑人在绑架你之前和她在同一部电梯里待过聊过，还是她的粉丝，一出电梯没多久就绑架了你，这事无论如何也和她脱不了关系。"

"薇薇？怎么回事？"

纪轻轻笑道："昨天我试镜遇到了沈薇薇，当时和她竞争同一个角色，任导选择了我。后来沈薇薇下楼时在电梯里遇到了绑架我的嫌疑人,恰好这个嫌疑人是沈薇薇的粉丝,而沈薇薇当时也将这件事说给了嫌疑人听,患有精神疾病的嫌疑人听后可能觉得我排挤了沈薇薇,抢了沈薇薇的戏,这才绑架我,不许我欺负她。事情的经过就是这样。"

陆励廷错愕道:"这……"

陆老先生冷哼一声:"遇到一个陌生粉丝就说这么多,你曾经还和我信誓旦旦地说,这个沈薇薇心地善良,是个单纯的姑娘,哪有那么简单!"

陆励廷牙关紧咬,没有说话。

"不是爷爷棒打鸳鸯,但在这儿我最后再和你说一次,沈薇薇并非你看到的那样。我听说你和她分手了,这很好,但我希望以后你不要再和她有任何的联系,否则就别再叫我爷爷了,听清楚了吗?"

这段时间陆励廷冷静之后查过了这些年沈薇薇在演艺圈的所作所为,发现天娱娱乐不少高层知道她和自己的关系,正是因为他们知道,沈薇薇才能顺利地和天娱签约,拿下一些资源。

而这些高层之所以知道,正是因为沈薇薇有意透露。

他已经无力去想沈薇薇为什么会和天娱的高层有联系,但就沈薇薇过往那些事来看,她其实早就知道自己是陆家的人,甚至还用自己的身份,在他不知道的时候、看不见的地方谋了不少的好处。

可沈薇薇在他面前一直说,愿意和他一起努力奋斗,白手起家,从无到有。

陆励廷倍感失望。

不管陆老先生说不说,他和沈薇薇都不会再有复合的可能了。

陆励廷沉声道:"我知道了爷爷。"

"知道就好。"

裴姨过来对纪轻轻笑道:"轻轻,你没吃早饭,我给你热了点儿粥,过来喝吧。"

纪轻轻累了大半个晚上,裴姨不提还好,一提她就感觉到了饥肠辘辘,欣然起身。

"等等……"裴姨看着她的下巴处,"这是怎么回事?怎么有点儿红……还是有脏东西在这儿?"

裴姨上手在她下巴那儿蹭了蹭,指尖蹭掉了一层粉,被蹭去粉的那一块露出一点儿红色的印记。

"这儿怎么红了?"裴姨急了,"昨天没注意受伤了?"

纪轻轻还没来得及躲,裴姨上手又蹭了一大块地方,那一大块正是红色印记密集的地方,猝不及防之下全露了出来。

"这是……"裴姨的话在看清那些红色印记后戛然而止,脸上写满了"尴尬"两个字。

不仅裴姨看得清清楚楚,一侧的陆励廷更是看得清楚明白。

那一大块密密麻麻的红色印记是什么他还不清楚?

纪轻轻连忙捂住自己的脖子,脸再次红到了耳朵尖,狠狠地瞪了一眼一侧一早上心情都颇为愉悦的陆励行。

"裴姨,那个……你先帮我把粥凉一凉,我去趟洗手间。"

说完她便匆匆上楼。

陆老先生目光责怪地看了陆励行一眼,陆励行坦然接受了。

回到房间的纪轻轻在镜子前看着自己脖子上的痕迹。她皮肤不错,白净透亮,基本没什么瑕疵需要用遮瑕膏,家里就只有一个遮瑕力度不太强的用来遮一遮黑眼圈,裴姨这一蹭,红色的印记就被蹭出来了。

纪轻轻加大用量,粉底和遮瑕膏齐上阵,补完妆,在镜子前将自己裸露在外的皮肤尽数检查了一遍,这才松了口气,下楼。

裴姨脸上挂着笑,和蔼可亲的目光一直放在她身上,凳子上都加了软垫,更是让她坐立难安。

陆老先生则是带着陆励行与陆励廷进了书房,许久没什么动静。

纪轻轻百无聊赖,正想上楼再睡一小会儿时,有用人进来说,少爷订的婚纱送来了。

纪轻轻疑惑地问道:"婚纱?"

随后进来几名穿着正式西装的男人,将用巨大衣架撑着的三套精致华丽的婚纱送进别墅。

一名仪态端庄的女士笑着对纪轻轻说道:"纪小姐您好,我们应陆先生的要求,将这三套婚纱送来,请问陆先生在吗?"

裴姨连忙笑道:"我上去请少爷下来陪着看看。"

裴姨话音刚落,陆励行出现在2楼走廊,沿着楼梯往下走,身后还跟着脸色铁青的陆励廷。

陆励行走到纪轻轻身侧,揽着她的肩膀,在她额上亲昵地亲了一下:"昨天为你准备的婚纱,喜欢吗?"

面前的三套婚纱都是陆励行专门为纪轻轻量身定制的,都是顶级设计师煞费心血的设计成果。

纪轻轻一眼便看中了中间那一套。

"喜欢就去试。"

裴姨将工作人员以及纪轻轻带去了1楼客房。

换上婚纱的纪轻轻仿佛变了个人一般，她站在镜子前，看着穿着婚纱的自己，有那么一种极不真实的感觉，镜子里的自己像被一团迷雾笼罩着，朦胧不清。

她仔细去看，那团迷雾渐渐散去，镜子里是熟悉的五官，熟悉的自己。

"裴姨，好看吗？"

裴姨在一侧由衷感叹："好看，特别好看！真漂亮，我从来没见过像你这么漂亮的新娘子。"

一侧的工作人员也笑道："纪小姐身材真好，这件婚纱是设计师特别设计的，上面的碎钻、水晶还有珍珠都是手工缝制的，纪小姐穿上，特别合适。"

纪轻轻展颜一笑，推开门。

白色婚纱的裙摆曳地，抹胸式的婚纱露出纪轻轻优雅纤细的天鹅颈，平直的锁骨性感漂亮，往下绝美的曲线逐渐收紧，将她不盈一握的腰肢与臀部包裹得玲珑有致。她双手提起裙摆缓缓走向陆励行，背后的一对蝴蝶骨如同一双微微振动翅膀。

陆励行远远地看着她一步步朝自己走近，不盈一握的腰肢摆动，散落在四周的裙摆也随之摇曳，实在让人难以将视线从那抹倩影上挪开。

纪轻轻走到陆励行面前后，眼睛笑成了月牙，她仰着头问："好看吗？"

陆励行眼底的笑意很深很深，他低头不由自主地吻在纪轻轻额头上，没有片刻的犹豫："好看。"

这一刻陆励行竟无比感谢系统将纪轻轻带来自己身边，让自己还有机会看到她为自己穿婚纱的一天。

"很美。"

得到陆励行的肯定，纪轻轻笑容更甚。

陆励廷站在一侧什么表情也没有，从楼上下来的陆老先生笑着望向纪轻轻感叹点头，突然问道："励廷，你看看你哥和你嫂子，是不是很般配？"

一侧的陆励廷在看到纪轻轻的那一瞬间起，目光就没有从她身上挪开过。

他也曾幻想过纪轻轻穿上婚纱的那一天，却没想过真正见到这一天时，纪轻轻穿婚纱却不是为了他。

他本来可以拥有她的，如果不是他亲手断送了原本属于自己的幸福的话。

陆老先生这几个字简直是在往陆励廷心尖上捅刀子，偏偏被捅了刀子的人还得笑吟吟地说没事，咬碎了牙往肚里咽。

他脸色苍白，艰难开口，话几乎是从嘴里挤出来的："嗯，很般配。"

说完他顿了顿："爷爷，我公司还有事，先走了。"

他实在不能继续待在这儿了，没办法听纪轻轻的笑声看她的笑容，更不想继续看他哥和她般配地站在一起的恩爱场面。

陆老先生看着陆励廷仓促离开的背影，无奈地叹了口气。

纪轻轻在家挑选婚纱时，她被绑架的消息被人迅速发到了网上，有图有真相，将事情经过说得那叫一个绘声绘色、精彩绝伦、惊险又刺激。

什么陆励行为救未婚妻，与绑匪高速飙车，随后与绑匪展开殊死搏斗，最后孤军奋战，空手夺白刃，救下了未婚妻，但自身伤势严重，至今还在医院命悬一线。

又有消息说绑匪是纪轻轻的狂热粉丝，实施绑架只为引起纪轻轻的注意。

此事经不少营销号转载后热度愈演愈烈，但各种消息真真假假，真相如何在警方公布调查结果之前网友无从得知。

唯一一个颇有可信度的爆料为该商场保安的爆料，说是当天在现场，确实是陆励行救下的纪轻轻，但并非孤军奋战，而是和警察一同擒获的绑匪。

还有人爆料，当时纪轻轻之所以出现在那里，是因为参加一个电视剧的试镜。又有内部消息称，当时这部剧的女一号已经确定了是沈薇薇，但由于纪轻轻的出现，导演将女一号的角色当场给了纪轻轻，那名绑匪并非纪轻轻的粉丝，而是沈薇薇的，警方因此事找该大厦的人调取了监控录像，监控录像显示沈薇薇与该嫌疑人在电梯内有过短暂的交流。

这些真假难辨的传言经过一天的发酵，传得沸沸扬扬，全网网友议论纷纷。

网上这一切仿佛都和纪轻轻无关，她不关注也不参与，安心待嫁。

婚礼日期一天天逼近，陆老先生在书房给亲朋好友手写请帖，纪轻轻就在一侧给他老人家研墨。

陆老先生书法堪有大家风范，一笔一画潇洒锋利，力透纸背。

纪轻轻由衷地感叹："爷爷，您这字写得真好。"

陆老先生大笔一挥，笑道："爷爷从小就练字，能不好看吗？你如果感兴趣，爷爷可以教你。"

"好啊！"

将写好的请帖放在一侧，陆老先生提笔蘸墨，正准备下笔，突然想到了什么，抬头问纪轻轻："轻轻啊，最近励行是不是回来得晚了？"

纪轻轻不甚在意："他说最近公司事情多，比较忙。"

陆老先生皱眉，搁下笔："再过一个星期就是婚礼的日子，他还这样天天忙得不着家，这样，今晚他回来了你让他来找我，我跟他谈谈。"

纪轻轻连忙解释："爷爷，没关系，婚礼其实也没什么需要他的事，他公司事情忙就让他先忙工作，婚礼的事有我盯着，不会出错的。"

"这不是婚礼的事。"陆老先生沉声道，"轻轻啊，婚姻是两个人的事，也是需要两个人来经营的，他总是忙于工作而忽略了你，长此以往你们是很难走到最后的。很多时候感情变淡就是因为时间和距离，明白吗？"

纪轻轻点了点头："我明白，不过我对励行很有信心。"

晚上10点，陆励行披星戴月而归，纪轻轻告诉他爷爷找他有些事，不过在他去找爷爷之前对他说："老公，如果工作太忙的话没关系，我能理解的。"

陆励行脸上带着歉意与疲惫，这段时间他真的太忙了，但凡不是要紧的事，他也不会在结婚前一个星期不着家。

"抱歉，这段时间太忙了，婚礼的事让你一个人扛着。"

"什么叫我一个人扛着，不是还有爷爷和裴姨吗？我不累。快去吧，别让爷爷等急了。"说着她推着他出门。

陆励行笑笑，去了陆老先生的房间。

房间里的陆老先生没睡，坐在书桌前看文件，陆励行走到他面前，低声道："爷爷，您找我？"

陆老先生抬头看他，问道："这两天公司是不是出了什么事？"

老先生很清楚自己孙子的性子，如果不是公司出了事，陆励行在这将要结婚的当口也不会每天忙到深夜才回家。

陆励行沉默片刻，而后斟酌着回道："国际贸易摩擦开始了，许多企

· 532 ·

业、公司都受到了影响，我们公司在国外的业务也受到了不小的冲击。"

陆老先生历经风雨，闻言立刻知晓了其中利害："严重吗？"

"挺棘手的，国外那边可能需要人过去了解情况，如果我们不想放弃国外市场，那么必须得派人驻守国外。"

陆老先生沉默片刻，而后戴上眼镜打开电脑，了解具体情况与当下局势后，沉声问道："你的打算是什么？"

陆励行的话坚定有力："国外市场不能放弃，后天我飞一趟国外，过两天就回。"

"两天能解决问题吗？"

陆励行无法保证，只说："我会尽力。"

现下形势严峻，两天时间估计不能解决问题，但他也只能在婚礼前夕挤出两天的时间来。

"辜老先生前段时间联系过我。"

陆老先生迟疑地问道："我记得他的公司有不少业务在国外，是不是也受到了影响？"

陆励行点头："影响挺大的，据说自这次摩擦开始后，辜氏亏损已达百亿元，加上如今国内的形势，辜氏如果能挺过去还好，只是元气大伤，现在就担心它挺不过去，结果只能是被收购或是破产。"他顿了顿，继续说，"辜老先生前天因病住院，无法主持大局，辜少虞扛不住当下的局面，我担心……"

陆老先生闻言眉心紧拧，思索良久后，沉沉地叹了口气："明天我去医院看看。不过这事……各家有各家的造化，你能帮尽量帮一把，实在不行就算了。"

"是。"

陆老先生将手搭在他的肩膀上："辛苦你了，去休息吧。"

"您也早点儿休息。"

说完，陆励行便离开陆老先生的房间。

等陆励行回到房间，纪轻轻靠在床头已经迷迷糊糊地睡着了，陆励行见状把她手上的杂志抽走，让她睡得更安稳些，不承想，刚抽走她手里的书，纪轻轻就醒了。

她迷迷糊糊地看着陆励行："你回来了？爷爷找你没什么事吧？"

"没事。"

"那你赶紧去洗澡，衣服我给你放在浴室里了。"

陆励行却不动，只是望着她。

"怎么了？"

"抱歉，这段时间工作太忙，冷落你了。"

纪轻轻微微一笑，善解人意地说道："我还以为什么事。没关系，你工作忙就先忙工作吧，我能理解。"

陆励行心思微动，心头一热。

有这么一个通情达理的妻子，是他的幸运。

他正想说话，就听见纪轻轻说："之后我去剧组拍戏短则三个月，长则半年，到时候你也得包容理解我。"

陆励行："……"

这次贸易摩擦虽然来得迅猛但并非毫无征兆，矛盾早已存在，如今国内大型企业尚且有余力自保，但中小型公司一片愁云惨淡。

陆氏在国外设有分部，与很多国际企业有直接的商业往来，这段时间陆励行为了这事几乎脚不沾地。

他的助理陈婧抱着一摞文件给他签字，随后问他："陆总，您明天飞往国外的航班是上午10点，回来的时间您看……"

五天后是陆励行的婚礼，整个陆氏的人都知道，可就在这节骨眼儿上发生这事，婚礼多半得延迟。

陈婧心里清楚，所以没有给他定下回国的时间，毕竟这事可不是一天两天就能解决的。

陆励行翻文件的手一顿，他沉默片刻后抬头："两天之后就回。"

陆总只待两天？

陈婧心头一惊。

这可是关乎整个国外市场的事，争分夺秒，陆总就待两天？

两天时间陆总连国外负责人都见不过来，更别说解决这事，回来之后就是婚礼，在国内耽搁两天，国外形势不知道会有多严峻。

但陈婧也清楚自己的本分，这种事，陆励行心里比谁都清楚，她没有置喙的余地。

"陆总，还有一件事。"

"什么事？"

"致霆科技昨天被收购了。"

陆励行眉心逐渐皱起："收购？"

陈婧点头："没错，是……陆励廷先生同意的收购，并且他在昨日的收购会上辞职了。"

致霆科技是陆励廷白手起家的公司，这两年粗具规模，如果没被这次贸易摩擦影响，做大是迟早的事。

但即使是被这次贸易摩擦影响，据他了解，致霆科技也并没有走投无路到被收购的地步。

而且这公司是陆励廷一手创立的，付出了不知道多少心血，只要有一丝生机就不会放弃，他怎么会同意收购？

陆励行想了一会儿便不想了，没在这件事上花费太多的心思，陆氏的危机迫在眉睫，他现在没有多余的心力去关注其他的事。

"我知道了，你先出去吧。"

陈婧转身离开办公室。

办公室的门被关上，陆励行放下笔，往后一靠，手指揉着疲惫的眉心。

"陆总，会议开始了。"休息不过1分钟，门外传来敲门声，陆励行深吸口气，强行打起精神，霍然起身。

这天晚上陆励行回家依然是在10点后。

陆励行前脚下车，陆励廷的车后脚就进来了，车停在院子里，陆励行站在院子里等了片刻，就见着陆励廷垂头丧气地从驾驶座上下来，恰好与陆励行撞个正着。

院子里路灯昏暗，看不太清四周的情况。

"大哥……"两个人对视了一眼，陆励廷沉默地将视线下垂，避开陆励行的目光。

"公司被收购了？"

陆励廷情绪低落地应了一声："是。"

陆励行眉心微皱——可以说他这段时间眉头就没舒展的一天——他微微叹了口气，低声道："进来。"

两个人推开门，往日早就熄灯的客厅里今日却是灯火通明。

陆老先生与纪轻轻坐在客厅沙发上有说有笑，显然是在等他们。

"爷爷，您还没睡？"

陆老先生笑道："等您呢。今天怎么这么凑巧，都回来了？"

陆励廷叫道："爷爷。"

"坐下，我和轻轻有话和你说。"陆老先生对陆励廷点点头，转头对陆励行说道。

陆励行看向纪轻轻，见她表情轻松，应该不是什么大事。

"这两天公司的事我了解清楚了，今天也去医院看了老辜，他情况很不好，无论是身体还是公司，辜氏即使渡过了这次危机，以后实力也难再恢复。"陆老先生叹了口气，"原本还指望着辜少虞能有点儿用，现在看来是扶不起的阿斗。"

说到这儿，陆老先生看向陆励行："陆氏多亏有你，辛苦你了。"

辜氏和陆氏在陆老先生年轻时不相上下，可现在辜老先生因病住院，辜家连主持大局的人都没有，唯一一个孙子辜少虞不学无术，整天花天酒地，根本指望不上，偌大一家公司，在这场战役下，毫无招架之力。

陆氏能有今天，全是陆励行的功劳。

"海外的事怎么样了？"

闻言，陆励行望向纪轻轻："明天去国外，两天后回来。"

"这么大的事，两天能解决吗？"

陆励行没有开空头支票的习惯，只说："我尽力。"

陆老先生沉默片刻，没有说话。

纪轻轻笑道："我们的婚礼推迟一下吧。"

"推迟？"

纪轻轻点头："我知道这件事的严重性，两天能解决什么问题？所以我想推迟婚礼，等这件事平息之后，再举行婚礼。"

"可是……"

"这有什么好'可是'的，等你解决了这事，我们有大把的时间办婚礼，而且结婚这件事我不想太匆忙。你觉得呢？"

陆励行沉默地看着她。

海外市场动荡，两天时间确实不能解决什么问题，推迟婚礼的确是目前最好的办法，但婚礼是轻轻、爷爷和裴姨准备许久的事，婚期定了，请帖发了，万事俱备，临近婚期却改日再说，无论如何，都会有一些遗憾。

陆励行张口欲说话，却被纪轻轻开口打断："既然你不反对，那就这样，推迟婚礼，等这次风波彻底过去，我们再来决定婚礼的事。"

陆励行低头失笑："轻轻，谢谢你。"

"不用谢，夫妻之间不就应该多一分信任和理解吗？工作上的事不可避免，我懂的。"

陆老先生也看向纪轻轻："轻轻，爷爷也谢谢你。"

"爷爷……"纪轻轻与陆励廷异口同声。

"我去吧。"陆励廷说。

随即三人齐齐望向一侧沉默许久的陆励廷。

在三个人的目光下,陆励廷低声道:"爷爷,我的公司被收购了。"

"收购?"陆老先生沉声询问,"怎么回事?"

"这次贸易摩擦我扛不过去,公司也没有这个实力扛过去,被收购总比倒闭要强。"前半生的心血毁于一旦,不心痛是假的,他勉强笑笑,"陆氏在国外的业务我了解了一些,那边现在主要是需要一个能说得上话的人,我也是陆家人,我觉得我挺合适的。"

陆老先生与陆励行对视一眼。

"你去?"

陆励廷反问:"不行?"

陆励廷这些年能白手起家,在市场如此严峻的情况下独自撑起一家公司,虽然公司规模不大,但总的来说,很不错。

"机票订后天的,具体事情明天到公司谈。"陆励廷起身,看着纪轻轻,轻笑,"就是不能参加你的婚礼,太遗憾了。"

可他的脸上、眼底毫无遗憾的意思。

与此同时,城市中心的一栋商务楼高层灯火通明。

辜氏作为与陆氏齐名的企业,在此次国际贸易摩擦中落得如此田地,确实令人唏嘘不已。

偌大的办公桌上文件堆积如山,辜少虞坐在办公桌后,面对如此多的文件,不知从何下手。

他从小就只知吃喝玩乐,毫无作为,辜老先生知道他的斤两,为他找好了退路,会将企业交给信得过的经理人打理,可没想到国际贸易摩擦直接将辜氏推到了深渊边缘。

敲门声响起,助理拿着一份文件匆匆而来。

"辜总,这是急需您签字的文件。"

助理将文件放在辜少虞面前,辜少虞看着那合同上的文字就觉得头痛,这些汉字他都认识,可组合到一起,他根本不明白什么意思。

辜少虞快速地在需要签字的地方签下自己的名字,助理拿着文件匆忙离开。

看着眼前堆积如山的文件,辜少虞不耐烦了,将笔一扔,往后一靠,扯着胸前的领结,喘了几口气。

他根本就不是这块料。

他救不了公司，救不了任何人。

为什么要将这么重的担子交给他呢？

他只会让事情变得更糟。

辜少虞绝望地想。

桌上的手机响起，辜少虞没有接，任由它响了一会儿后自动挂断，铃声戛然而止。

辜少虞清静了一会儿，1分钟后，电话铃声又响了。

被吵得烦了，辜少虞这才拿起手机一看，是沈薇薇的电话。

辜少虞微愣，忙接起电话："薇薇，你找我什么事？"

"你都好些天没给我打电话了，发生什么事了？"

辜少虞起身看向窗外，笑道："没事，就是爷爷住院了，公司……公司有点儿忙。"

"爷爷住院了？哪家医院？我去看看他老人家。"

"好，后天吧，后天我和你一起去。"

"嗯。"

电话里静了一静，沈薇薇说："少虞，微星工作室怎么回事？"

微星工作室是辜少虞为她开的，整个团队都是辜少虞砸重金聘来的，全心全意为沈薇薇运作。

可前段时间，工作室有了变故。

先是资金迟迟不到位，再是谈好的项目突然变卦，现在工作室谣言四起，说是辜氏危险了，依附辜氏的工作室只怕不保。

等了几天迟迟没有接到辜少虞的电话，沈薇薇这才坐不住给他打了个电话。

辜少虞沉默片刻，从高空俯瞰整座城市的夜景，一股渺小、无能为力的挫败感自心底滋生："薇薇，对不起，工作室……我可能暂时顾不到。"

"到底发生什么事了？"

"辜氏出事了，爷爷又住院了，我真的没有把握能将辜氏撑起来。"

他真的是个一无是处的废物。

如果爷爷的孙子是陆励行，辜氏一定能顺利渡过这次难关。

可爷爷的孙子是他，一个只知道吃喝玩乐的废物。

电话那头久久没有回音。

"薇薇？你在吗？"

"我在。"沈薇薇笑道,"没关系,加油,你要相信你自己,别总是垂头丧气,你可以的!"

"薇薇,谢谢你鼓励我,我会努力的。"

"嗯,我不打扰你工作了,你加油。"

电话挂断。

辜少虞将手机贴在耳边静静地听了一会儿,随后深深地吐出一口气,脸上的疲惫一扫而空。

电话那头的沈薇薇将电话挂断后,笑容猛地消失,眉心紧蹙地握着手机。

辜氏的事她有所耳闻,但那么大一家公司,不可能说倒就倒,可为什么听辜少虞的话,辜氏好像渡不过这次难关?

如果辜氏倒了,那么微星工作室也毫无意义。

辜老先生住院,辜少虞撑不起辜氏的。

沈薇薇沉默着思索片刻,手机上的一则消息吸引了她的注意。

"陆励廷公司被收购。"

沈薇薇怔怔地看着这则消息,眉心皱得越发紧了。

陆励廷一早便与陆励行一起到了公司,一整天都待在会议室里开会,了解当下公司在海外的业务,尽数了解清楚后,第二天一大早就与公司一名主管国外市场的副总和几名工作人员踏上了海外行程。

副总姓孙,五十多岁,是陆老先生一手提拔的主持海外大局的人,陆励行对他很是敬重。

"陆总,半小时后我们就该登机了。"

陆励廷笑道:"孙叔不用这么客气,叫我励廷就行,我资历尚浅,以后在国外全仰仗您照顾。"

"以后?"

陆励廷笑笑:"以后回不回来还不知道呢。走吧。"

几个人往安检口走。

"陆励廷!"

人来人往的机场里传来一个声音。

陆励廷往后一看,只见沈薇薇气喘吁吁地赶来,额头上挂着一层细密的汗珠。

看到沈薇薇跑到跟前,陆励廷眉心紧锁,错愕地问道:"你怎么来了?"

沈薇薇大口呼吸,等情绪稳定下来后说:"我来送你。"

陆励廷微微失神,却在片刻后笑道:"多谢你来送我。"

一侧的孙副总以及几名工作人员适时地走开,给两个人留下私人空间。

沈薇薇看着陆励廷,像是不知道该说什么一般,表情局促不安。

"你……一路平安。"

陆励廷点头。

沈薇薇见他态度冷淡,咬牙问道:"你这次去国外……什么时候回来?"

陆励廷笑着叹了口气,看向这人来人往的机场大厅,透过整片的落地窗看外面的蓝天白云:"不知道。"

"不知道?"

陆励廷说:"薇薇,我可能不会回来了。"

沈薇薇脸色一僵:"不会……回来,是什么意思?"

"陆氏在国外的业务繁重,或许这一去,以后就留在国外主持大局了。"仿佛和她和解了一般,陆励廷释怀地笑笑,态度温和,像是对待朋友,"这些年我没帮过我哥什么忙,他一个人扛的重担我从创立公司以来就体会到了,他快结婚了,海外那些后顾之忧,我就替他解决了,省得他以后国内国外来回地跑,影响夫妻感情。"

沈薇薇眼底染上一层细雾,声音带着哽咽:"你……真的,不回来了?"

陆励廷依然温和地笑:"是啊,不回来了,咱们这次见面可能是最后一次了。"

"为什么不回来?"

陆励廷想了想,是因为国外工作忙?或许是因为不想参加纪轻轻的婚礼?也有可能是不想看着纪轻轻与陆励行秀恩爱?还有……不想待在国内,看着高楼大厦,看着身边熟悉的人,不想让这些最熟悉的生活和细节,提醒他曾经有多失败?

其实他也不知道。

陆励廷对此避而不谈,只是看着她,真诚地笑笑:"薇薇,如果你遇到一个真心喜欢你的男人,就嫁了吧,别骗他,也别辜负他,真心实意地陪着他,他会珍惜你一辈子的。"

沈薇薇错愕,没有说话。

陆励廷抬手看了一眼腕表:"我该上飞机了,薇薇,保重。"
说完,陆励廷潇洒地转身,朝着安检口走去。
沈薇薇站在原地愣愣地看着他,直到陆励廷的背影越过安检口。
他没有回头。

说来也挺巧的,纪轻轻与陆励行婚礼的前一周,电视剧《一步天下》开播了,日播两集,某卫视独播,现在已经播到了第十八集。
《一步天下》这部剧就是纪轻轻去影视城拍摄的那部剧,前十集里纪轻轻是一个无忧无虑的丞相之女,却一再被男主角利用,戏份虽然少,但角色还挺吸粉的。
纪轻轻偶尔也看一眼微博评论,评论里没有从前的恶言恶语,夸赞的话看起来舒服多了。
更巧的是,在她婚礼的前一天,《我们恋爱吧》节目同样在该卫视独播。
这档综艺节目播出的当天,收视率居高不下,虽然观众知道其中三对情侣是演的,在节目播出前,直播间的某些画面已经被人放了出去,但依然无法阻挡观众的热情。
刚在该卫视露脸的纪轻轻再次被推上了热搜。
一则是因为电视剧情节已经到了纪轻轻所饰演的女二号被男主角利用,最终家破人亡的阶段。
二则是纪轻轻在综艺节目中与陆励行的互动极为自然与甜蜜。有人将纪轻轻与陆励行对视时的眼神、互动时的亲密动作一一截成动图,两个人极为养眼登对,几秒钟的动图让不少人激动地大喊"好甜"!
三则,纪轻轻与陆励行的婚礼还有不足36个小时就要开始了。
纪轻轻在这一周的时间内成功地成了微博最为"宠爱"的女演员,为此,纪轻轻发了一条微博。
纪轻轻:"谢谢大家的祝福。从前做过太多不成熟的事,对此我很抱歉,向所有被我伤害过的人说声对不起。天高海阔,希望大家幸福。"

7月20号是个好日子,碧空如洗,万里无云,适合出嫁。
出嫁前一天晚上,纪轻轻基本没睡。
按照陆老先生说的,婚礼前一天夫妻二人是不能见面的,纪轻轻得住回公寓去,明天让陆励行接去酒店。
纪轻轻笑,顺从陆老先生的意思,陆励行亲自开车,将人送回市中心那套公寓。

她原本就打算在这套公寓出嫁，婚纱就放在她卧室的衣帽间里，明天一大早会有化妆师来为她化妆，之后陆励行便会来接她去酒店举行婚礼。

多么简单的流程，她什么都不用去想，什么都不用去考虑，就在明天当一天美美的新娘，接受所有人的祝福就行了。

可就是这么简单的流程，她一想就紧张。

陆励行牵着她的手，感受到她手心的潮湿，笑着低声说了句："紧张？"

"有点儿。"

陆励行笑笑，没有说话。

纪轻轻看着不断上升的电梯，见陆励行不安慰自己，看了他一眼："你都不安慰我一句？"

陆励行看着电梯门上映出的纪轻轻，说："有情绪起伏是正常的，毕竟结婚这么大的事，不可能保持平常心。"

纪轻轻瞪他。

陆励行偏头对上她的目光，低声笑道："我希望你可以再紧张一点儿、兴奋一点儿、激动一点儿。"

纪轻轻饶有兴趣地看着他："你这么想娶我吗？"

陆励行反问："你这么紧张，这么想嫁给我？"

纪轻轻撇嘴，眼底全是掩饰不住的笑意："是啊，我特别想嫁给你。"

"我也迫不及待地想娶你。"

叮——

电梯门开了。

陆励行牵着纪轻轻的手往外走。

密码锁打开又关上，纪轻轻转身抱住陆励行的脖子，陆励行低头，吻在她唇上。

两个人在门口吻得难舍难分，不小心碰到了墙上的灯光按钮，瞬间，整个客厅亮了起来。

纪成蹊与纪成钰捧着蛋糕站在沙发那儿静静地看着接吻的两个人，对视一眼，不敢出声。

那边的两个人估计也没注意到客厅还有别人，纪成蹊以眼神询问纪成钰怎么办才好。

纪成钰对他做出"别动别说话"的口型。

直到5分钟后，纪轻轻与陆励行分开，正对着客厅的陆励行看到客厅中的两个人,眼角微挑,递给他们一个进房的眼神后,低头与纪轻轻耳鬓厮磨。

纪成蹊小心翼翼地捧着蛋糕,与纪成钰一起踮着脚,做贼似的进了房,没发出一点儿声响。

纪轻轻搂着陆励行的脖子,鼻尖碰着鼻尖,低声询问:"你明天什么时候来接我?"

"9点。"

"准时吗?"

"结婚这么大的事,不敢不准时。"

纪轻轻松开陆励行的脖子:"那你先回去吧,明天9点,我等你来接我,不许迟到。"

"好。"陆励行在她额头上亲了亲,随后拉开门离开。

门关上,纪轻轻站在原地咬唇笑了笑,而后回身往房间里走去。

"姐!新婚快乐!"

纪成蹊与纪成钰从次卧出来,手上捧着三层的皇冠蛋糕,给了纪轻轻一个极大的惊吓。

"你们……刚才……刚才,你们有没有……"纪轻轻一想到自己和陆励行在门口的那个吻,双颊不知不觉地红了起来。

纪成蹊装傻充愣:"刚才什么?"

"没看见?"

"看见什么?"

纪轻轻松了口气:"没什么。"她笑着上前吹灭蛋糕上的蜡烛,"谢谢。"

吹完蜡烛,纪轻轻这才发现整个公寓都装饰了气球与玫瑰花,她的主卧全是玫瑰花,桌上摆满了玫瑰花,地板上满是玫瑰花瓣。

整个房间弥漫着玫瑰花香味,纪轻轻浑身紧绷的身体不由得放松了,她深深呼吸。

纪成蹊一手搭在纪成钰肩头,昂首挺胸,骄傲地说道:"这是姐夫派人送来的,我和姐姐帮忙弄的。"

"辛苦你们了。"

"不辛苦,姐姐你喜欢就好。"

纪成钰冷冷地看了纪成蹊一眼,往右跨了一步,纪成蹊一个趔趄,身体失去重心,差点儿摔了。

"你明天还要结婚,就不打扰你休息了。"纪成钰看了纪成蹊一眼:"你睡地板,我回房了。"

"哎,等等。"纪轻轻叫住她,"对了,爸妈呢?"

纪成钰向来没太多表情,想了想,说:"明天姐夫会派人接爸妈去酒店,你放心吧,妈她不敢作妖。"

"就是,姐你不知道,妈自从知道姐夫是陆励行之后,话都不敢说,这段时间一直老老实实的,就怕姐夫找她麻烦。"

纪轻轻笑了:"找她什么麻烦?"

"之前她不是对陆励行态度不好吗?她老人家担心陆励行不待见她这个未来的岳母,连个电话都不敢打。"陆成蹊说道。

纪轻轻愣了片刻,笑笑:"我知道了。今天辛苦你们了,快去休息吧。"

"姐姐晚安。"

"晚安。"

纪成蹊与纪成钰打打闹闹地回了房,纪轻轻站在房门口,打量着整个房间,拿出手机拍了张照片发给陆励行。

"这么多玫瑰花?"

"喜欢吗?"

"喜欢。"

这么多玫瑰花,今晚她应该可以睡个好觉了。

7月20号终于到了。

化妆师准时敲响了纪轻轻的房门,纪轻轻已经洗漱好,精神饱满地坐在化妆镜前,由着化妆师给她化妆。

新娘妆比日常妆要浓上许多,让化妆师帮她换上婚纱,她静静地坐在那儿等着陆励行来。

纪轻轻看着镜子里的自己,恍惚了许久。

化上新娘妆,换上婚纱后,她才有一种即将举行婚礼,她是新娘的真实感。

她看着墙上壁钟上的时间,8点40分。

再过20分钟,陆励行就要来了,来接她去酒店举行婚礼,在众人瞩目之下,举行她和陆励行的婚礼。

化妆师笑着给纪轻轻补妆:"纪小姐别紧张,陆先生马上就到了。"

纪轻轻深深呼了口气,双手紧握在一块,手心里全是汗。

8点50分,门外没有动静。

壁钟上的秒针每走一下，纪轻轻的心就随着跳动两下，一颗心都快跳出来了。

直到分针指向"11"，纪轻轻终于听到了门外的声音。

"来了！"

纪轻轻猛地抬头看向门口，一阵喧哗声之后，陆励行推开房门，穿着一身笔挺的西装，手捧着鲜花，一步步走向她。

这是她昨晚梦里陆励行的样子，没有分毫的偏差。

两个人四目相对，没有丝毫的偏移。

陆励行走到床前，单膝跪在纪轻轻面前，奉上捧花。

"我来接你了。"

纪轻轻看了一眼墙上壁钟的时间，9点整，不差一分一秒，他来得刚刚好。

"你这么想娶我吗？"

陆励行说："我昨晚做梦都是娶你。"

她接过捧花："我昨晚做梦也都是嫁给你。"

陆励行笑着低头吻在她的手背上，起身将她拦腰抱起，穿过重重人海，越过车流，来到她昨晚梦见的婚礼场地。

头顶是星空，地上铺满的是玫瑰花瓣，宾客的目光尽数落在她身上，无数的祝福声与掌声在她耳边响起，她的心脏怦怦直跳，心情却没有哪一刻有现在这般平静。

玫瑰花路的尽头是陆励行，眼底也只容得下一个人，那就是站在另一头穿着婚纱、捧着鲜花、即将成为他妻子的女人。

他站在那儿静静地等着她，就好像她坐在房间里静静地等着他一样。

全场安静下来。

纪轻轻捧着鲜花，一步一步地朝着陆励行走去。

四周坐满了人，她的眼里却只有一个人，那就是站在尽头等着她的男人。

"我等你好久了。"他搂着她的腰，轻吻着她的唇。

"我也是。"

番外一
怀　孕

纪轻轻发现自己怀孕，是在婚礼后的第一个早上。

她打着哈欠和陆励行一起下楼，提不起精神。

昨晚陆励行非说那是他俩的"洞房花烛夜"，闹到大半夜才睡，纪轻轻睡眠不足，体力活动太过，早上起来乏得很，陆励行想让她再睡会儿，但她虽然不是第一天住进陆家，可这怎么说也是新婚第一天，她面子薄，不想看到裴姨那关怀慈爱的目光。

"轻轻，昨晚睡得好吗？"陆老先生笑呵呵地问她。

"睡得很好，谢谢爷爷关心。"说完，纪轻轻瞪了陆励行一眼。

裴姨端来早餐，仔细端详纪轻轻："可我怎么看少夫人脸色不太好看，黑眼圈是怎么回事？"

陆老先生喝了口豆浆，笑道："年轻人嘛，熬夜很正常。"

"也是，最近家里事情多，睡眠不足得多补补，轻轻，我去给你煎个鸡蛋。"

"谢谢裴姨。"

裴姨笑着走进厨房，给纪轻轻煎了个荷包蛋，又香又嫩。

荷包蛋放在纪轻轻面前，那股煎蛋的香味传进鼻腔，纪轻轻眉头一皱。也不知道怎么的，平时喜欢吃的荷包蛋今天却让她极其难受，特别是嫩嫩的蛋黄膜被划破时，未曾煎老的蛋黄从薄薄的蛋黄膜中流出，这在平时特别诱人的一幕，现在她见了，一股恶心反胃的感觉从喉咙深处向上涌。

经过一夜，胃里早就没什么东西了，纪轻轻起身，捂住嘴，朝洗手间急急地走去。

她的突然离座让其余几个人面面相觑。

"励行，轻轻是不是病了？"

陆励行起身："爷爷您先吃，我去看看她。"

说完他便朝着洗手间的方向走去。

裴姨若有所思，低声对陆老先生道："老先生，您说，轻轻她是不是……有了？"

陆老先生微愣，脸上瞬间堆满笑容，起身也要去瞧，裴姨连忙稳住他："老先生，别急。"

陆老先生喜不自胜："也是，心急吃不了热豆腐，待会儿你亲自陪轻轻去医院检查一下。"

"行。"

洗手间里纪轻轻抱着马桶吐酸水，她的胃一抽一抽的，特别难受，喉咙也火烧火燎地疼。

反胃、呕吐、食欲不振，这三点加在一起，让纪轻轻心底咯噔一下。

距离上次生理期好像也快一个月了，月经怎么还没来？

她不会是……怀孕了吧？

这个想法一冒出来，纪轻轻联想到最近自己身体上的不适，越想越觉得有可能。

她最近好像还挺嗜睡的，动不动就犯困。

难道她真怀孕了？

陆励行从外面走进来："怎么了？胃不舒服？生病了？"

纪轻轻愣神，转而笑道："没事，可能是昨天婚礼上喝了点儿酒。"

"真的？"

"我骗你干什么。"怀孕这事也只是她的猜测，究竟有没有怀孕还不清楚，还是先去医院检查一下确定之后再说，免得让人白高兴一场。

"那待会儿我陪你去医院检查一下。"

"行了，待会儿我让裴姨陪我去，你工作忙，就别为了这点儿小事浪费大半天的时间了。"说完她推着陆励行离开洗手间，"好了你赶紧去吃早饭，上班快迟到了。"

"裴姨，待会儿麻烦你陪我去趟医院。"

裴姨喜笑颜开，应道："行，没问题。"

吃过早饭，纪轻轻与陆励行兵分两路，一个驾车去了公司，一个乘车去了医院。

纪轻轻有备而来，半小时不到便拿到了检查结果。

主任医师将检查结果的单子看了两遍，对纪轻轻道喜："陆夫人，恭喜你，怀孕了。"

纪轻轻惊呆了，双手下意识地捂着平坦的小腹，身边的裴姨喜不自胜："医生，真的怀孕了？"

"是的，我们这边检查结果是不会出错的，陆夫人怀孕有5周了。"

"5周？"裴姨连忙对愣神的纪轻轻说道，"轻轻，你怀孕了！"

"我怀孕了？"小腹一如既往地平坦，医生却告诉她这里孕育了一个小生命，"可是……可是我这几天还在健身房锻炼。"

裴姨登时就急了："那……那这个运动对宝宝有影响吗？"

经验丰富的主任医师推了推鼻梁上的眼镜："您放心，从目前的检查结果来看，宝宝很健康，不过我建议怀孕初期，陆夫人就不要再进行剧烈的运动了。"

"这个一定。医生，还有什么需要注意的吗？"裴姨下意识地想拿纸笔，反应过来后暗恨自己没带纸笔过来。

"饮食方面也要多加注意……"

裴姨认真地听着医生的话，纪轻轻却坐在一侧什么都没能听进去，双手捂着小腹，大脑一片空白，听不进任何话，脑子里只有四个字：我怀孕了！

虽然早有猜测，但真真正正确定自己怀孕了后，她依旧难以置信到不知所措。

这种感觉好奇妙。

她肚子里竟然有了一个小生命。

而她前两天还在为马甲线在健身房里被陆励行"虐待"。

将医生的嘱咐详细地记下来后，裴姨再三道谢，这才与纪轻轻离开医院。

在回去的路上裴姨就忍不住将这个好消息打电话告知了陆老先生，老先生听闻消息后，笑声就没断过。

"老先生您放心，我们待会儿就回来，我一定把轻轻照顾得好好的！"

说了两句便将电话挂断，裴姨看着从医院出来后就神情恍惚的纪轻轻，笑道："轻轻，少爷那儿，你想怎么和他说？"

纪轻轻回过神来，拿出手机准备给陆励行打电话，在拨通前一秒，她愣住了，退出通话界面。

"去公司，"纪轻轻嘴角漾着轻快的笑，说，"我要当面告诉他这个消息。"

司机笑了笑，方向盘一转，轿车在前方路口稳稳当当地转了个弯。

陆励行在婚后第一天准时上班，再次刷新了陆氏员工心目中工作狂陆励行的印象。

堂堂一个公司的大老板，新婚后竟然兢兢业业到连蜜月都不度，第二天就赶着来上班，家里的新婚妻子这么懂事？

"陆总早。"陈婧抱着一堆文件进了陆励行的办公室。

陆励行埋头于文件中，头也没抬："早。"

陈婧笑着恭喜他："陆总，新婚快乐。"

陆励行抬头，笑道："谢谢。今天上午有什么安排？"

陈婧打开日常安排表："今天上午只有10点的那个会议，因为您之前让我将今天的安排延后，所以今天下午您没有安排。"

陆励行点头："我知道了。"

看了一眼时间，9点50分，陆励行搁下笔，将面前未看完的合同合上，起身前往会议室。

而与此同时，从医院过来的纪轻轻下车，在公司人来人往的大厅里，在无数人探究的目光中，询问陆励行在哪儿。

事关纪轻轻，前台不敢怠慢，连忙打电话询问总裁助理室陆励行的行踪后告知纪轻轻，陆总还在办公室里。

说完前台亲自领着纪轻轻上楼。

"待会儿见着少爷你别激动，好好和他说，知道吗？"

"裴姨你放心吧，我知道，不会激动的。"

裴姨笑着点了点头，双眼在她小腹上打量。

电梯里，前台偶尔将好奇的目光透过镜子一样的电梯壁投向身后的纪轻轻。

激动？

前台小姑娘注意到裴姨的目光所在，心下一惊。

难道纪轻轻怀孕了？

她忙收回视线，悄悄拿出手机，打了几个字，发在群里。

纪轻轻压抑着自己心底的雀跃，根本无暇关注其他人的表情与目光，看着电梯里不断上升的数字，一颗心怦怦怦直跳，已经迫不及待地想将这个消息告诉陆励行。

告诉他，她怀孕了，怀了他的孩子。

"叮——"

陆励行办公室所在的楼层到了。

纪轻轻深吸一口气，走出电梯，只见陆励行正朝着电梯的方向走来，与一名助理边走边聊，表情严肃。

纪轻轻站在原地，将手上的报告单捏得死紧，之前被她压抑的情绪猛然高涨。

"老公！"

陆励行脚下一顿，循着声音的方向抬头望去，就看见纪轻轻满脸笑容地朝自己跑了过来，双眼弯成了月牙，眼角眉梢全是笑意。

纪轻轻抱着他的脖子扑在他怀里，两颊全是兴奋的红晕。

陆励行手一顿，连忙抱住了纪轻轻，以眼神询问一脸惊骇的裴姨。

一侧的助理等人连忙让到一旁。

"怎么了？"

纪轻轻旁若无人地亲了陆励行一口，贴在他耳边低声道："我有个好消息要告诉你。"

"什么好消息？"

纪轻轻将手上那张报告单展平放在他面前："我怀孕了。"

那张报告单离陆励行太近，被猛地放到眼前时他还没能看清是什么，正往后仰着头眯着眼看时，就听见纪轻轻说的话，一怔。

"什么？"

纪轻轻盯着他的眼睛，一字一顿地说道："我说，你要当爸爸了！"

陆励行愣了许久，仿佛没能从纪轻轻这两句话中回过神来，只下意识地看了一眼她平坦的小腹。

"老公，我们有孩子了！"

陆励行表情像是僵住了一般，十分淡定从容地偏头对陈婧说："会议推迟到下午2点。"

陈婧笑着应是，看了看纪轻轻后立马走了。

陆励行牵着纪轻轻的手，将她带进办公室，表情淡定沉稳，看不出任何欣喜的痕迹。

纪轻轻皱眉,这反应没在她的预料之内。

他怎么这么淡定?

"你不高兴吗?"

在办公室的门关上的瞬间,陆励行回头,给了纪轻轻一个猝不及防的吻。

纪轻轻感受到了他颤抖的气息、颤抖的手,还有那令她无法抗拒的温柔的力道。

陆励行手轻柔地捂在她的小腹处,额头抵在纪轻轻额头上,与她鼻尖碰着鼻尖,灼热的呼吸喷在她脸上,喉结上下滚动,声音颤抖,哑声道:"高兴,我很高兴……"

纪轻轻怀孕的事,直接引起了陆家的轰动。

陆老先生在接到裴姨打过来的电话后,脸上的笑容就没消失过,当即叫来用人,将纪轻轻与陆励行主卧隔壁的房间收拾出来,趁现在还来得及,装修做个婴儿房出来。

这婴儿房的装修不能太过仓促,陆老先生想了想,还是给自家一个做室内设计师的侄子打了个电话,让他看看有没有时间给只差九个月就出生的孩子设计个婴儿房。

在设计院工作的侄子表示没问题。

于是在陆老先生的督促下,整个陆家的人陀螺一样转了起来。

直到下午1点,陆励行亲自送纪轻轻回家,就看到院子里的草除了,草坪上的草修了,玻璃擦了,地扫了,整个陆家被里里外外、仔仔细细地打扫了一遍。

陆老先生坐在沙发上看报,听到院子里车的声音将老花镜取下,急匆匆地往外走。

"是轻轻回来了?"

纪轻轻从车内下来:"爷爷,我回来了!"

见纪轻轻脚步轻快地往自己这边走来,陆老先生一个劲儿地嘱咐:"慢点儿!慢点儿!你穿着裙子,仔细绊倒了!"

纪轻轻回头看了陆励行一眼,露出一个夸张的无奈表情。

"爷爷,没事,才一个月大,我都没什么感觉。"

"这才一个月,孩子才拇指大小,你当然没感觉。"陆老先生看了一眼身后跟着进来的陆励行:"你怎么也回来了?"

"公司下午没什么事，所以我就回来了。"

陆励行眼角眉梢的笑意也不曾落下，只不过他的情绪比陆老先生隐藏得深，不让人轻易地瞧出来。

走进客厅，陆老先生让纪轻轻在沙发上坐下，仔细看了今天纪轻轻的检查结果，又细心地询问裴姨今天医生交代的注意事项。裴姨将医生的嘱咐一五一十地说了，说完又不禁感叹："哎哟，你说这才结婚第二天，就发现少夫人怀孕了，简直就是双喜临门！我之前还在想，老先生您什么时候才能重抱孙子，哪里知道少夫人立马就怀上了。"

陆老先生眉开眼笑："他们俩都还年轻，我身体也硬朗得很，本来就没打算催，不过轻轻怀上了当然是最好不过了。对了，轻轻怀孕了，那些什么辣的、凉的、冰的可都不能吃了。"

陆老先生说完，裴姨又责备似的看了纪轻轻一眼："老先生，您可不知道，今天可把我给吓坏了，您知道去医院检查的时候轻轻说什么吗？她竟然说结婚前两天还在健身房练马甲线，听得我后背冷汗直冒。"

"裴姨，医生都说了，胎儿很健康。"

"幸亏是健康。"

陆老先生想起什么，说道："昨天婚礼上，轻轻是不是喝酒了？我记得这怀孕的人不能喝酒。"

"对对对！喝酒了！"裴姨焦灼地说道，"轻轻啊，昨天喝了多少酒你还记得吗？刚才也没和医生说这事。"

"这不成，明天励行你再陪轻轻去做个检查，将轻轻喝过酒、运动过的事都和医生说一说，别藏着掖着。"

纪轻轻在一侧苦笑，却又不能说陆老先生和裴姨太小题大做，老人家嘛，都是为了她好。

"对了，差点儿忘了，还有那些护肤品、化妆品，都得仔细看看。这两天我去定做两套轻轻穿的衣服，孕妇嘛，舒服为上。"

"既然这样，那孩子的东西也得开始准备了。"陆老先生想了想，"当初励行他爸出生的时候我们什么都没准备，产前两天才开始张罗，励行他爸出生后差点儿没衣服穿，这可不行。这样，裴姨啊，这两天你也多注意注意孩子的衣服、婴儿床、婴儿车、尿布、奶粉，还有什么……反正关于宝宝的东西都注意些，能买的咱们先买回来，放在那儿也不碍事，反正咱们家空房间多。"

"唉，行！那我这两天多看看。"

陆老先生和裴姨在那儿讨论得热火朝天,俨然将宝宝的父母遗忘在了一侧。

纪轻轻与陆励行对视一眼,均看到了对方眼底浓浓的笑意。

怀孕的女人比较嗜睡。

昨晚纪轻轻太过劳累,起得又早,一上午奔波在医院和公司之间,有些累了,打了个哈欠,被陆励行看见了。

"困了?"

纪轻轻点头。

"困了?"一侧的裴姨耳朵尖,立马就听见了陆励行的话,"那赶紧,回房间再睡一觉,休息休息。对了,轻轻,晚上你想吃什么和裴姨说,裴姨给你做。"

纪轻轻张嘴,刚想说几道平时爱吃的菜,可话到嘴边,不知道怎么的,一想起那些平时爱吃的菜,一股反胃的感觉又上来了。

不能再想了,再想她又该吐了。

她恹恹地说道:"清淡点儿的。"

"行,那我晚上给你做点儿清淡的菜。"

上楼回到房间,看着主卧中间那张大大的床,纪轻轻睡意立马就上来了,正要躺下,手机屏幕亮了,林蓁给她发了条信息。

"我怎么听说你怀孕了?真的假的?"

她从医院出来才多久?几个小时后林蓁就得到消息了?

纪轻轻撑着眼皮回了一条消息。

"你怎么知道的?是真的,今天刚去医院检查,怀孕一个月了。"

"恭喜啊,这才结婚第二天就有了,双喜临门,至于我为什么知道,那是因为你去医院的照片都被狗仔给拍下来了。"

狗仔?

纪轻轻打开微博搜索自己的名字,果然,"纪轻轻疑似怀孕"的话题已经有了不小的讨论度,她进医院的照片被拍得清清楚楚。

好在在这个话题里都是些祝福的话,看得纪轻轻心里暖洋洋的。

林蓁又发来一条信息。

"现在你怀孕了,任导那部剧你还能演吗?"

提及任导那部剧,纪轻轻愣神。

她差点儿把这事给忘了,之前答应了任导下个月进组来着。

可现在她怀孕了,看陆老先生和裴姨之前的紧张表情,进组估计有点儿困难。

纪轻轻沉默片刻，回了林蓁一句："明天给你答复。"

发完消息，纪轻轻将手机放在一侧，看着从衣帽间给她拿睡衣的陆励行，低声道："老公，有件事我想和你说。"

陆励行将睡衣递给她："什么事？"

纪轻轻接过睡衣，放在一侧没换。

陆励行转身给她倒水。

"我之前不是试镜了一个剧组吗？开机时间是下个月，也就是说，我下个月要进组。"

陆励行一滞，没有说话，而是握着杯子缓缓直起身，转过身来看着她。

"你说什么？"

"下个月进组，怎么了？"

陆励行目光停留在她的小腹上，眉心微微蹙起，将茶杯随手搁在一侧的桌面上。

"你怀孕了。"

"我知道。"纪轻轻说，"任导在婚前就和我说过了剧组开机的时间，8月4号开机。"

陆励行沉声再次强调："可是你怀孕了。"

纪轻轻微怔，看着陆励行紧锁的眉心，突然笑了起来。

她走到陆励行面前，双手环住陆励行的腰，整个人贴在他胸前，仰头看着他，眸子如水洗过般清亮，一眨不眨地望着他，让人根本无法下决心拒绝她的要求。

"你担心我？"

陆励行表情无奈："你怀孕了，知道吗？"

"我知道。可是医生说了，宝宝很健康，我也很健康，更何况我这次拍的是都市爱情剧，又不像古装剧要打打杀杀的还要吊威亚，我就和男主角散散步，吃个饭，坐在格子间里假装工作，没有任何危险的场景和动作。"

"剧组人来人往，我不放心，更何况怀孕之后你体质会变差，嗜睡，需要我的照顾。"

"放心！你看现在的都市女白领哪个不是怀孕之后上班到产假前一周的？她们能上班为什么我不能上？而且我也不是住在剧组，剧组拍戏的地点离家不远，每天都能回来，温柔还有剧组的工作人员也会照顾我，我会注意安全，你别担心。"

"不行,你不能去。"陆励行脸上写满了"不放心"三个字。

他虽然没有去过纪轻轻将要进的这个剧组,但去过之前影视城那个剧组,剧组里那么多人,纪轻轻肚子里怀着孩子,杂物那么多,磕着碰着怎么办?

纪轻轻没怀孩子的时候摔一跤也就摔一跤,怀上了孩子,摔一跤到头来身体不适的还是她自己。

"老公,我知道你是为我好,但我是个演员,演艺圈里有很多怀孕拍戏的演员,而且这部剧我是真的很想演。"她抱着陆励行摇摇晃晃,"老公,我答应你,会好好照顾宝宝的,行吗?"

陆励行沉着脸不说话。

"我发誓!行不行?"纪轻轻举起手郑重其事地道,"咱们都是成年人了,你就相信我一次,好不好?"

陆励行被她这模样给逗笑了:"这算是要赖还是撒娇?"

"我这是在很严肃地和你讨论这个问题。"

"行,严肃。"陆励行终于点头,收敛了一些笑容,"那你答应我,要照顾好自己,有什么不舒服的地方不许强撑着,要立刻说,有什么事一定及时给我打电话,不要瞒着我,不管是什么时候。"

纪轻轻连连点头,说着甜言蜜语:"老公,你真好!"

自从纪轻轻怀孕之后,裴姨就变着法儿地给她做好吃的。

怀孕初期,纪轻轻孕吐反应强烈,见不得荤腥,餐桌上顿顿都是清淡食物。

然而面对满桌的清淡饭菜,她还是顿顿都吐,特别是鸡蛋,蛋腥的味道她隔着客厅都能闻到,嗅觉异常灵敏。

几天下来纪轻轻吐得天昏地暗,整天不是在洗手间就是在去洗手间的路上,就差住在马桶上了。

陆励行看得心疼,却又只能干看着,最后还是请来了专门为孕妇做饭的大厨,这才缓解了纪轻轻的孕吐情况。

8月3号,第二天就是纪轻轻进组的时间。

纪轻轻这些天一直想着怎么和陆老先生说自己进组拍戏的事,磨磨蹭蹭到了最后一天不得不说了,这才鼓足勇气去找陆老先生坦白这件事。

陆老先生正在婴儿房里看着工人忙活。

前几天陆老先生那位在设计院工作的侄子特地来了家里一趟,给出了纪轻轻与陆励行隔壁婴儿房的图纸,工人立马施工,将房间里的东西腾空后,放上婴儿床以及一些婴儿玩具,贴了墙纸,整个房间的风格既可爱又粉嫩。

纪轻轻扫了一眼,小孩玩的玩具堆得满屋子都是。

"爷爷,还不知道是男是女呢。"

陆老先生笑呵呵地说道:"男孩也没关系,到时候再改一改就是。对了,还有个游戏室没弄,也得尽快赶出来。"

纪轻轻站在一侧不敢说话。

工人忙忙碌碌地将婴儿房整理好,陆老先生检查一遍,满意点头后回头,见纪轻轻还在这儿,奇怪地问道:"轻轻,怎么了?有事找爷爷?"

纪轻轻连连点头:"有点儿事。"

"什么事?"

纪轻轻支支吾吾地说道:"是这样的,在结婚前,我参加了一个剧组的试镜,是部都市爱情剧,导演觉得我还挺适合剧中的女主角的,所以当时就签了合约。"

陆老先生静静地看着她,听她说。

"剧组决定的开机时间是8月份,当时我不知道自己怀孕了,所以就答应下来说会准时进组……"纪轻轻为难地看了一眼陆老先生。

陆老先生点点头:"8月进组?8月几号?"

"8月4号。"

纪轻轻已经做好了被骂一顿的准备。

谁叫她这么拖沓,磨磨蹭蹭地到现在才说。

"8月4号?"陆老先生一琢磨,"不就是明天吗?"

"对,就是明天。"

"你这孩子,怎么不早说?早说让裴姨给你把东西准备好,这一晚上匆匆忙忙的……"陆老先生往外走,高声喊道:"裴姨。"

裴姨从客厅赶过来:"怎么了老先生?"

"轻轻明天要进组工作,你赶紧帮她把东西都收一收,准备好。"老先生说完回头对纪轻轻道:"待会儿你也看着点儿,看看有没有什么遗漏的。"

纪轻轻已经做好了被骂一顿的准备,却没料到会是这样一个结果。

"爷爷,您……不怪我吗?"

"怪你什么?"

"我都怀孕了,还想着出去工作奔波,不好好待在家里养胎。"

陆老先生笑了笑，眼底尽是慈爱的目光："你是个成年人，爷爷相信你做什么事心里自有分寸，你是怀了孩子不错，但爷爷也不能以此为借口把你框在家里。现在就把你框在家里，以后孩子出生，估计又得因为孩子太小需要照顾让你在家里照顾孩子。"

"可是励行他之前就不同意，担心工作会影响到孩子。"

"那是他没有经历过，不懂，真心为你好，不愿意你去做任何有可能会受到伤害的事，哪怕只有微乎其微的可能。可是爷爷经历过，之前爷爷工作时，公司里有不少的女性员工，她们怀孕之后，都是工作到临产前一个月，极少数会在怀孕之后辞职。怀孕这事不可怕，你有信心照顾好自己和孩子，那就去做，不要因为孩子束缚住了自己的手脚。"

陆老先生虽然年迈，但并不迂腐，也不执着于自己那一套，也知道跟进潮流，了解一下现在年轻人所想，心胸很是宽广。

"爷爷……"纪轻轻鼻尖酸了，"谢谢您。"

"谢爷爷干什么？这部剧是你自己拿下的，你既然签约了，就去履行自己该尽的责任，但是可得注意了，我听说剧组里偶尔还有粉丝去探班，再加上剧组工作人员多，你每时每刻都得照顾好自己，身体有什么不舒服的地方要说，不能瞒着扛着，知道吗？"

纪轻轻重重地点头保证："嗯，您放心，我会的！"

在陆老先生与陆励行二人同意之后，翌日纪轻轻坐着公司的保姆车去了剧组，参加了剧组的开机仪式。

温柔知道她怀孕了，一整天无微不至，5分钟问一句累不累，10分钟问一句要不要喝水，公司更是派了5个助理来照顾她，就差把纪轻轻给供起来了。

纪轻轻哭笑不得。

任导知道她怀孕了还准时进组，表达了自己的感激后表示会将剧本里纪轻轻两处有危险的戏份改动一下，或者用替身演员。

纪轻轻知道任导说的是哪两处，一处是她追车的剧情，还有一处是蹦极的剧情，这两处剧情她确实不太适合亲自上阵。

开机仪式后剧组正式开工。

纪轻轻还不算太忙，一天四场戏在她能接受的范围内，现在怀孕一个多月，还不太显怀，行动和普通人没什么区别，只有在午餐的时候会去保姆车上吃，每顿都是陆家提前做好给她送来的清淡食物，不会让她有反胃的感觉。

她进组第一天，收工是在下午4点左右，她接到了陆励行的电话，他要来接她。

这地方离市中心不远，剧组也不必给大家安排酒店，为了避免奔波，陆励行在这附近买了个平层，纪轻轻收工之后可以去那儿休息，几分钟的车程。

5点左右陆励行到了，纪轻轻收工了剧组还没收工，纪轻轻就坐在那儿看剧本等人，头一点一点的，昏昏欲睡。

这也不能怪她，她怀孕之后本来就嗜睡，一整天精神紧绷后松懈下来，更是困，累得很了手里的剧本盖在了脸上还没知觉，靠在椅子上就这么睡了过去。

陆励行到的时候温柔正准备叫醒她。

他朝温柔小声嘘了一声，和导演打了个招呼后将盖在纪轻轻脸上的剧本拿开，一只手放在纪轻轻后背上，一只手绕过她膝弯处，手臂陡然用力，毫无声息地将纪轻轻给抱了起来。

纪轻轻毫无知觉，俨然是睡得熟了，头顺势靠在陆励行肩膀上，呼吸平缓。

陆励行没上那辆宾利，而且上了纪轻轻宽敞舒适的保姆车，全程抱着纪轻轻，好让她睡得安稳些，直到回了家，将人放在床上，也没将人惊醒。

直到夜色彻底降临，纪轻轻这才不舒服地拧眉，从睡梦中醒来，恍恍惚惚地睁开眼，房间很暗，从窗帘缝隙里投进一丝亮光。

这是在哪儿？

她记忆断片，只记得自己在剧组看剧本。

"醒了？"

一盏昏暗的床头灯亮了，纪轻轻被光刺激得闭眼，再睁开时，陆励行已经到了床头，伸手抚了抚她的额头："有哪里不舒服吗？"

纪轻轻坐起来，舒服地伸了个懒腰："没有哪里不舒服。你送我回来的？"

"看你在剧组里累得睡着了，就把你抱了回来，还困吗？"陆励行靠近她，淡淡的香味侵入鼻腔。

纪轻轻感受到他的靠近，往后一靠，离他远了些。

开什么玩笑，这距离未免也太危险了。

纪轻轻一想到不知道自己怀孕的时候陆励行的荒唐行径，就有些后怕。

幸好她肚子里的孩子坚强，没事，否则陆励行难逃干系！

"困倒是不困，就是有点儿饿。"她捂着自己的小肚子，推开他，"有吃的吗？"

算起来自从纪轻轻怀孕之后，陆励行禁欲已有半个月。

很奇怪的是，在没碰她的时候，陆励行在这方面没有一星半点儿的感觉，可自从那次之后，食髓知味，凑近她闻到的些许香甜气息都能引起他莫大的兴趣。

一想到接下来的八个月，陆励行遗憾不已。

他喉结微动，声音有些喑哑："有，起来吧，都给你准备好了。"

见陆励行起身，纪轻轻这才松了口气。

陆励行倍觉好笑："我有那么把持不住？"

纪轻轻起床，衣裳半解，肩头的衣服滑落，露出无限风光，闻言挑眉："你确定你把持得住？"

陆励行看她眼角的笑，低声道："你再这样，我就真的不能确定自己能不能把持得住了。"

他的呼吸炙热又危险。

纪轻轻一把将衣服穿好，不敢再招惹面前这禁欲了半个月的男人。

餐厅的餐桌上摆满了给纪轻轻做的清淡饭菜，虽然没多少油水，但每一道菜都是大厨精心做的，很合纪轻轻的胃口。

纪轻轻喝了一口鲜嫩的蔬菜汤，清新爽口，让她胃口大开。

陆励行坐下，挽了衣袖和纪轻轻一起吃这顿没有多少油水的饭。

"老公，我最近想吃点儿酸的，你说我怀的是不是儿子？"

酸儿辣女，有这个说法。

陆励行闻言道："想吃酸的？待会儿我让人送点儿酸的水果来，还想吃点儿什么？"

"你都不好奇孩子是男孩还是女孩？"

陆励行反问："这有什么可好奇的？"

他态度坦然，真不把这当回事一般，没有一点儿好奇的意思，那模样好像在说，是男是女随便你生。

"那你想要男孩还是女孩？"

"都可以。"

纪轻轻磨牙，看陆励行这模样，这孩子可千万不能是个儿子，儿子如果和爸爸一样的性子，一天到晚得把她给怄死，而且陆励行估计也不会多疼儿子，女儿说不定还会招人疼一些。

不过生个儿子也不错，陆励行长成这样，儿子也不会逊色到哪儿去，肯定是个小帅哥。

陆励行微怔，突然感受到了低气压却不明白自己说错了什么。

果然，怀孕的女人情绪不稳定，幸好他提前做了功课，得顺着孕妇的心思来。

于是他改口："你喜欢男孩就生男孩，喜欢女孩就生女孩，我都可以。"

纪轻轻："……"她和他没的聊。

就这样，纪轻轻的剧组生涯开始了。

她每天起床后乘车5分钟到剧组，偶尔中午陆励行也会过来陪她吃饭，晚上接她回去。任导体谅纪轻轻怀孕，有晚上的戏也不会耽搁到很晚，尽早收工。

纪轻轻在剧组待了两个月后，肚子终于有了些变化，她不能再穿一些修饰身材的衣服，衣着以宽松为主，在镜头前遮盖自己的肚子。

一去一来就是四个月，剧组成功杀青，纪轻轻的肚子已经大到衣服都遮盖不住，只能回家养胎。

番外二
奶爸日常

经历了两个月吃什么吐什么的时期，纪轻轻迎来了嘴馋的阶段。

她特别想吃零嘴，可孕妇不能乱吃东西，在吃的方面，裴姨把控得很紧，什么冰的、凉的、辣的、炸的，只要是不健康的，都不许她吃，连见都不能见着。

"哎哟，我的轻轻，你现在可是个怀孕的人，这些东西可不能乱吃，你想吃什么和裴姨说就是，裴姨给你去做，外面做的那些不干净，吃了对身体和宝宝都不好。"

"不行不行！这个绝对不能吃！"

"不可以！这对身体不好，不管是怀孕还是没怀孕你都得少吃。"

一次两次的试探之后，纪轻轻直接成了裴姨的盯梢对象，裴姨清空了家里的冰箱和零食柜，一听纪轻轻有吃零嘴的想法，立马唐僧上身一般念念叨叨。

可她想吃又不是自己能控制得住的，只能想方设法地弄吃的，比如让陆励行下班的时候给她悄悄带点儿零食回来。

在这件事情上，陆励行其实与裴姨是一个阵营的，如果说纪轻轻想吃点儿酸的，他可以给她买些酸的水果，可偏偏纪轻轻想吃的都是炸鸡、可乐、烧烤，这些东西纪轻轻没怀孕陆励行都不会带给她，更何况是怀孕了，他哪里会放纵她？

纪轻轻在陆励行那儿碰了壁并不气馁，转而给温柔发消息，让她过来看自己,并悄悄地带点儿零食过来。

温柔不比陆励行和裴姨,年轻,对孕妇能吃什么不能吃什么并不清楚,纪轻轻让她带点儿零嘴过去,她就真带了。

不过她没太注意纪轻轻说的"悄悄"两个字。

她提着大包小包来的,裴姨热情款待,让她受宠若惊。

"温柔你来了?"纪轻轻扶着肚子一步一步地从楼梯上挪下来。

裴姨一见忙起身去扶。

肚子越来越大了,怀孕的人也越来越辛苦,坐下起身都不太方便,晚上睡觉偶尔还会腿抽筋,而且由于这段时间裴姨的食补,纪轻轻肉眼可见地圆润了一圈。

纪轻轻在沙发上坐下,裴姨在她腰后放了个靠枕。

温柔看着纪轻轻隆起的肚子:"轻轻姐,几个月了?"

纪轻轻摸着肚子,低头温柔地笑:"快九个月了,预产期就在下个月,这两天孩子不让人省心,闹腾得很,我最近几天都没睡好,你看看我黑眼圈是不是出来了?"

"没有,皮肤还和以前一样好。"

"你就哄我吧。"

温柔看着脚边的大包小包,突然想起自己过来的目的,说:"对了轻轻姐,我给你带了你喜欢吃的东西,你看看,都在这儿,有没有漏的?"

"喜欢吃的东西?"裴姨敏感地抓住了这几个字,"什么东西?我瞧瞧。"

说着裴姨就要弓身去看。

纪轻轻慌了神,唯恐自己的零食被裴姨没收,连忙道:"裴姨裴姨……"

"怎么了?"裴姨看纪轻轻神色慌张,连声问道,"是不是哪里不舒服?"

"不是,"纪轻轻稳住神情,迟疑着说,"是这样的,麻烦您给温柔拿点儿水果来。"

温柔连连摆手:"不用了不用了,我不吃。"

裴姨恍然大悟:"怪我,是我疏忽了,我这就去。"

裴姨边说边朝餐厅走去,显然已经从温柔带来的零食上移开了注意力。

"裴姨,真的不用……"温柔起身就想去拉裴姨,纪轻轻却一把拽住了她,低声急促地说:"你赶紧把这些给我买的零食送到我房间去。"

温柔一怔,看看脚边一袋又一袋的零食:"为什么?"

"你别问为什么,赶紧给我送上去,就在3楼右手边的第二个房间,门开着的,你现在马上去。"

562

在纪轻轻的催促之下，温柔只好提着几袋零食去了3楼，右手边第二个房间的门果然开着，一进屋就看到了房间墙上挂着的纪轻轻与陆励行的婚纱照。

看来她没进错房间。

她把零食放在房间里，不敢久留，转身又下来了。

见温柔下来，纪轻轻这才松了口气。

"来来来，吃点儿水果，"裴姨也将果盘送了上来，"别客气。"

温柔心虚地看了一眼裴姨，又将目光投向纪轻轻，总有种干了什么"助纣为虐"的坏事一样的感觉。

没有多聊，一个多小时后温柔就起身告辞，纪轻轻聊了一会儿也觉得困了，在裴姨送温柔的时候，起身一步步地朝3楼房间走去，心底满满的全是期待。

她想了几个月的零食，终于可以吃到嘴了！

"轻轻，你慢点儿。"

纪轻轻扶着楼梯的扶手，回头笑道："裴姨没事，你忙自己的去吧，我上去睡会儿。"

说完，她在裴姨赶上来之前上了3楼，进了房间。

温柔送过来的零食就放在门口，纪轻轻将门关上，反锁。

薯片、海苔、辣条，这些普普通通的零食，在陆家却是被严令禁止的存在，看得纪轻轻一阵热泪盈眶。

晚间陆励行加班回来，纪轻轻已经睡下了。他没惊动她，悄悄去了衣帽间拿睡衣，解开系在脖子上的领带，手一滑，领带掉在地上，陆励行弓身去捡，起身时余光瞧见了抽屉里的一些端倪。

有什么东西藏在几件折叠好的衣服里，但依然露出了一点儿塑料袋的边角。

陆励行将抽屉拉开，将衣服拿了出来，几个塑料袋出现在眼前，里面全是一袋袋的零食，有开封的，还有没开封的，在他这儿，统称为"垃圾食品"。

他想都不用想就知道这些零食为什么会出现在这儿。

陆励行笑了。

纪轻轻睡得迷迷糊糊的，被肚子里的孩子给一脚踹醒，一睁眼就看到了衣帽间里的灯光。

多半是陆励行回来了。

她捧着肚子起床，慢吞吞地走到衣帽间："老公？你回来了？"

话音刚落，纪轻轻一愣，看见陆励行正对着她藏起来的一袋零食发呆。

陆励行回头似笑非笑地看着她："你藏起来的？"

纪轻轻矢口否认："不是我！"

陆励行将那袋零食从衣柜里提出来，这对纪轻轻来说简直是公开处刑。

将零食随意地放在一边，陆励行问她："吃了多少？"

纪轻轻佯装口渴，在沙发边上喝了口水，心虚地不敢直视他的眼睛。

平时她可不怕陆励行，可现在这种情况不是她理亏吗？

理亏的人总是心虚、气弱。

"就……一点点。"

"一点点？"

"三四口吧。"

"三四口？"

"一小包薯片和一包辣条。"

陆励行双眼微眯："只有这么点儿？"

"真的只有这么点儿，我发誓。我以后再也不吃了，明天我就去把它丢掉！"纪轻轻想了想，还是改口，"你明天早起扔了吧，被裴姨看见，我又得被她唠叨了。"

"你也知道裴姨会唠叨你？"

纪轻轻垂头丧气，为了这两口吃的自己亏大了。

"你别不相信我，我怀着孩子我知道，这些东西对身体不好我不会吃太多，我就解解馋而已……你们这不许我吃，那不许我吃，我又不是吃很多，就吃一点点。我查过了，这么一点儿对孩子不会有影响的，大不了，我以后不吃了就是。"

听着纪轻轻的抱怨，陆励行无奈失笑："没有怪你的意思，我知道你最近辛苦，但也不用这么躲躲藏藏的。你看我给你带了什么回来。"

陆励行从桌子上提过来一小盒蛋糕。

"我躲着裴姨带进来的，你昨天不是想吃奶油蛋糕吗？我给你带了一小块回来。你赶紧吃完，明天早上我把盒子带出去扔了，不让裴姨看见。"

纪轻轻如获至宝，迫不及待地拆开盒子，用勺子舀了一点儿放进嘴里，甜腻的奶油和软绵的蛋糕瞬间将她那低落的心情驱散干净。

"老公，谢谢你！我就知道你对我最好了，这蛋糕太好吃了！"

"那些零食也别扔了,就放在这儿,等生完宝宝了再吃。"

纪轻轻眼前一亮:"真的?"

"当然是真的。"

纪轻轻心满意足地在他脸颊上亲了一口,心里那点儿阴霾一扫而空:"老公,我爱你!"

陆励行无奈失笑,她也就这个时候会说爱他,白天打电话的时候没能答应给她带零食还说他可恶呢。

为了让纪轻轻放心,陆励行又当着她的面将那袋子零食放回了衣柜里,拿衣服盖住。

然而第二天零食还是被打扫房间的裴姨给"搜"了出来。

裴姨看着那袋子零食大惊失色:"这是……这是什么?零食?垃圾食品?"那表情仿佛不是发现了零食,而是发现了定时炸弹。

"轻轻,你买的?你吃了多少?"

在被逼问的10秒钟时间里,纪轻轻推锅给陆励行:"不是我买的,是励行买的。"

于是晚上好不容易早些下班的陆励行就被裴姨堵在客厅唠叨了二十来分钟。

"少爷,不是我说,你怎么能买这些垃圾食品给轻轻吃?轻轻她怀孕了,这些东西能少吃就少吃,你倒好,一买就买这么多?"

"我知道我没资格说这么多,可是你也是快当爸爸的人了,怎么能这么不注意?这入口的东西是能随便吃的吗?出了什么问题怎么办?"

陆励行被训得连连点头,不敢说话。

纪轻轻在一侧愧疚地听着,心虚,也不敢说话。

倏然肚子传来剧痛,纪轻轻心一惊:"老公,我肚子疼……"

纪轻轻的宫缩来得突然,比医生预计的提前了至少一个月。

陆励行忙将纪轻轻送去医院,在路上,她就疼得不行,抱着肚子,身上直冒冷汗,陆励行让她枕在自己腿上,半躺在后座上,小心翼翼地抱着她。

"孩子是不是要出生了?"纪轻轻眼神惊恐地看着高高隆起的肚子,"我不会……在车上就生了吧?"

"不会的。"陆励行握着她的手安慰她,安抚她的情绪,"别怕,马上就到医院了,有我在,你不会有事的。"

在陆励行的安慰下,纪轻轻仿佛有了主心骨,渐渐安静了下来,不再惊慌失措,只偶尔发出轻微的呻吟声。

很快,医院到了。

陆励行提前打过电话,纪轻轻一下车便被医院护士推进了产房。

在进产房前,纪轻轻突然紧紧抓住跟在身侧的陆励行的手,忍着下身传来的一抽一抽的剧痛,眼底充满了惊恐。

陆励行低声安抚她:"我们已经到了医院,别怕,医生和护士都在这里,他们都会帮你的,我也会在外面等你。"

纪轻轻被肚子里的孩子折腾得有气无力:"你在……在这里等我?"

"是,我会在这里等你,等你和宝宝平平安安地出来。"陆励行望着纪轻轻,抚着她的头发,突然俯身在她额头上吻了一下。

这是一个很轻的吻,蜻蜓点水一般,在她额上一触即分,却无比郑重。

一滴泪从纪轻轻眼角滑落,随之而来的是更多的眼泪,但她因为这个吻而莫名地安静下来,不再惶恐不安,情绪仿佛在顷刻间被这个吻给安抚了。

"陆先生。"医生在一侧低声提醒。

陆励行松开紧攥着的手术推车的边缘。

纪轻轻的手还抓着陆励行的手臂不放,她怔怔地看着陆励行的眼睛,似乎想要从陆励行眼底看到某些令她安心的东西。

片刻后,纪轻轻虚弱地松开了紧抓着的陆励行的手臂。

砰——

产房的门被关上。

陆励行喘息着站在原地,茫然地看着被关上的产房大门,明明什么也看不见,却一直定定地望着产房方向,被纪轻轻抓了一路的右手手腕上有一个微红的掌印。

他那只印着红色掌印的手紧攥成拳,仔细一看还能发现正细微地发着颤。

他往后退了几步,以一个僵硬的姿势靠在墙上,只觉得心肝都被揉碎了,眉眼低垂,目光空洞地看着地面。

也不知道在产房外等了多久,陆励行完全失去了时间概念,直到裴姨与陆老先生赶来。

"轻轻呢?"

"在里面。"

陆老先生和裴姨眉心紧锁,面色凝重地看了一眼产房。

陆老先生是过来人,在产房外等过两次,看着陆励行这副模样,深深地叹了口气:"别担心,女人生孩子,都会有这么一关,不会有事的。"

"对，少爷你别担心，少夫人她身体一直很健康，宝宝也很健康，产检时医生都说不会有问题。现在咱们就在这儿耐心地等一等，母子一定平安。"

陆励行紧咬着后槽牙一言不发，只沉默地点了点头，而后闭上双眼。

时间一点儿一点儿地过去，陆老先生手腕上的佛珠不知道转了多少圈，裴姨来来回回双手合十也不知道祈祷了多少次，终于等到产房门被打开。

医生从产房内出来，拉下口罩，朝几个人露出一个疲惫的微笑："恭喜陆先生，母子平安。"

陆励行僵硬的身体终于有了些许动静，他低头，恍惚地咧嘴笑了笑，朝前走了几步，却一个趔趄差点儿摔倒——他忘了自己站了这么久，脚早就麻了。

护士抱着一个孩子从产房内出来，笑道："陆先生，是个男孩，五斤三两，很健康，恭喜。"

孩子闭着眼睛，安安静静地躺在襁褓里，小嘴时不时地嚅动着，往外吐着泡泡，一只小手伸出来，在半空中乱晃，可爱极了。

"少爷，你看，这是你的儿子。"

陆励行看着襁褓里的婴儿，这么脆弱的一个小生命，瓷娃娃似的，他不敢碰，唯恐一碰就碎。

陆老先生看了孩子两眼，老人看重孙，那是越看越喜欢，目光紧紧地盯在孩子身上，都不想挪开。

裴姨笑道："这孩子长得真好，以后啊，肯定比他爸还帅气。"

"那是！"陆老爷子高兴地说道。

抱着孩子的护士开口笑道："老先生，孩子要送去监护室，您看……"

"这样吧，"陆老先生说，"我和裴姨去照看孩子，励行，你在这儿等轻轻出来。"

陆励行点头，继续等在产房外，陆老先生和裴姨则跟着护士去了监护室。

陆励行一等又是一个小时，护士这才将纪轻轻从产房里推了出来。

她还保持着神志上的清醒，眼睛四处搜索，是在找陆励行。

陆励行上前，进入她的视线范围，紧握着她的手，低声道："辛苦了。"

生孩子生了五个小时，纪轻轻浑身如被水洗过一般，湿淋淋的，脸色苍白，嘴角强挤出一抹微笑："孩子呢？"

"孩子被送去监护室了，你好好休息，睡醒了就能看到孩子了。"

567

她终于安心了。

长达五个小时的生产让她筋疲力尽，从产房出来后也是强撑着，被陆励行这么一说，只觉得疲倦如潮水般袭来，她放弃了抵抗，闭上眼睛，让自己陷入昏睡中。

纪轻轻睡醒时，天色沉沉，已经全黑了。

睡过漫长的一觉后，纪轻轻觉得自己浑身都睡软了，一点儿力气都使不上。

她睁开眼睛偏头一看，陆励行就坐在床边照顾她，一见她醒了，连忙问道："醒了？有哪里不舒服吗？"

不同于睡前浑身汗津津的很不舒服，她睡醒后全身清清爽爽的，显然是被清理过。

"我有点儿饿。"

她说这话都有气无力的，生个孩子直接把她全身力气都给抽走了。

陆励行小心地将她扶起来，让她靠坐在床头，纪轻轻眉心紧蹙，倒抽了一口凉气。

"怎么了？"

纪轻轻皱眉半晌，说："没事，有点儿疼。"

陆励行按了床头的呼叫按钮，没过一会儿进来一名护士，给纪轻轻打了一针止痛针。

"这是裴姨给你做的。"陆励行将食盒放在她面前的小桌板上，纪轻轻躺在床头，目光呆滞地看着天花板，整个人都木了。

她太疼了，生个孩子简直就是遭罪。

陆励行抚着纪轻轻的头顶，低声道："辛苦了。"

纪轻轻笑了笑："好在都过去了。那小浑蛋呢？"

"在监护室，你想看，我让裴姨抱过来。"说着陆励行起身出门，没过多久裴姨抱着孩子进来了。

"轻轻醒了？身体有哪里不舒服吗？"

"刚才护士给我打了止痛针，现在好多了。"纪轻轻说着话，眼睛却一直往裴姨怀里瞄。

裴姨笑着将孩子抱了过来，递给纪轻轻："是个男孩，五斤三两，你抱抱。"

孩子乖得很，被裴姨抱过来时还安静地睡着，小嘴微动，仿佛在吸吮着什么。纪轻轻不敢使劲，第一次当妈妈的她连怎么抱孩子都不会，只尴尬而又僵硬地以臂弯抱着他，不敢有其他动作。

那白白嫩嫩的孩子躺在她怀里，看上去就巴掌大，小小的一个，却是她拼了命生出来的。

纪轻轻伸出手碰了上去，宝宝软软嫩嫩的脸滑滑的，能看得见脸颊上细小的绒毛。

这就是她怀胎九个月生下的孩子，是她最珍贵的宝贝。

纪轻轻瞬间热泪盈眶，却又强忍着泪，轻笑出声："小浑蛋……"他折腾死她了。

许是母子连心，一直安安静静地睡觉的小家伙竟然对她的触碰有所感应，偏了偏头，动了动，像要醒了一般，却没睁开眼睛，一只小手从襁褓里伸了出来，还不能伸直的五指并在一起半弓着。纪轻轻伸过去一根手指，小家伙竟然准确无误地抓到了。

别看他小，力气大得很，抓着纪轻轻的手指就不放，嘴里还吐着泡泡。

他软软的小手，仿佛连骨头都是软的，让人都舍不得松开他，纪轻轻的心软成一片。

"爷爷呢？"

陆励行说："爷爷在隔壁病房休息。"

老先生得了重孙子，像得了宝贝似的，怎么看都看不腻，强撑了几个小时，终于熬不过身体发出的抗议，去了隔壁病房小憩。

"少爷，你还没抱过孩子吧？"

纪轻轻抬头错愕地看陆励行："你没抱吗？"

陆励行沉默着不说话。

"来来来，让爸爸抱一下。"

纪轻轻将手指从小家伙手里抽出来，将他递给陆励行。

陆励行骑虎难下，眉眼间有片刻的慌张，却很好地掩藏住了，以一个笨拙的姿势从纪轻轻怀里将孩子抱了过去。

将小小的孩子托在手心里，他感受不到丝毫的重量，看着小家伙柔嫩的脸庞，不知道怎么，心跳莫名加速，有股很奇怪的感觉在他心底涌动，眼底的神色也逐渐温柔。

那是一种无法用语言来形容的血脉相连的感觉。

他温柔地注视着这个刚出生不久的孩子，这是他和纪轻轻的孩子，与他血脉相连的孩子。

他骤然微笑。

带孩子是一件极其辛苦的事,比连续工作三天三夜还要累。

陆励行是这么认为的。

原本今天是个美好的周末,一家人或许能度过美好的家庭时光,但很可惜的是,一大早纪轻轻便起床化妆,在衣帽间里磨磨蹭蹭半个小时,只为找一件合适的衣服。

"老公,今天就麻烦你看一下宝宝,我得去参加电视剧的发布会,晚一点儿回来。"

敷衍地吻了陆励行一下后,纪轻轻匆匆地出了门,陆励行连说话的机会都没有。

他无奈地起床,洗漱,到楼下吃早餐时,才发现不仅纪轻轻出门了,陆老先生也出门了,连裴姨也有事外出请假一天。

整个别墅里,就他和两个月嫂以及几个保姆在,当然,还有一个宝宝。

对此,陆励行毫无危机感,毕竟平常陆星辰也是由月嫂照顾的。

"陆星辰"这个名字是陆老先生起的,有星辰大海之意,小名舟舟是陆励行起的,压一压这大气的名字。

舟舟快八个月大了,这个时期的孩子长得极快,被养得白白胖胖,只是这时候还小,丁点儿大的奶娃娃还看不出像谁,只眉眼之间有些许陆励行的影子。

用过早饭,陆励行上楼去书房,刚工作不到一个小时,一份文件还没看完,门外隐约传来哭声。

这哭声他再熟悉不过,这孩子也不知道像谁,平时安静的时候还挺乖巧的,可一哭起来简直要把这天都给哭塌了。

别墅里的哭声过了好一阵也没停,陆励行心烦意乱,文件是看不下去了,搁下笔起身,打开书房的门,那哭声越发刺耳。

婴儿房里,一个月嫂正手忙脚乱地抱着孩子哄,另一个则在冲奶粉,一见陆励行进来了,两个人面带难色地说道:"先生,不好意思,我们也不知道舟舟今天是怎么了,哭个不停,怎么哄都哄不好。"

舟舟趴在月嫂肩膀上哭得脸都红了,小脸上全是泪痕,一抽一抽的,还在那儿扯着嗓子哭。

另外一个月嫂将冲泡好的奶粉拿了过来,喂给舟舟喝,可舟舟就咬了一口奶嘴,立马吐出来偏过头去不吃了,继续哭。

"是不是断奶还没断成功?"

"不应该啊，这几天舟舟都是吃的奶粉。"

断奶对于一个襁褓中的孩子来说是个艰难的过程，断奶的时候舟舟除了母乳，什么奶粉也不吃，宁愿饿着，那号啕大哭的声音，整个别墅都听得见，纪轻轻心疼，偷偷喂了几次，导致舟舟一直没断下奶来，陆励行知道后，强硬地给舟舟断了奶。

"也没发烧，也没尿……"两位经验丰富的月嫂对大哭的舟舟一点儿办法也没有。

舟舟哭得直打嗝，鼻尖红红的，泪眼婆娑地望向陆励行，不知道怎么，竟朝着陆励行伸出了莲藕似的胖乎乎的胳膊。

月嫂连忙道："先生，您抱一抱？"

在家，陆励行是很少抱这小家伙的，无关其他，只是他平时下班回来得晚，舟舟早就睡了，偶尔休息时纪轻轻和陆老先生抱着小家伙不撒手，他自然也插不上手。

见陆励行没第一时间来抱他，舟舟哭得越发伤心了，可伸着的手没放，还是朝陆励行那个方向伸着，两条小短腿也在月嫂怀里乱蹬着。

月嫂见状忙将舟舟抱了过去，舟舟小手一抓，就抓到了陆励行的衬衫，紧拽在手里不放。

"先生，您看这……"

舟舟一个劲儿地往陆励行那边凑，月嫂都快抱不住了。

陆励行看着那可怜兮兮的眼神，伸手将舟舟抱了过来。

奶香味扑鼻。

也是奇怪，在月嫂怀里哭个不停的舟舟一到了陆励行怀里就渐渐止了哭声，极为依赖般的趴在陆励行肩头，手紧抓着他的衬衫，一颤一颤地哽咽着。

陆励行一只手小心地托着舟舟穿着尿不湿的小屁股，一只手轻轻地拍着他的后背。

那么小的孩子窝在怀里，陆励行像抱着个易碎的瓷娃娃，一点儿力气都不敢使。

"原来舟舟是想让爸爸抱，爸爸抱就不哭了。"

月嫂拿纸巾想给舟舟擦擦眼泪，舟舟却不想让她靠近似的，偏头一躲，不让她擦。

"我来吧。"

陆励行接过月嫂的纸巾，轻柔地给舟舟擦着脸上的泪痕。

"先生,给孩子喂些奶吧,他一大早醒来,到现在还什么都没吃。"

陆励行又接过奶瓶,喂到舟舟嘴里,这次他倒是不抗拒,也是真的饿了,大口大口地喝,没几下就把奶喝完了,蔫蔫地趴在陆励行肩头,估计是刚才哭累了,眼皮耷拉着,似乎快睡着了。

陆励行抱着他笨拙地哄了两下,见他快睡着了,悄悄地将他放进婴儿床里。

可没想到这孩子一沾床,立马就醒了,看着陆励行扯开嗓子就哭,非要陆励行抱着不可。

"陆星辰!"陆励行不惯着他,低声训斥了一句。

可是丁点儿大的孩子懂什么呢?只知道自己被吼了,被吓到了,一撇嘴,转眼又大哭起来,又是月嫂哄不好的那种。

无奈之下,陆励行只好又将舟舟抱起来哄。

舟舟趴在陆励行肩头哽咽着,像是受了委屈似的。

"先生,舟舟他今天估计是有些不舒服,您如果没什么事不如多抱抱他?"

陆励行看着舟舟那只紧抓着他衬衫不放的肉嘟嘟的小手,没说话,只点了点头,抱着舟舟出了房门。

1分钟前还哭得跟个泪人似的宝宝,现在趴在陆励行怀里,乖巧得不像话。

舟舟八个月大,不会走路只会爬,不会说话只会吐几个模糊的字眼,没有纪轻轻和裴姨的"翻译",根本没人知道他一个人在嘀咕些什么。

家里没人,陆励行带着孩子回书房哄了一会儿,孩子总算是不哭了,乖乖地趴在陆励行肩头上吸着红通通的鼻子,时不时地哽咽两下,红红的眼睛水润透亮,歪头乖巧地看着陆励行。

舟舟不吵不闹的时候,还是挺乖的。

陆励行抱着舟舟的手一顿,在他后背上轻拍了两下。

书房里的书桌前有一大块地毯,厚实柔软,陆励行将舟舟放在地毯上,又拿了几样玩具给他玩。

舟舟坐在地毯上,仰头看着陆励行。

陆励行低头看着他,父子俩对峙了一会儿,最终还是陆励行蹲下来,将玩具放到他面前。

丁点儿大的孩子哪里懂他的意思,嘴里咕咕咕地冒出几个字眼,还紧抓着陆励行的裤腿不放。

陆励行无奈,只得坐在舟舟身边,挽起衣袖,将一个红色的玩具车在地毯上推到他面前："你在这儿玩玩具，爸爸在那边工作，好不好？"

舟舟顺着他的手望去，目光落在了那辆红色玩具小车上，瞬间被玩具吸引注意力，松开陆励行的裤腿，手脚并用地在柔软的地毯上往前爬，一手抓住那辆玩具小汽车，回过头拿给陆励行看，嘴里呼呼两声。

陆励行握着他的手，将小汽车往前推，呼一声，小汽车滑到了地毯边缘，舟舟咯咯地笑起来，手脚并用地朝着小汽车的方向爬过去，学着陆励行的样子将小汽车往前一推，小汽车呼的一声往前跑，舟舟又朝着小汽车的方向兴高采烈地爬过去，乐此不疲。

陆励行站在一侧看了一会儿，随后便走到书桌后，打开电脑，继续工作。

他的工作虽然堆积如山，但今天是周末，本来没有工作计划，如果不是整个陆家只有他和一个满地爬的孩子……

陆励行放在电脑屏幕上的目光朝地毯方向偏移，小家伙在地毯上爬来爬去玩得不亦乐乎。

收回目光，陆励行继续办公。

舟舟一个人在地毯上玩了一会儿，觉得手脚有点儿痛了也就不玩了，甚至还颇为委屈地将小汽车丢到一边，一双漆黑明亮的眼睛环顾四周，在找着什么。那书桌太高，他一时半会儿没能看见陆励行，找了一会儿嘴巴一撇，就要哭了，慌张失措地往前爬了几步，看到陆励行的鞋，更委屈了，吭哧吭哧地往陆励行的方向爬去。

陆励行正安心工作，脚下冷不丁地传来了些许动静，低头一看，舟舟不知道什么时候爬到了他脚下，正扯着他的裤腿，抱着他的小腿，摇摇晃晃地站了起来。

陆励行想去扶，却在看到舟舟自己站起来的瞬间又忍住了。舟舟抱着陆励行的小腿站着，仰着头，一双黑亮的大眼睛瞅着陆励行，似乎在控诉他这个当爸爸的不称职。

见陆励行没有抱自己，舟舟一手抓住陆励行的裤腿，另外一只胖乎乎的小手朝陆励行伸去，五指在半空中虚虚抓着，小腿摇摇晃晃地站着。

"呜……抱……"

他也就会断断续续地说几个字，陆励行听懂了，在他跌倒的上一秒，弓身把他抱了起来。

舟舟高兴了，坐在陆励行大腿上咧着嘴笑，又对桌上的电脑好奇，伸着两只手去戳电脑，陆励行将工作界面关了，随他戳电脑键盘玩。

这孩子也是个喜新厌旧的，戳了会儿电脑就不玩了，将目光投向一侧

573

的全家福。

他指着照片中间被抱着的大胖小子，回过头以好奇的眼神望向陆励行，似乎在询问照片中间被抱着的小子是谁。

陆励行将照片拿过来，舟舟那小短手准确无误地指在照片中的他自己身上，喉咙里呜呜呜呜地叫唤。

"这是你。"

"哦？"舟舟瞪大了眼睛看着陆励行。

"这个小胖子是你。"陆励行又说了一句。

舟舟刚出生那会儿瘦，一家人以为他营养不良，在妈妈肚子里没能好好发育，一出生就在医生的指导下补充营养，没几个月就被养得白白胖胖的，现在吃食稳定之后，也没之前那么胖了。

舟舟仿佛听懂了陆励行的话，凑近那照片看了两眼，又指着纪轻轻。

"这是妈妈。"

舟舟嘴吧唧两下，又指着照片上的陆励行回过头来看他，似乎认出他来了，用手指着他。

陆励行不动声色地看着，小家伙将那照片上的人都指了一遍，这才对照片失去兴趣，兴致勃勃地还想上桌，陆励行索性将电脑关了，将他放在书桌上。

上桌的舟舟就像个混世魔王，把书桌上自己喜欢的东西抓了一遍，把不喜欢的往地上一扔。他抓过陆励行那支笔时，陆励行抓住了他的手，在他手心不轻不重地打了一下，严肃地看着他："不许扔，听见了吗？"

小孩不仅不觉得疼，还冲着陆励行笑了笑，毫不畏惧，甚至胆大包天地双手撑着桌面朝陆励行爬去，伸手要抱。

陆励行无奈一笑，只得伸出一只手抱住舟舟，这个样子，他是无法工作了，这小家伙还不能离开自己的视线范围，得时时刻刻盯着。

陆励行正准备抱着舟舟离开书房，趴在他怀里的舟舟扭了扭小屁股，浑身一僵，突然委屈地大哭起来。

陆励行的大手在他后背上抚摩了两下，哄了哄，仍不见好，突然感觉到了什么，将他放在书桌上一瞧，原来是尿了。

湿漉漉的纸尿裤蹭得舟舟的小屁股极不舒服。

陆励行没处理过这种事，抱着他去了婴儿房，月嫂却不在。舟舟哭得越发大声，无奈之下陆励行只得找了片纸尿裤出来替他换上，又拿湿纸巾把他的屁屁擦干净。

其间舟舟不太舒服，闹腾得很，小腿乱踢，换个纸尿裤像上刑似的，哭得脸都红了。

陆励行眉心渐渐皱起，手忙脚乱地替他将纸尿裤穿好。

"好了好了，换好了，不许哭了。"陆励行放轻了声音哄着他，又把人抱在怀里一颠一颠地哄，一边擦他脸上的泪一边说道，"没见过你这么爱哭的小孩。"

这是实话。

陆励行到现在也见过几个小孩子，还是在他面前哭的小孩子。

舟舟似乎听懂了这话一般，等陆励行给他擦完眼泪就不哭了，乖乖地趴在陆励行怀里抹眼睛。

"先生，怎……怎么了？"月嫂匆匆赶来，看到陆励行心里有点儿忐忑不安。

陆励行没计较月嫂的偷懒行为，只说了一句："刚给舟舟换了纸尿裤，你们给收拾一下。"

说完，他便抱着舟舟出了婴儿房。

闹腾了一上午的孩子终于累了，趴在陆励行肩头昏昏欲睡，半张着嘴，口水全流到了陆励行肩头。

闻着宝宝身上的奶香味，陆励行抚着他的后背，无所谓地笑了。

暮色四合，纪轻轻终于从发布会上回来。她一心惦记着家里的宝宝，提前开溜，一回家就问宝宝在哪儿，月嫂说先生正抱着孩子在湖边散步。

纪轻轻到湖边一瞧，陆励行一手抱着舟舟，一手拿着一个小玩具逗着孩子，老远就能听到舟舟那清脆的笑声。

天边夜幕将落未落，地面上还留有一抹灿烂的余晖，恰好挂在树梢上，映在湖面中。

纪轻轻站在那儿静静地看了一会儿，急躁的心突然被这一幕安抚下来。

陆励行怀里的小孩发现了她，越发兴奋，冲着纪轻轻伸出双手，两条小短腿激动地踢着。

纪轻轻朝着陆励行走去。

陆励行回头："回来了？"

纪轻轻笑着接过陆励行怀里的舟舟，在这小家伙脸上亲了一口，又转头接受来自陆励行的温柔缠绵的吻。

"嗯，回来了。"

三个人的影子在天边的余晖下，被拉得很长很长。

番外三
沈薇薇

啪——

孟寻将一沓文件扔在沈薇薇面前的桌上,额头上全是细汗,打理得一丝不苟的头发也略显凌乱。

"薇薇,这到底是怎么回事?之前我让你问的事你问辜少虞了吗?他到底是怎么说的?为什么之前答应得好好的资源现在都不算数了?"孟寻指着那沓文件,"你看看,这些全是被退回来的代言和影视合约。"

沈薇薇随手翻了翻那些文件。这些天以来,她眉心的褶皱就不曾舒展过。

她已经三个月没有资源了,前段时间纪轻轻结婚上热搜,她因此恢复了一些热度,虽然骂声居多,但总比无人问津要强得多。可随着时间流逝,热度消减,她的处境越发艰难。

"知道了,我再问问。"

"薇薇,我最近听到了一些传言,说辜氏现在很危险,有破产的风险。咱们工作室是辜氏出资成立的,如果辜氏破产,我们工作室也会毁于一旦。辜少虞他没那个能力力挽狂澜,在这件事情上我希望你能多想想,想清楚。"

沈薇薇叹了口气,抬头笑道:"放心,我知道该怎么办。"

她给辜少虞打了个电话,电话响了很久,就在沈薇薇以为辜少虞不会接的时候,电话接通了。

"喂,薇薇,你给我打电话有什么事?"

"没事,我就是问问你今天晚上有没有时间一起吃饭。"

辜少虞叹了口气,声音带着歉疚:"抱歉,这段时间我太忙了,一直都没时间陪你,过两天好吗?过两天等我有时间了我一定陪你。"

沈薇薇体贴地说道:"没关系,你忙你自己的吧,等你忙完了再说。"

"行,那我先挂了。"

沈薇薇笑着将电话挂断。

就在电话挂断的瞬间,沈薇薇脸上的笑容猛地消失,眉心出现一团难以疏解的沉郁之气。

"怎么说?"孟寻在一侧催促。

"他说最近忙,没时间见面。"

"薇薇,你得提前找好退路,如果你还想继续在演艺圈混的话,就不能和辜氏同生共死!"孟寻给她分析利弊,"辜氏元气大伤,即使没倒闭,实力也不如以前了,咱们这个工作室挂在辜氏旗下,然而演艺圈对辜氏来说是一个全新的、从未涉足过的领域,你认为辜氏的那些人还会让咱们工作室存在吗?避免更大的支出保存实力与减少投资失误规避风险,这才是辜氏在这场风波之后会做的事!

"薇薇,你想清楚,辜少虞这个人值不值得你搭上后半生!"

沈薇薇面色纠结,看着面前的文件沉默了许久。

辜少虞爱她,这是不可否认的事,甚至于她相信,辜少虞比陆励廷还要爱她,正如陆励廷所说,辜少虞会珍惜自己一辈子——如果她愿意和辜少虞一起渡过难关的话。

可是那又怎么样呢?

没有辜氏,辜少虞什么都不是,一个什么都不会、只会花天酒地的少爷,以后拿什么养活她?

喜欢她的人那么多,辜少虞没了辜氏就和普通的追求者一样,她凭什么迁就辜少虞?

她一生都在攀爬演艺圈那座高峰,半路折返,怎么甘心?

沈薇薇当即下了决定。

"你放心吧,我知道该怎么做了。"

看沈薇薇坚定的表情,孟寻脸色这才好看些许:"你能想通最好,等你和辜少虞说清楚了,咱们也得找一条出路……"

离开公司的时候已经是晚上 10 点,辜少虞撑着疲惫的身体上车,让司机送他去医院。

辜老先生的身体越发不好了，这段时间他除了在公司就是在医院，偶尔时间太晚了就直接睡在医院。看今天这个时间，他估计又得在医院睡下了。

"少爷别担心，今天医生说了，老先生的身体有所好转。"

辜少虞扯松了领带，看着车窗里映出来的一张憔悴的脸，嗯了一声。

爷爷这个状况，之前医生就和他交过底，他心里有数，也做好了准备，公司他救不了，爷爷他也救不了，他现在唯一能做的就是多去医院陪陪爷爷。

很快医院到了，司机叫醒了在后座小憩的辜少虞。

辜少虞借着半小时的车程睡了一会儿，醒来后拍了拍脸，强行振作起来，努力让自己看上去精神点儿。

他推开车门下车，上楼。

临近11点，医院走廊里十分安静，辜少虞猜测辜老先生睡着了，没想着打扰，就推开门看了一眼，却没想到这个时间应该已经睡着了的辜老先生竟然还没睡，甚至还颇有精神地在等着他。

"爷爷，您怎么还没睡？"

辜老先生向来溺爱孙子，一见辜少虞来了，笑呵呵地看着他："等你。你一直没来，就没睡。"

说着，老先生又低声咳了起来。

辜少虞忙走过去替他拍背："医生说了，您得好好休息。"

"不碍事，我自己的身体我自己清楚。"辜老先生抓住辜少虞的手，"今天励行和他爷爷来过了，那老家伙身体还是一如既往地好，我看哪，估计得长命百岁。"

"您也会长命百岁的。"

"我自己的身体我自己还不清楚？你就别哄我了。"辜老先生说了两句，艰难地喘了口气，继续说，"我知道你救不了辜氏，明天你去找陆励行，他会帮你的。"

"他？"

"今天他说一定会帮你护着辜氏，不会看着辜氏倒闭的。"

辜少虞看着辜老先生眼底的慈爱，惭愧地低下了头。

辜老先生慈爱地看着他："没事，你是爷爷看着长大的，你是什么样的人爷爷心里清楚。每个人都有自己擅长的领域，你啊，从小就不喜欢这些，但凡爷爷有一点儿办法，你也不会被赶鸭子上架，硬着头皮坐在那个位置上善后。无论辜氏之后落到怎样的地步，爷爷都不会怪你的。"

"爷爷，您放心，我一定会努力的！"

"你有这个决心，爷爷就很高兴了。"辜老先生长长地叹了口气，低声道，"那老家伙都快抱重孙子了，不知道我还有没有机会看见你结婚。"

辜少虞一愣，想起沈薇薇来。

他有些忐忑，又有些紧张，心里清楚辜老先生的孙媳妇标准——大方得体、门当户对，如果是薇薇的话，爷爷会喜欢也说不定。

"爷爷，有件事我想和您说。"

"什么事？"

辜少虞很想带沈薇薇来给爷爷看，看他的孙媳妇是多么漂亮、多么大方得体。

"我有女朋友了。"

辜老先生一愣："女朋友？叫什么？"

"她叫沈薇薇。"辜少虞提及沈薇薇，脸上的疲惫一扫而空，"她很好，爷爷，我很喜欢她。"

"沈薇薇？"这个名字有些耳熟，但辜老先生没有细想，他是过来人，见辜少虞脸上的笑就知道是怎么回事，"你小子有了女朋友还藏着掖着不让爷爷知道，行，什么时候有时间，把她带过来给爷爷看看。"

辜少虞脸上的喜色根本掩藏不住："那爷爷，我明天……不，我过两天就带她来见您？"

"好，爷爷等你们。"

从辜老先生的病房出来，辜少虞立马给沈薇薇打了个电话，但沈薇薇没接。

11点多了，辜少虞想，她应该睡了。

想起刚才在病房里和爷爷谈的那些事，他低头笑了笑，陆励行儿子的名字已经取好了，那他和薇薇的孩子的名字，叫什么好呢？

翌日，辜少虞依然没联系上沈薇薇。他给孟寻打了个电话询问此事，孟寻敷衍几句就挂了。

接下来的三天，他一直都没能联系上沈薇薇，沈薇薇接连三天失联，仿佛人间蒸发了一般，可孟寻说她最近在准备新戏。

可她准备新戏，能忙到一个电话都不接吗？

直到某一天，他从会议室出来后给沈薇薇打了个电话，这次沈薇薇接了。

"薇薇！你终于接电话了！这几天你干什么去了？为什么一直都联系不上你？"

电话里许久才传来沈薇薇的声音，很低，是刻意压低的，像是在避着什么人:"你找我有什么事?"

"我——"辜少虞的声音戛然而止,因为他察觉到沈薇薇的语气不对劲。

沈薇薇很冷淡。

但最近他实在是太忙了,陆氏、辜氏、医院来回跑,连吃饭睡觉的时间都是挤出来的。

"今晚你有空吗?我想和你见个面,有件事我想和你说。"

沈薇薇冷冷地说道:"少虞,正好,我也有件事想和你说,不过不用见面了,我们电话里就能说。"

"什么事?"

"我们分手吧。"

辜少虞一愣,转而低头走到窗边:"薇薇,你说什么呢?什么分手?"

"我说,我们分手吧。"

辜少虞瞬间慌了神,紧握着手机:"薇薇,我知道我这几天太忙了,没顾及你,对不起,是我的错,但是过两天等辜氏稳定下来,我一定会补偿你的!"

"不用了,少虞,谢谢你这段时间对我的照顾,但是这段时间相处下来我还是觉得我们两个并不合适,我们还是分手吧。"

"不是……薇薇,为什么要分手,咱们不是相处得好好的吗?我们哪里不合适?你到底怎么了?你是不是有什么苦衷……"

不等他说完,电话里传来忙音。

沈薇薇已经将电话挂断了。

等辜少虞再拨过去,沈薇薇已经关机了。

辜少虞惴惴不安,不明白自己做错了什么,只不过短短几天没联系而已,沈薇薇前几天还好好的,怎么就突然提出分手了呢?

一定是发生了什么事。

他忙给孟寻打了个电话。

"孟寻,薇薇最近是不是遇到了什么事?"

"什么事?没什么事啊。"

"刚才薇薇和我说分手,这不像是薇薇的性格,她一定是因为发生了什么事才被迫和我说分手的。"

孟寻在电话里面笑,笑辜少虞傻得可怜:"辜少爷,这件事你应该问薇薇才是。"

"可是她手机关机了!"

孟寻慢悠悠地说:"既然薇薇已经和你说了这件事,那我也就直说了吧。辜少爷，辜氏如今的危机我很清楚，所以您无力再管我们这个小工作室也是理所应当，我们不能强求什么。但是，但凡你对薇薇有心就该知道，这三个月以来，薇薇之前谈好的代言、影视合约全数被退了回来，也就是说，她空窗期已经持续了三个月，甚至还要一直持续下去。"

辜少虞最近自顾不暇，根本没心思和精力对工作室的事保持关注。

"为什么不告诉我？"

"辜少爷，你现在自顾不暇，每次薇薇给你打电话你都不接，就算接了也说不了两句，你还在责怪薇薇为什么不和你说？"孟寻冷冷地说道，"你给不了薇薇她想要的，就不要再绑着她，你有这个谈情说爱的时间，不如好好管管自己的公司！"

"我给不了薇薇想要的难道她就要和我分手？"辜少虞根本不相信，厉声道，"我不相信！这不可能！薇薇不是这样的人！她之前说过，会和我一起渡过难关！薇薇在哪儿？让她接电话！"

孟寻沉默片刻后说："辜少爷，话我都说完了，这些都是薇薇的意思，如果你还是个男人，就不要再来找薇薇，你给不了她想要的，只会耽误她！还有一件事，薇薇希望工作室能尽快从辜氏脱离，不过我想辜氏形势紧迫，应该不会拒绝，改天我会亲自去辜氏和你谈的。没什么事我就先挂了。"

说完，孟寻将电话挂断。

电话里传来的嘟嘟声让辜少虞半天都没回过神来，脑子里充斥着的全是沈薇薇那句"我们分手吧"。

他不明白，他们相处得好好的，怎么说分手就分手了呢？

一定是发生了什么事，否则薇薇不会突然之间和他说分手。

"辜总，这边有几份文件……"

辜少虞置若罔闻，大步朝前走："文件先放着，我有急事出去一趟。"

孟寻将电话挂断，看了一眼会议室里的情况，笑着走开了。

约莫半个小时后，沈薇薇从会议室里出来，身后还跟着两名工作人员。

"既然咱们已经谈妥了，那么沈小姐，合作愉快。"

沈薇薇笑着伸出手与之相握："合作愉快。"

几个人走了，孟寻这才与沈薇薇进了办公室，迫不及待地问道："怎么样了？"

沈薇薇笑了，将合同扔到孟寻面前："签了。"

孟寻将合同从头到尾看了好几遍："还是陈少爷有办法，开口就是一部电视剧的女一号。薇薇，既然现在陈少爷喜欢你，你和辜少虞也分手了，接下来咱们要做的就是将工作室从辜氏脱离出来，单干。"

"当然，陈之星答应我了，会帮我的。"

"说起来我还挺好奇的，你是怎么搭上陈之星的？"

沈薇薇喝了口水，润润喉："之前和辜少虞参加酒会时，在酒会上认识的，当时留了个联系方式，他后来也有意无意地找我。"

孟寻瞬间明白了："还是你有办法。"

"对了，刚才你在会议室的时候，辜少虞给我打电话了，我听他的语气，估计不会善罢甘休。"

沈薇薇很懂男人的心思，"他喜欢我没错，但很可惜，我不喜欢他，之前如果不是看在他能给我资源的分上，我也不会和他在一起。现在辜氏危机四伏，以后是破产还是一蹶不振谁也不知道，我何必在他身上浪费时间？"

"你能这么想，我真的很高兴，我就担心你被爱情冲昏了头脑。"

沈薇薇嘲弄地说道："怎么可能？不过他不愿意分手也挺好的，证明他很喜欢我。既然他这么喜欢我，那就让他一直喜欢下去，如果以后辜氏还能劫后余生，他或许还能帮帮我。"

"行，那咱们现在主要靠陈之星，你可得把他抓紧了。"

"放心，我知道该怎么做。"

"你好好休息，我先去忙了。"说完，孟寻转身拉开休息室的门。

拉开门的瞬间，孟寻一惊，同时也吓了门外站着的前台小姑娘一跳。

孟寻微怒，说道："你站在这儿干什么？！"

小姑娘往右走了几步，看向站在旁边的辜少虞："辜总找薇薇姐……"

门外，辜少虞整个人宛如雕塑一般僵硬地站在那儿，浑身冰凉。

"辜少虞……你怎么来了？"孟寻回头看了一眼沈薇薇，看辜少虞的表情，估计刚才她和沈薇薇说的话他都听见了。

沈薇薇眉心倏然拧紧，有瞬间的慌张，但很快又镇定下来，对着那名前台小姑娘说道："你先出去吧，"随后她又对辜少虞说："你什么时候来的？"

辜少虞的脸上毫无血色，看着沈薇薇，仿佛在看一个陌生人一般。

如果不是陌生人，她又怎么会说出那样的话？

沈薇薇怎么会说出那种话来？

"你刚才说的话……"

沈薇薇强硬地说道："既然你都听见了，我也没什么好说的。"

辜少虞木然地看着她，眼底依然充斥着难以置信的目光。

他不敢相信，在自己心目中一直温柔善良、大方得体的女孩，竟然会有这样不为人知的一面。

所以，她以前都是在骗他？因为自己是辜少虞，姓辜，有辜氏？

现在辜氏遇到危机，他没有了利用价值，她就盘算着将他一脚踹开？

辜少虞突然想起之前陆励行的话，想起纪轻轻，想起网上的那些流言蜚语，想起他一直嗤之以鼻的真相。

其实所有人都知道的事，都知道的沈薇薇，只有他不知道，只有他心盲眼盲看不见。

原来是这样，原来一直以来，他都是一个被人骗得团团转的蠢货。

"我本来想带你去见我爷爷，我以为他一定会喜欢你，可是看来是我想错了……"辜少虞语气低缓，声音不复从前的嚣张与清亮，低头自嘲地笑了两声。他不觉得难受，只觉得有些好笑，笑自己是个不折不扣的草包。

"你放心，以后，我不会再来打扰你。"

沈薇薇望着他，桌子底下的双手紧紧握拳："那我就不送你了。"

辜少虞看了她一眼，没有说话，沉默地转身离开。

后来，辜少虞在一场庆功酒会上隔着人群遥遥地见过沈薇薇一面。

沈薇薇打扮得妩媚妖娆，是全场瞩目的焦点，挽着陈之星的手臂，笑容灿烂，看向陈之星的目光一如从前她看向自己的目光。

一个相貌优雅大方的女人端着红酒杯走到沈薇薇面前，将一杯红酒尽数泼到了她的脸上，有些许红酒溅到了女人的裙摆和鞋面上。

红酒从沈薇薇头上滴落，妆都花了，十分狼狈，可沈薇薇忍受着侮辱，还在笑着询问这位小姐是谁，是不是有什么误会。

那女人睨着沈薇薇，拽着陈之星的领带："你的小情人问我有什么误会，陈之星，你不把我这个未婚妻介绍给你的小情人？"

陈之星嬉皮笑脸地说道："你回来怎么也不和我说一声？"

女人懒得理他，冲着脸色苍白的沈薇薇说道："跪下帮我把鞋擦干净，否则，这事没完！"

这一幕让辜少虞很眼熟，他仿佛曾经见过，却又毫无印象。

他抿了一口酒徐徐咽下，看着跪地擦鞋的沈薇薇，转身离开。

这是沈薇薇该受的，而他该受的，他也逃不过。

番外四

小 A 的自白

　　我是一个系统，所以无论什么时候都不会有任何人类的情绪——除非真的忍不住。
　　我带过很多宿主，陆励行是我带过的最差的一个！
　　他不近女色，不解风情，更不会怜香惜玉，这样的人，天仙都撩不动。
　　好在我同时也是一个英明神武的系统。
　　既然天仙撩不动他，那我就另辟蹊径。
　　纪轻轻是一个很磨叽的人！
　　虽然我口齿伶俐，但遇到这种磨叽的人真的没辙，嫁给一个重病缠身快死了的人，什么都不用做就能轻而易举地得到 100 亿元的资产，这么好的事，还需要考虑吗？纪轻轻居然还要考虑半天！
　　我真不懂，这种不亏本的买卖有什么好考虑的？
　　她思来想去，犹豫不决，陆励行都快被她熬死了还在那儿考虑，急得我差点儿数据紊乱。
　　好在最后一秒，纪轻轻签字了。
　　我以为我成功地逃过了一劫，没想到绑定了陆励行之后才知道什么是真正的劫。
　　陆励行很聪明，这样的人很棘手，特别会钻空子，我给他发布几次任务之后，他就学会钻空子了。
　　哄纪轻轻叫你"老公"是让你用来逃避任务的吗？！

我当初到底为什么要把"叫一声'老公'生命值加1"写进程序里！

陆励行对纪轻轻威逼利诱，简直没有品德！

还让人家一天喊他24声"老公"，他怎么不让人家把能让他活一辈子的"老公"都给喊了？

不过道高一尺魔高一丈，我堂堂系统，带了那么多宿主，经验丰富，什么突发事件没处理过，还能拿你没辙了不成？

你们要是擦不出爱的火花，我跪下来叫你陆励行"爸爸"！

事实证明，"日久生情"这四个字一点儿都没错，两个人互相再不喜欢，在本系统的撮合下也能产生感情。

一个拥抱、一个吻，两个人在感情方面还挺害羞，一个以为自己不喜欢他，一个假装自己不喜欢她。

我真是不明白，这两个人怎么这么拧巴呢？一点儿也不干脆利落。

喜欢就是喜欢，他们有什么好纠结的？

还有那陆励行，你喜欢人家小姑娘就直说，难道还等着人家小姑娘先跟你表白吗？

人家小姑娘跟你表白了，你还不回应一句？情商呢？

最后还是得本系统出马！

不过没关系，人类嘛，总要在失去之后才知道自己拥有的东西有多珍贵。

小别胜新婚，同床共枕这么久，第一次分居，你们俩睡得着算我输！

两个人口是心非，身体却诚实得很，大半夜爬起来视频，分开这一个月，我就不信你们俩心里对对方没感觉！

撮合了他们这么久，我也是该拿点儿进度分了，进度总停滞不前也不是事儿呀。

陆励行还算是个男人，敢在全国观众面前承认和纪轻轻的关系，虽然求婚仪式在阅尽千帆的本系统面前幼稚得没法看，不过看在陆励行诚心诚意、亲力亲为的分上，我还是能打个满分的。

不过呢，夫妻之间最重要的一点就是坦诚，这是我带过无数的宿主后总结出来的一点儿经验。

夫妻之间有什么事都坦诚地互相说一说，没有隔阂和芥蒂，日子才能和和美美地过下去。

纪轻轻的反应在我的预料之内，小打小闹不会持续太久，他们俩我再了解不过了，解释清楚，自己想通了，这件事就真正过去了。

只是我没想到纪轻轻会遇到绑架。

陆励行知道这件事时正在去往给纪轻轻挑选婚纱的路上，这可是个顶重要的任务，还有半小时任务就终止了。

我一早就知道，纪轻轻生死未卜时，陆励行不可能继续完成任务，虽然我很尊重也很理解陆励行的想法，但是……你就要死了你知不知道？！你完不成任务大家一块玩完！

陆励行心脏停跳的那一秒，我的心都凉了，这可能是我有史以来唯一一次任务失败。

我知道陆励行早已爱上纪轻轻，但他可以为了纪轻轻放弃自己的生命大大出乎了我的意料。

我没想到他能为了纪轻轻做到这一步。

或许我之前对于陆励行的看法太过狭隘，他并非不解风情、不懂浪漫，只是用自己的方式在爱一个人。

爱一个人，并非每天都要说"我爱你"，最重要的是要将自己的一颗真心送给对方，守住自己的承诺与期许的未来。

但是有本系统在，任务是不可能失败的！

陆励行怎么能死在本系统手里！

不过纪轻轻好像没弄清楚共享生命是什么意思，我要不要告诉她呢？

"虽然……没几年了，但是你放心，我争取早点儿怀上孩子，不会让你遗憾地走。"

嘿嘿，纪轻轻既然说了这种话，那我还是等她成功怀上孩子了再向她解释共享生命是什么意思吧。

不过我千算万算也没算到，陆励行竟然主动向她解释了这件事。

我让你坦白的时候你犹犹豫豫，不让你坦白的时候你嘴比谁都快！活该你单身这么多年！

"老公……"

"嗯？"

"疼……"

嘿嘿，还好纪轻轻"深明大义"，月黑风高，夫妻俩该办的事也该办了，我就不打扰你们了。

任务完成，我就不继续当电灯泡了。祝二位余生幸福美满，早生贵子哟！

我叫小A，一个没有感情的系统。

让我看看谁那么幸运，能成为我的下一任宿主？